歧路繁花

旷　野 ◎ 著

安徽师范大学出版社

图书在版编目(CIP)数据

歧路繁花 / 旷野著.—芜湖：安徽师范大学出版社，2017.6
ISBN 978-7-5676-2913-4

Ⅰ.①歧… Ⅱ.①旷… Ⅲ.①长篇小说 – 中国 – 当代 Ⅳ.①I247.5

中国版本图书馆CIP数据核字(2017)第113956号

歧路繁花　　　旷　野◎著

责任编辑：彭　敏
装帧设计：董丹阳　丁奕奕
出版发行：安徽师范大学出版社
　　　　　芜湖市九华南路189号安徽师范大学花津校区
网　　址：http://www.ahnupress.com/
发 行 部：0553-3883578　5910327　5910310(传真)
印　　刷：虎彩印艺股份有限公司
版　　次：2017年6月第1版
　　　　　2017年6月第1次印刷
规　　格：700mm×1000mm　1/16
印　　张：21
字　　数：290千字
书　　号：ISBN 978-7-5676-2913-4
定　　价：49.80元

一片树林里分出两条路——
而我选择了人迹更少的一条，
从此决定了我一生的道路。

——弗罗斯特《未选择的路》

情节全然虚构，
唯有心灵纯真。

自序

爱，只能被物质滋养，
不能被物质统治，否则，
便无可避免地会走向枯萎和凋零。

在单独陪伴我多年之后，现在我要把我的朋友舒逸鸿和林梦荷介绍给更多的人认识了。相信读者朋友们定能够从他们身上得到不少人生的启示。

如同罗曼·罗兰在创作《约翰·克利斯朵夫》时所感受到的那样，我也曾历经多年苦苦寻觅我想要写进作品中的英雄的身影。所不同的是，罗曼·罗兰找到了那位堪称英雄的大音乐家，而我，在这没有英雄的时代，只找到一个人，一个较少受到时代污染的相对纯粹的人，还有他的爱人林梦荷，一个身心如出水芙蓉的女孩。《歧路繁花》这部作品所要讲述的就是他们奇异不凡的爱与奋斗的故事。

一、情节梗概

20世纪九十年代末，在江南名城晞州市晞州学院读书的大学生林梦荷是一位被母亲称为一直活在梦境里的浪漫多情的女孩，家境不错又是典型的江南美女的她，本可以轻松嫁入富贵人家，安享阔太太的尊荣，却偏偏不可救药地爱上怀才不遇相当沧桑的教师舒逸鸿。因为婚姻失败本已发誓独身到底的他，本有着被压抑多年的情感的火山，面对爱神的眷顾，很快便堕入了爱河。两颗同样渴望真爱的心碰撞出耀眼的火花，燃起熊熊不息的爱火。

意识到这份极不寻常的爱情虽然纯洁热烈而坚贞，但是毕竟一个是年近不惑又离过婚有了孩子的教师，一个是不满二十岁的师范女生，这样离经叛道的恋爱，显得既荒唐又不般配，极难被社会大众特别是梦荷的父母所接受，两个人在热恋的同时也在承受着来自逸鸿前妻的胡闹和同事同学的排斥，他们怀着忐忑不安的心情等待着那注定来临的暴风雨。

由于知情者不经意间的泄密，使梦荷家里发生了十级大地震。震怒不已的父亲甚至威胁要与一直视如掌上明珠的女儿断绝关系。万般无奈的情况下，梦荷要求逸鸿带她远走高飞。两人先到了鹭岛求职，不成，又辗转来到鹏城。几经周折，有赖朋友相助，终于找到一个临时代课教师的职位。得知女儿出走异地他乡，母亲对父亲不依不饶，指责他把女儿逼走。冷静下来的父亲知道木已成舟，便接受了他们相爱的事实，只是希望他们回到故乡去。经过深思熟虑，他们决定留在沿海发展。

经过多年的奋斗努力，他们在鹏城拥有了自己既温馨又浪漫的爱巢。过了两年，他们的宝贝儿子降生，逸鸿历经多年精心写作的多部著作也先后出版。

每年寒暑假他们都会带着儿子去他外公外婆家度假，爱屋及乌，完全被小仙童一般漂亮可爱而又有趣的外孙迷住的外公外婆，早已忘却女儿女婿的不是，其乐融融的一家人沉浸在浓浓的亲情中。

回首一路走来的艰辛与幸福，逸鸿深情地对梦荷说她是他苦难命运的彼岸，直到遇见她，他才告别漫长的寒冬，从此走入生机盎然的春天！在爱的火焰中，他们的灵魂获得凤凰涅槃般的新生，他们用真挚热烈的爱情营造了超越世俗的精神家园,那犹如童话般的仙境让他们徜徉其中,朝朝暮暮,携手同行。正因为他们所走的是一条崎岖坎坷少有人行的山间小路,也才使他们能够欣赏到异常娇艳的繁花,领略到别有韵味的风景,由此成就了他们奇特美妙的爱情和精彩充实的人生!

二、人物剪影

作品中的男主人公是一位自幼抱负不凡的理想主义者,他正直善良、敏感深情、富有才华,却又愤世嫉俗、清高孤傲、特立独行,因而在大学毕业踏入社会后的十余年里,四处碰壁、屡遭排挤,很不得志。因为与前妻价值观和性格的巨大差异,家庭时常如同地狱。因为内心的理想主义根深蒂固,生活的一次次打击并未能让他颓废,反而更激发起他的斗志。于是他决定离开让他深深失望的故乡,到那洋溢着大海气息的鹭岛去。那完全迥异于内地的氛围对于他有着巨大的魅力。但是有人群的地方到处都是一样,假如你不入伙,便会被视作敌人。面对明目张胆的排挤,他拍案而起,愤然离去。本指望退却到他向往多年的锦绣江南,从此去过悠闲自得的日子,却又一次事与愿违,被迫再一次逃离,只是这一次的逃离因为与爱侣一起而带上一丝胜利的意味。经过多少次的教训之后,特别是想要与梦荷一起过平静的生活,他变得克制小心,把锋芒深深地藏起,既不去讨好别人,也不去张扬自己,只专注于耕耘自己的田地,修葺属于他们爱情的玫瑰园。他此时的心态是在没有英雄的时代,他只想做一个尽可能纯粹的人,用他真挚的笔触去讴歌被时代日益淡忘的理想、崇高、爱与奋斗,从而成就无怨无悔的人生。

作品中的女主人公犹如其芳名所示是出淤泥而不染的一枝清新秀丽的荷花,在物欲横流的时代而有如此被视为不食人间烟火的活在梦中的女孩,这实在是一个令人诧异的奇迹。也许是因为自幼家教很严,令她深感压抑,内心早已埋下叛逆的种子。加之根据父母的个性和行事风格,她强烈地预感到她视为比生命还重要的爱情和婚姻,注定要由父母决定,她痛切地感受到林黛玉当初的那种惶恐而又无奈的心情。这种担心一天天加重,到遇见舒逸鸿的时候,便急剧演变成不顾一切也要主宰自己命运的可怕力量。这个为爱而生、可以为爱而死的小女生,此时因为体验到爱情,才真正获得了像春潮一样澎湃的生命。此时,别人的嘲讽、父母的反对,都不能丝毫动摇她对爱情的忠贞不渝。当预料中的暴风雨来临时,她反而变得异常淡定。关键时刻,她表现出令人刮目相看的深谋远虑和当机立断,倒显得逸鸿有些瞻前顾后和优柔寡断。她与逸鸿主演的这场现代版的爱情私奔戏,成为她人生中一个光彩夺目的亮点。出走后的梦荷,义无反顾地呵护着自己来之不易的爱情,倾心尽力地担起相夫教子的责任,成长为她的导师爱人当年所倡导的新女性!

三、创作凝思

在终于完成这部耗时日久的作品之际,掩卷凝思,颇多感慨和体会。禁不住地问自己,在功利主义横行的今天,明知道既非畅销作家,也得不到什么名利,又何须如此旷日持久地劳烦自己呢?答案是早就有了的,为了圆我童年时代就已萌发的作家梦,为了记录一生中最难忘的一段心路历程,为了让后代了解先辈的艰辛与光荣,为了让短暂的生命更长久地活在作品中,还有,司马迁在《报任安书》中尝言:"此人皆意有所郁结,不得通其道,故述往事,思来者。"此言难道不也是我想说的吗?!能有这些难道还不行?

从更深广的视野看,作者也想对自己所生活的时代表达观感。三十年来,我们所处的时代发生了翻天覆地的变化,对于很多人来说,能够满足人们的物质早已超过了合理的需要,可是赖以让我们的精神饱满挺拔的理想主义、爱与奋斗的激情却日渐枯萎。站在这精神的荒原，茫然四顾，但见无数淹没在巨大物质财富中的人们却活在空虚和颓废中。而我们值得骄傲的主人公即使在物质上几近赤贫的时候，因为心中有爱、有梦想、有崇高的精神追求，依然满怀对未来的憧憬，活得蓬勃和生动。就在这样的精神状态中，他们原先感到遥不可及的梦想，都一一变成比想象更美的现实。这一切都要归功于拥有真爱。在我们这个过于看重实际利益的时代，拥有一份真爱是多么奢侈的事情！在作者看来，真正的爱是属于心灵的情感，是超越于世俗之上的精神之爱和奉献之爱。那是可以在必要时为爱奉献出生命而感到快慰和自豪的圣洁之情，是犹如英雄志士为信仰就义而达到心灵的崇高之境的圣洁之情。而我们的主人公在相爱的历程中曾经深深感受到这样的圣洁之情。这样的感情是那些视爱为一辆车子、一套房子、一笔遗产的人们所无法体会的。爱，只能被物质滋养，不能被物质统治，否则，便无可避免地会走向枯萎和凋零。愿世间有幸拥有真爱的人们深刻领悟爱的真谛，用无私的奉献和虔诚的心意时时刻刻去呵护那像心灵阳光般的真爱，并用这份真爱去温暖我们极易荒凉的心灵。

作 者

2017年3月10日

目录

第二部 // 梧桐细雨

第三部 // 彼岸花开

第一部 / 多情江南

第一章 翘首以盼

她们热切期盼的这个人将注定会程度不同地改变她们的命运。

古运河荡漾着千百年的风流余韵，日夜不息地从城中流过，给清新秀丽的晞州城平添了几分古色古香的韵味。

百年名校晞州学院就坐落在古运河畔。

学院离市中心最繁华热闹的中山路不过几百米距离，正是个闹中取静的去处。

古木浓荫，掩映着一幢幢独具江南园林特色的典雅建筑，小桥流水，点缀其间，鸟语花香，沁人心脾。

校园坐北朝南，进门后一幢米黄色三层教学楼横跨校园东西，形成一道自然的屏风。

穿过教学楼中间的门厅，面前矗立着一座外墙尽显沧桑的钟楼，因上书校训"弘毅"二字，所以也被师生称作弘毅楼，现在它是学院行政办公所在地。

沿着钟楼的走廊再往里走，那里便是整洁漂亮的运动场。

运动场的西北角有一座被学生戏称为孤岛的灰色小楼，是部分教师的临时宿舍。

操场东侧,依次坐落着科技楼、艺术馆、图书楼和琴房。

校园最东部是教工食堂、学生宿舍和餐厅,以及一个小旅馆和一个小卖部。

这个与许多现代化的新学校相比相对拥挤了点的校园容纳了两千多位大多来自苏南地区的师范生。由于此地经济发达、商业繁荣,男孩子大都投身商海去了,以致学生中百分之九十以上是女生,因此许多同学戏称这里是"修道院"。

新学年开学已经一个多月了,可大专一年级(1)班的班主任兼写作课教师不知什么原因还没有到任。学校临时安排了一位电教老师代理班主任,并请上学期就已办理了退休手续的写作老师继续发挥余热。代理班主任因为忙于本职工作,在帮助选举了班干部之后就很少再见到他的人影了。一切都是临时性的,大家似乎都在等待,院长在等待,代理班主任在等待,写作老师在等待,全班四十二位同学更是时时刻刻在等待。不知从什么时候开始的,同学们似乎都患上了等待焦虑症,以致"班主任什么时候才来啊"一时竟成了班级的流行语。

这天下了晚自习,十名怡城籍的女生回到她们所在的301寝室,嘻嘻呵呵,叽叽喳喳,一时宿舍像春天里群鸟乱鸣的树林一般热闹。

娇小苗条、活泼伶俐、绰号百灵鸟的朱云霞一边坐在床沿上洗脚,一边向室友提起了关于班主任的话题:"开学都这么长时间了,你们说这班主任究竟为什么还不来啊?"

"你问我们,我们问谁?!这事恐怕只有院长大人才说得清!"身材修长、聪明干练的班长夏燕有点恼火地说。这一个多月班里群龙无首,大小事情都要她这个班长过问:分寝室啦、排座位啦、安排劳动卫生工作啦、调解同学争端啦、制定班级计划啦、应付各项检查评比啦,把她闹得心力交痒。一个十八岁的女孩子，要管理另外三十八个很自我很娇气的女同学和三位既散漫又难缠的男同学，她深感力不从心，因此她比任何人都更盼望班主任早点到来。班主任来了，她和同学们就都有了灵魂和主心骨了，她肩上的担子也就卸下大半了。

"也不知道这班主任是个什么样的人？是青年人、中年人、还是老头子？"又是那个朱云霞似在自言自语，又似在问室友。

"亏你想得出！学校怎么会调个老头子来？！总归是年富力强、很有作为的！"自称深沉如古井、冷静似冰雪的班主任助理韩江雪嘲笑说。

这时房间里的其他同学也都踊跃参与到讨论中，唯独因为常常沉浸在梦幻世界，又是班里出名的睡美人，偏偏名字中又有个梦字，因而被同学们戏称为"梦幻仙子"的林梦荷正自顾自地躲在上铺罩着蚊帐的小窝里写日记呢。

直到她的闺蜜、言情小说迷江映雪冲她喊："喂，亲爱的，忙完了吗，有何高见啊？"

听到映雪叫她，梦荷才接过话题沉吟道："话都被你们这帮班主任迷说完了，还能有什么高见？不过，对班主任我倒暂时还没什么高见，对你们，我还真有一点矮见：人啊，总是这样，得不到的做梦都想得到，真得到了还不是很快就无所谓？看看你们，这才几天没人管束，就急不可耐成这样，要是班主任真的来了，一个个给你们戴上紧箍咒，你们准得嗷嗷叫，那时又该怀念今天自由幸福的日子啦！我看我们还是随遇而安吧，无论班主任来或不来，只管做好自己的事，也就是啦。"

梦荷话音刚落，班里最不愿受约束的假小子胡雅君连声附和："就是，就是，梦幻仙子说的是！随遇而安，随遇而安，我们且尽情享受几天自由自在的日子吧，最好班主任这个学期都别来！"

夏燕摆出班长的威严批评道："好你个胡雅君！真没想到，原来你是来这里图自在的啊?！真是有出息！总共才两年的大专学习时间，如果四分之一的时间没有班主任，你自在倒是自在了，两年后看你拿什么去面对你未来的学生和他们的家长?！没看到隔壁（2）班，还有全校四十多个班级，在班主任指导下，都制定了多么好的发展计划，就数我们的计划只有干巴巴的几条，纯粹是滥竽充数！我都快急死了，每天做梦都盼着班主任早点上任，可是你这个臭丫头却恨不得班主任永远都别来，好让你清闲自在！真是气死我了！"

被班长一顿连珠炮似的责骂，假小子立马变成了真淑女，忙不迭地一边赔着笑脸朝夏燕作揖，一边模仿越剧的唱腔说道："班长大人教训的是！小女子错了！错了！错了啊！"

梦荷忙替假小子解围，她借越剧《红楼梦》中黛玉劝慰宝玉的台词撇腔拉调地说："从今后你可都改了吧！"

假小子也用越剧腔调假装虔诚地问："妹妹快教我，我要怎么改啊?"

梦荷便故意用越剧腔调夸张搞笑地唱道："你就改为：天上掉下个班主任，好一个大帅哥把我砸晕！"

没想到梦荷会来这么一手，宿舍里先是安静了几秒钟，忽然便被爆笑的声音淹没了：朱云霞笑得喘不过气，江映雪笑得揉肚子，韩江雪拼命克制还是抿嘴偷笑出来，假小子瞬间又露出真面目，又是拍桌子又是跺脚，连夏燕也笑出了眼泪。

对门302寝室的叶迎春、杜喜梅几位活跃分子也跑过来凑热闹，揪着胡雅君问有什么好事，是不是班主任要来了，才这么开心。胡雅君故意急她们，一边说着保密，一边把她们赶回房间去。

回到寝室，胡雅君冲上铺的梦荷说："都只说你是个梦幻仙子，没想到你还是个开心果啊！"

江映雪代梦荷说："还真让你说对了，来晞州学院之前，她可也是同学中有名的开心果!"

"梦幻仙子,开心果,嗯,静如梦幻仙子,动是开心甜果,好!好!好!"假小子若有所思地自语道。

第二天上午第一节是写作课,趁着还没有上课,不知谁又说起301寝室昨晚的笑谈内容。此时,那句班级流行语"班主任什么时候才来啊"已经换成"天上掉下个大帅哥"。

听了她们的笑谈,自称弱势群体的于向东冷笑着说:"你们该不会嫌目前没人管太舒服了吧? 班主任要真来了,你们肯定被砸晕,只不过砸晕你们的绝对不会是帅哥!"

"为什么? 为什么? 为什么?"胡雅君像连珠炮似的冲于向东连问几个为什么。

见于向东一脸严肃,其他同学也紧张起来,忙转过头来看他怎么说。

"为什么? 道理很简单。就凭你们这散漫成性的样子,谁当班主任都会收拾你们!"说完这句话,于向东又用幸灾乐祸等着瞧的语气来了那么一句:"到时候某些人恐怕可就笑不出来喽!"

胡雅君被他这样一说心里还真有点小紧张,可嘴上却说:"别在这里制造恐怖气氛! 班主任难道是老虎,会吃人?! 我看最该收拾的是你们几个!"说完她看了看三位男生。

真是躺着中枪! 另两位一向被女生欺负的"弱势群体"陈志强和张成栋见自己又无缘无故被欺负了一回,都激动起来,正准备发起自卫反击,写作老师已经来到教室门口了。班长赶紧嘘了一声,提醒大家:"闲话打住,准备上课了!"

写作课老师姓杨,名茂榕,个头不高,慈眉善目,特别亲切风趣,极受同学们欢迎,看到他很容易让人联想到法国电影《虎口脱险》中的那位指挥先生。因为杨老师是厦门人,因而被同学们昵称为"可爱的厦门老头"。"可爱的厦门老头"是个不折不扣的足球迷,讲写作时常常讲着讲着就讲到足球上去了,讲到气愤处,便会恨铁不成钢地重复他那句名言:"要生气,看足球!"当然,他特指的是中国足球。每到这时,教室里便会洋溢着轻松愉快的气氛。当老师刚想说自己又跑题了时,总会有同学故意调皮地逗老师:"老师,老师,别紧张,别紧张,没跑题,没跑题,即使跑了题,也不怪你,都是那帮没出息的臭脚给气的!"

这次上课老师却没有再跑题,他津津有味地举例讲解了有关写作灵感的问题,要求同学们平时要善于捕捉灵感,运用灵感,写出有灵气的作品。老师每次讲完后,都要求同学们提问题。

胡雅君第一个举手:"我有问题:老师可知道我们的班主任是个什么样的人,他究竟什么时候上任?"

因为胡雅君所提的问题也是目前全班同学都最为关心的问题,所以她的提问并没有受到非议。而杨老师又是个极宽厚随和的人,所以他不仅没把这个显然离题的提问当做什么不恰当的问题,相反却很有兴致地把自己所知道的都告诉同学们:"你们很幸运,将要拥有一位很出色的班主任!"

这时全班同学都不觉坐直身体,睁大眼睛,等着听杨老师赶快说下去。几位急性子的同学更是催着杨老师:"快讲啊,快讲啊,别停下!"

杨老师故意逗大家:"显然你们对班主任的兴趣比对写作课的兴趣要大得多,我生气了,不讲了!"

"别这样啊,杨爷爷,我们都爱你!"胡雅君着急地喊道。全班同学都心领神会地应和:"都爱你!"

"可爱的厦门老头"听到有人喊他爷爷,又被全班同学如此宠爱了一回,不无得意地笑了,他快活地眨了眨眼睛,接着说:"听我们张院长说,你们的班主任是年轻有为的高级讲师、研究室主任,才华横溢,出类拔萃,在师范教育上很有一套。他可是我们省师范处的周处长特意推荐给我们学院的,好多学院的院长都埋怨周处长偏心呢!"

夏燕好奇地问:"那周处长为什么这么青睐我们学院啊?"

"因为这里是周处长的家乡啊!"杨老师说。

朱云霞好奇地打听:"那我们的班主任为什么还不来,他现在在哪里啊?"

杨老师说:"他啊,正在我的家乡厦门,正在往这边办理调动手续,近期就会到校了。"

"噢!乌拉!"听了杨老师煽情的宣传,不少同学欢呼起来,似乎已经忘记上课前于向东的警告,教室里再次洋溢着欢快的气氛。

隔几天,正上晚自习时,一位三十多岁的陌生人忽然走进教室,东看看,西看看。"嘘!"胡雅君竖起的右手食指紧压在嘴唇上,紧张兮兮地压低声音说:"是不是班主任微服私访来了?"周围的同学全都同时睁大了眼睛,惊异地盯着这不速之客。过了一会,大家见来人只对电灯、电表感兴趣,才明白过来,原来是学校的电工!于是都长出了一口气,之后纷纷转过头来,责备胡雅君谎报军情,制造紧张气氛。假小子免不得又一次作揖赔罪。

可是大家似乎并没有从这件事中吸取教训,两天后,也是晚自习时间,华英姿的爸爸到教室来找女儿,又被误认成班主任。大家都自嘲说看来我们注定了跟未来的班主任有不寻常的缘分,他还没来就已把我们搞得风声鹤唳、草木皆兵啦。

第二章 惜别鹭岛

仿佛就要与他的挚爱永别似的，他再次深情地凝视远方那似在夜空闪烁的璀璨的灯光，环视亲爱的校园，在心里一一对它们说再见。

她们不知道她们翘首期盼的未来的班主任舒逸鸿此时正在三千里之外的鹭岛润英学校犹豫彷徨着。这天晚饭后，他又一次漫步到学校办公大楼前的太阳广场，坐在广场西侧的台阶上，久久凝望着前方集美大桥上辉煌的灯光，任浩荡的海风梳理他纷乱的思绪。

几个月来，走还是留，一直是困扰他的一件心事。从感情上说，他想留，不是一般的想，而是很想。他太爱这个有着蔚蓝的天空、碧蓝的大海、洁白的鹭鸟和高高的椰树的浪漫而诗意的城市，他爱傍晚时分迎着海风在碧浪屿幽静美妙的海边小路随意漫步，他爱在鹭岛大学的海滩上久久凝望白鹭自由翱翔的飘逸身影，他爱在集美学村流连鳌园迷人的美景，他爱在杏林湖畔感受周末的闲暇宁静。

他也爱一年多来他所倾情效力的这所学校，两年前，它还是杏林九天湖畔的一座荒山，而今竟奇迹般地成为由几十座红色宫殿构成的宏伟建筑群，天桥回廊，勾连八方，碧草如茵，四季芬芳。从没见过一所外观如此令人激动迷恋的校园。而创办这所学校的何英董事长的传奇经历也让他着迷和钦佩。听同事说,二十年前,董事长十五六岁时,从漳州乡下,只身到鹭岛大学一位教师家做保姆,后嫁给主宰鹭岛屠宰业半壁江山的一个屠夫,曾亲手操刀卖肉。有了一定资金积累后开始进入股市和房地产业,十几年间资产上亿,于是以鹭岛商会会长身份,联合商会会员,出资一亿五千万,在鹭岛九天湖畔,开发一座荒山,创办了这所极具现代气息的鹭岛润英学校。他深为自己能够在这所传奇学校任教而感到骄傲和自豪。

另一方面,从待遇上说,在这里工作两个月的薪水比在家乡干一年还多。待遇高了,才不会贫穷,也才有尊严,这些都是来润英学校之前所没有的啊!这一切都是多年来他内心所渴望的和向往的,即使这里的工作有压力有挑战,那也是他所喜欢的,人生能有几回搏,爱拼才会赢,与其庸庸碌碌平平淡淡地苟活,不如轰轰烈烈风风火火地奋斗。毛泽东时代的理想主义和文学名著中的浪漫主义所播下的种子,早已在他的内心深处长成根深叶茂的大树了,而在润英学校的感受,正符合他的这些期盼。所以,从感情上说,他会毫不犹豫地选择留下!

可是,现实是冷峻的,首先必须活着,然后才能浪漫。他点上一支烟,继续投入地想着。现在,一方面家乡的学校换了新校长,由三令五申到最后通牒,要求他尽快回去,并威胁如不回去将不予保留公职云云。他知道,原单位之所以如此苦苦相逼,一是因为他跟新校长没有任何交情,新校长没得到他舒逸鸿任何好处。二是听说家乡学校的同事中有一群患上"红眼病"的家伙,一天到晚穷极无聊四处乱转,找校长嚷嚷要么要他回去,要么准他们出去。他们真的想过要出去吗,难道他们不知道外面的世界虽然精彩,却也很无奈,不知道先前他们中的一个去了深圳最后靠在街头算命和扮盲人按摩才回到亲爱的家乡,不知道即使他回去了对他们也并没有半点好处?这些他们都知道,他们就是见不得你得意,要憋屈大家一起憋屈,谁也别想独自得意!现在,看来他们就要得逞了,他确实无法在这里再得意下去了。家乡不准停薪留职,而润英学校作为民办学校也无权办理调动手续。如果破釜沉舟扔掉公职留在这里呢,这倒是一个办法,可是太冒险了,一年来眼见有多少位同事得意而来又失意而去,来来往往,像走马灯似的,免不了心生兔死狐悲之感。教师流动性太大,既导致教师团队军心不稳,也使学生困惑,严重影响教学质量,这是民办学校的致命伤。在公办学校里再懒再蠢再胡搅蛮缠的人,学校也拿他们没办法,不少时候校长还得哄着他们。在民办学校却又走到另一个极端,一个教职员可能会因为一个过失,或得罪某位掌权者而被轻易赶走,然后又轻易招来一个替代者。舒逸鸿自知自己远不是那种善于讨人喜欢的角色,尤其是不善于讨领导喜欢,得罪人是免不了的事。何况现在他已经因为主编中学部部报《培华润英》而得罪了主持工作的常务副校长顾荣华。这也是无可奈何的事,他这个主编总不能不登中学部部主任周伯雅的文章吧,尽管他知道周伯雅与顾荣华这位新来的湖北佬公开作对,他也只能听周伯雅的。顾荣华知道周伯雅是董事长从家乡请来帮她办学校的,拿他没办法,只好找他舒逸鸿出气。这样舒逸鸿便似乎要责无旁贷地成为周伯雅和顾荣华争斗的牺牲品。

新学期开学的时候,大家发现语文组新来了好几位湖北籍的退休老教师,坐在舒逸鸿身旁的蔡秀清老师悄悄告诉他:"都是顾荣华从湖北老家拉来的。"顾荣华先把舒逸鸿的文科教研组长一职拿下,送给了他那个掉了几颗牙又说着满嘴鸟语般方言的退休老乡。接着又仿效《围城》中三闾大学校长高松年的手法,在聘用合同上做文章。所不同的是高松年只把聘书给了孙柔嘉,而没给方鸿渐,最终让方鸿渐受辱而退。顾荣华与高松年的手法大同小异,他同时给舒逸鸿的妻子曹慕荣和舒逸鸿都发了聘用合同,可是给曹慕荣的是三年期的,而给他舒逸鸿的却是一年期的。润英学校的聘用合同分一年期和三年期两种,三年期的无疑是得到校方信任可以长期干下去的,而一年期的明显有不太信任的意味,两口子同在这里,哪有这么不同对待的,这不是明摆着要挤他走吗? 与其有朝一日被这个小人挤走,还不如趁现在有调往江南的机会急流勇退。到那锦绣江南鱼米之乡去过安稳的日子,这在眼下和将来都应该算得上是一个明智的选择。

想到这里,他不禁从心底发出一声如释重负而又万般无奈的叹息。仿佛就要与他的挚爱永别似的,他再次深情地凝视远方那似在夜空闪烁的璀璨的灯光,环视亲爱的校园,在心里一一对它们说再见。

第三章 心事重重

惜别心爱的鹭岛，满腹
心事地踏上人生新的旅程，
等待他的又会是怎样的命运呢？

月白风清，夜色朦胧。

列车从鹭岛出发，在夜色中向北方急行。路边的树木、田间的村落和远处的山峰，一一从车窗外闪过。已是深夜，卧铺车厢已经熄灯。多数旅客都已入梦，隔壁车厢偶尔发出的几阵鼾声和列车有节奏发出的咣咣声，似是催眠曲，陪伴旅客们安然入梦。

舒逸鸿凭窗而坐、难以入眠。看着对面床铺上早已入眠的妻子和女儿，想着这又一次的人生大变动，心情久久难以平静。

从遥远的淮北老家跑到几千里外的闽南鹭岛又跑到几千里外的苏南，一年多经历两次大动荡。总是被逼上梁山，总是处在不断的变动中，一刻也不得消停。十五年前大学毕业的时候，他对人生的设想，最大的心愿是回到故乡的师范学校里去平静地教书、读书、写书。可是冥冥中似有一双命运的黑手在捉弄他，让他总是事与愿违。大学毕业时特别想分回故乡，却偏偏被分到了外地；好不容易调回了故乡，却因为受了初恋失败的刺激，一天也不想再在那里待下去；想要通过考研走出那伤心失意之地,却因为跨不过外语这道坎而屡试屡败,最终只能忍痛放弃;想结婚成家过平静的生活,可结婚不到半年便闹离婚,因为妻子已有孕在身,便隐忍下来,希望能用隐忍换来和平,可是生性强悍、脾气火爆的妻子并不领情,秀才遇到兵,有理讲不清,家庭遂成战场和地狱。女儿三岁时,终于在对方"谁不离谁是婊子养的"一语刺激下愤然离婚。过了半年,因为看到女儿可怜,加上曹慕荣屡次表示要痛改前非,遂又复婚。但江山易改,本性难移。虽有克制,却仍硝烟四起。偶见鹭岛有一民办学校正在招聘,工资水平是内地的六倍,又渴慕那有大海气息的特区生活,于是前去应聘,于千人中拔得头筹,得以展翅高飞。刚过半年,曹慕荣以女儿离不开爸爸为名,威胁利诱,逼迫他想办法将她们母女接过去。女儿进了小学部读书,作为体育教师的她则去小学部教体育。一家团聚,本可安心工作挣钱,却仍冷战不止。曹慕荣其人又多疑善妒、鲁莽粗野、摔东砸西、大喊大叫、不计后果。他很担心在民办学校如此行事,早晚会被赶走。现在既然决定到晞州去,希望这是人生最后的一次迁移。晞州是个好地方,上大学时逸鸿从书中读到过这句话。承蒙江南省教委师范处周仁公处长的热情举荐,他才能顺利调入晞州学院。当逸鸿将想要调动的事情在电话里告诉父母时,父母召集弟弟妹妹们开了一个家庭会议。据父母说全家都舍不得让他离开老家到外地去,实在要走,也不要再跟曹慕荣一起走,借调动彻底分开最明智。母亲说又不是能合得来,总这样一天舒心的日子也过不成。可是,逸鸿又一次听信了曹慕荣"一切为了孩子,换个环境从头开始"的说法,同意再试最后一次。他心里比谁都清楚,当初老家梦蝶师范的校长以"一文一武性格互补"为由撮合他们是大错特错了。实践证明他们是永远也拴不到一个槽上的两头犟驴。只是他的内心有一处最柔软的地方,就是对女儿的感情。女儿刚生下来时,放在产房的小床上,他守护着那个天使般的小生命,心中曾暗暗发誓:"一辈子都要好好守护着她!"曹慕荣一定是找到了他的这个软肋,只要一提为了女儿,他总是会答应,所以她也就屡次三番拿女儿说事。逸鸿想但愿这一次她能真的变得通情达理些,在异地他乡,为了女儿,也为了父母,珍惜这个家庭!

至于到晞州后的工作,逸鸿也有了一个初步的打算,他相信,凭他从事师范教育十五年的经验,一定会有一番作为的。对此他充满自信,知道无论走到什么地方,他都拥有自己的优势。不然一向谨慎的周仁公处长才不会轻易推荐他呢。

一夜想着心事,快到天亮时才进入梦乡。真的是入了梦乡,他做了一个梦:在一处碧波荡漾、杨柳依依、极富江南风情的仙境般的湖面上,他惬意地坐在一只悠然前进的小船里,船头亭亭玉立着一位风姿绰约、婉约柔美、如诗如画的江南姑娘。他被这情景给迷住了。这梦中的体验一定是太神秘太奇特太珍贵了,它深深地印在舒逸鸿的心里,令他长时间地深情回味。

舒逸鸿走进晞州学院大门时，不
觉被前面一个袅娜前行的背影所吸引。

初秋傍晚的太阳依然那么明丽。到达晞州学院的第二天，逸鸿去晞
州学院附小帮女儿办好入学手续，走进晞州学院大门时，不觉被前面一个
袅娜前行的背影所吸引。玫瑰红丝绸短袖唐装，乳白色真丝长裙，红色羊
皮高跟鞋。修剪到脖子根部的头发乌黑柔美，发梢微微向上卷曲，显得优
雅而俏皮。红衣女生目不旁视，步态从容，婉约娴雅，似走在幽静的山谷
小道上，更像是走在自己的梦里。

逸鸿想：这背影、这身姿、这气质，怕就是江南少女的写照吧？不是典
型的江南水土，断育不出这样的姿态。他不由得想一睹她的芳容，心中想
着不觉悄悄加快步伐，走到与她并肩的位置时，微微侧过头去，他看到一
张宛如满月的姣好面容和夏夜般梦幻而沉思的眼睛。这面容让逸鸿联想
到国画中的古典美人。"好一个现代版的王昭君！却也像走出红楼的薛宝
钗！"她似乎并没有注意到身旁有一位旁窥的不速之客，依然目不旁视、婉
约安然地一直走进女生宿舍楼里去了。

"真是个很特别的女生！看她那雍容华贵的模样，注定是阔太太命。"

这女生给逸鸿一种感觉:冥冥之中一条平坦悠长的阔太太的路早已为她铺好,她什么都不用想不用愁,只管就这么安闲从容地一直走下去就行了。

开学第九周的一天下午,晻州学院文科大专一年级(1)班现代汉语课代表林晓霞去教师办公室交作业时,意外发现办公室有一位三十七八岁的新老师,忙凑近现代汉语老师沈雨燕身边小声问道:"沈老师,那位新老师是谁啊?"

"他就是你们的新班主任啊。"沈老师笑着介绍说。

听到沈老师说话,那位新老师转过头来,朝沈老师和林晓霞含蓄地笑着点了点头。林晓霞一时有些激动,忙向班主任问好。随后,她兴冲冲地返回教室,向同学们报告:"班主任来了! 班主任来了! 我刚刚在办公室见到了。风度翩翩,气质不凡!"

"乌拉!""真是千呼万唤始出来啊!""终于要见到庐山真面目啦!"同学们正热烈谈论着,班长夏燕也满面春风地跨进教室,兴奋地宣布:"刚才得到教学处通知,明天上午第一节课班主任正式上任,来我们班上课,大家做好准备!"

第二天,在全班同学热烈的掌声中,舒逸鸿走上讲台。他在讲台上站定,亲切地向全班同学致意,并对自己没能按时到任表示歉意。他一边讲着,一边用目光扫视全班,忽然,他在右边第三排座位上看到一双夏夜般梦幻的眼睛正微笑而专注地望着他,他一眼认出她正是两天前在学院门口遇见的那位红衣女生。那一刻他不禁惊喜而又赞叹地想:"真是有缘! 原来竟是她!"他瞄了一眼讲台上的学生座次表,欣喜地看到了"林梦荷"这个颇有诗意的名字。天生丽质,清新脱俗,正像细雨中花蕾初绽的粉嫩小荷,真是名如其人。"出淤泥而不染,濯清涟而不妖,中通外直,不蔓不枝,香远益清,亭亭净植,可远观而不可亵玩焉",舒逸鸿不禁联想到周敦颐《爱莲说》中的名句。赏心悦目的形象,诗情画意的美名,有女如此,何其有幸!有徒如此,亦是有缘。在教室里意外见到林梦荷,让舒逸鸿心情大好。再看全班同学,真是美女如云,个个冰雪聪明。这让舒逸鸿极为感慨,在润英学校虽然待遇比这里高出几倍,可是那里的学生都是十几岁的初中生,贪玩而吵闹,当他们的老师哪有什么成就感!在这里培养的这些学生两年后可都是江南名城晞州市的中小学教师,她们个个有知识有修养,当她们的老师自有另一番趣味。想到这些,他的讲解更加幽默生动,富有激情。下课时他从同学们热情赞许的眼神中,知道他们已经接纳了他这位姗姗来迟的远方来客。

第五章　风采初现

梦荷沉吟道："感觉班主任好像是站在高山之巅写这篇序言的，他把两年后要对我们说的告别的话提前说出来了。"

　　每周一下午的第一节课，是晞州学院的班会课。上午，作为写作课教师的舒逸鸿，已经惊艳登场，并赢得了同学们的热情接纳。下午，作为班主任的舒逸鸿再次登场，主持上任后的首次班会。在这次班会上，他对同学们说，从决定要到晞州学院来的那一天开始，他就开始考虑怎样帮助同学们充分利用这两年大专深造的宝贵光阴，使大家在思想境界、性情气质、专业修养、特长技能和管理能力上得到切实的进步和升华，从而能够游刃有余地去适应未来的挑战。

　　他说："根据以往多年从事师范教育的经验，同时考虑到现在这个班级的特点，已经有个贯穿两年的工作计划，再过些日子，等比较成熟的时候再向大家宣布。光阴似箭，时不我待，有个现在就应该做起来的事情，那就是发展特长。"

　　接着他让班长夏燕宣读了他昨天晚上起草的《师范生应当重视发展特长》一文：

　　即将来临的二十一世纪是充满挑战和竞争的世纪,时代的发展迫切要求我们做好迎接挑战的准备。而欲在竞争中立于不败之地,就必须拥有足够的实力,必须在全面发展的基础上又身怀绝技。

　　早在一九二一年,伟大的人民教育家陶行知先生就指出:"师范学校教育当发展各人的特长,以适应社会上的需要。"近年来不少有识之士也提出师范教育要培养"合格+特长"的一代新人。

　　从以上认识出发,我们建议组建教研、写作、电教、书法、美术、声乐、器乐、读书、英语、演讲、辩论等特长小组,根据具体情况,拟定切实可行的活动计划,在两年的大专学习期间,每人发展一两项特长,以备毕业后的工作之用。这是一项十分有益的工作,愿同学们用求实、坚韧、勤奋、创造的精神求得优异的成果,造福社会,受益终身。

　　根据我们的设想,上述各特长小组每学年作一次调整,使各位同学可在一两项特长上获得切实的发展进步。同时选修两项的同学应花更多精力以期做好,特别应注意妥善处理好各门功课与发展特长的关系,努力做到和谐并进,不使偏废。各小组要及时交流经验,以求共同进步。小组负责同学负有重要责任,望以殚精竭虑、精益求精的精神做好有关组织工作,勿使这项工作流于形式或半途而废。

　　"业精于勤,荒于嬉;形成于思,毁于随。"

　　祝愿同学们勤于训练,求实求精,早出佳绩。

　　夏燕宣读完毕,全班同学对班主任的这个提议给予热烈的掌声。

　　舒逸鸿指定这项工作由班长夏燕总负责,本周内将各特长小组组建完毕,在组长带领下,制订行之有效的小组和个人的发展计划,定期交流、检查和改进。

　　话音刚落,教室里立即沸腾起来。舒逸鸿问大家都有什么意见。

　　朱云霞说:"老师这个建议太英明了,我举双手赞成! 真是及时雨啊,早就该做这件事了! 不然等毕业了什么特长都没有,以后开展工作肯定会很困难的!"

　　华英姿接着说:"我正发愁自己什么特长都没有,这下好了! 老师刚才列举的那些项目,哪个都很需要,哪个我都想学!"

　　舒逸鸿欣慰地笑着说:"性子急可吃不了热豆腐。先选一两项,学好学精,再选学别的,在校学不完,毕业后还可以接着学。只要有决心,你肯定可以学到十八般武艺的!"

　　大家纷纷附和发言,并相互交流最应该选报哪个小组。

　　等同学们安静下来,舒逸鸿又让同学们讨论拟定班训、班风。待同学们充分发表意见后,班主任综合大家意见,提出将"面向未来,追求卓越"确定为班训的内容,将"诚信勇毅,真善美新"确定为班风的内容。全班同学热烈鼓掌,表示赞成。

　　舒逸鸿上任后的第一次班会开得热烈而又成功,这让他更增添了信心和力量,也大大冲淡了离开润英学校的失落感。

　　开完班会,舒逸鸿刚回到办公室,班主任助理韩江雪就过来找他,希望班主任支持她创办一份班级文学刊物,并请他命名和作序。舒逸鸿这些年办过不少这类刊物,一听她的提议,连声称好,说非常有助于提高写作水平和文学素养,因此愉快地答应了她的要求。得到班主任的热情称赞和支持,韩江雪很高兴,正要离开时,舒逸鸿叫住她,说:"不如就把这份刊物与写作特长小组结合起来,你就做这个小组的负责人和这份刊物的责任编辑,你看怎么样?"韩江雪听了连声说:"谢谢老师! 谢谢老师! 这个建议太好了,我们一定会做出成绩的!"

　　第二天上午下课后,舒逸鸿将拟好的刊物名称和创刊序言交给韩江雪，又把批阅作文时发现的五六篇观察训练的习作交给她作为创刊号的稿件。一周后刊登着舒逸鸿所写序言的班级文学刊物《家园》正式诞生。同学们争相传阅，胡雅君自告奋勇在班里大声朗诵班主任所写的序言：

永远的家园
——《家园》创刊序言

在非凡的一九九六年，在美名远播的晞州学院，诞生了我们亲爱的班级：大一(1)班。在大一(1)班生机盎然的沃土上，孕育出一枝芬芳的奇葩：我们的美好《家园》。

从此，我们有了自己的家园：我们的精神家园，她是我们成长壮大的温暖的摇篮，她是我们纵马驰骋的辽阔的草原，她是我们停泊小憩的宁静的港湾……

相聚是一份缘。相聚需一份爱。相聚有一份遗憾。相聚留一份思念。让我们珍惜相聚的这份缘，让我们奉献出心中的一份爱，让我们想到离别的那一天，让我们珍藏起牵挂的一颗心。

我们的班级，我们的家园，是我们休戚与共、朝夕相伴的地方。就如鱼儿不能离开水，鸟儿不能离开巢，我们岂能离开集体这个家?! 让我们彼此敞开心扉，把你把他把大家诚恳、热情地接纳，用爱心、宽容、理解、关怀、支持、奉献，建一个温暖舒适、亲切、和睦的家，使我们的精神自由焕发，饱满挺拔!

怀着这样的思想，我们孕育、创造了寄托我们集体精神和愿望的《家园》。我们的《家园》，从出生起就负有如此庄重的使命，去为我们的理想而奋斗，去为我们的奋斗而呐喊。她要成为融化坚冰的太阳、驱散黑暗的火炬、救济饥渴的食粮、托起意志的脊梁!

愿我们的《家园》经过艰苦的历程，到达我们魂牵梦萦热烈追求的理想彼岸。

　　　愿我们的《家园》为那些与我们怀有同样渴望的别家的人们送去希望和温暖。

　　　愿我们的《家园》永远留在我们美好的记忆中，伴随我们一往无前地走向明天！

胡雅君读毕，同学们一齐叫好。

朱云霞热情赞美说："真是激情四射，文采飞扬！不愧是写作课教师。"

林晓霞分析说："内容很有启发性和鼓舞性！"

班长夏燕强调："我觉得名字起得特别棒！家园，多温馨的名字！看到她让人感到很温暖很亲切。"

作为《家园》责任编辑的韩江雪说："我想班主任取这个名字是想表达他要带我们建成一个美好温馨、团结向上的班集体的愿望吧！"

一向出语不凡的林梦荷沉吟道："感觉班主任好像是站在高山之巅写这篇序言的，他把两年后要对我们说的告别的话提前说出来了。"

听了梦荷的话，胡雅君连说："不错，不错，经你一说，感觉还真有这样的意思。"停了一下，又打趣说，"看来我们的梦幻仙子与班主任心有灵犀，真是红颜知己啊！"说得梦荷脸红起来。

第六章 妙招迭出

她们不禁想起当初"可爱的厦门老头"所言不虚，她们的班主任真的是非常非常地出类拔萃！她们望眼欲穿地等了他两个月是值得的！

第二周的班会上，先由班长夏燕宣布十个特长小组的组长和成员名单，她建议每周三晚自习为各特长小组活动时间，每周一班会时间，各小组在班会上汇报交流一次经验。班长还表扬了该项活动的一些积极分子：器乐小组组长林梦荷特为训练花了八百多元新买了一架古筝，美术小组组长朱云霞新买了一应绘画用品，写作小组组长韩江雪个人出资为全组同学订阅了《中国校园文学》杂志，等等。班长号召大家向她们学习，下决心练就一身过硬的本领。

夏燕发言后，舒逸鸿就他所构想设计的英才培育计划做了扼要说明：

该计划包括最终目的、行动准则、管理模式、效法楷模、理论指导、基本途径、教育核心、评价标准、最高境界等九个方面的内容。

为了让全班同学能从这项计划中得到教益，舒逸鸿提出通过撰写和编印系列《素质教育探索录》的形式，让全班同学都参与进来，既能增强思想素质，又能提高写作水平，还能互相启发教育，可谓一举多得。

接着他布置了第一辑的写作任务，这一辑要求大家结合自身实际写写对未来的展望。

在学校文印室几位老师的热情帮助下,几天后凝聚着师生心血的《素质教育探索录》第一辑《蓝天属于我们——自我教育文选》洋溢着青春的激情,散发着浓浓的墨香,迅速传遍全校,博得领导和师生由衷地赞赏。

第三周的班会上,舒逸鸿总结点评了《素质教育探索录》第一辑的撰写和印发情况,热情赞美了入选文章的内容和文采。接着又布置了第二辑《英才引导我们——世界英才评传》的写作任务,要求这一辑精选和撰写世界英才人物的评传,给大家树立光辉的旗帜,提供效法的楷模。

一周后,包括夏洛蒂·勃朗特、安徒生、尼采、卢梭、林肯、居里夫人、周恩来、聂耳、刘天华、丁玲、刘海粟、陶行知、魏书生、斯霞、于漪等英才人物的评传被同学们用饱含深情的多彩文笔写了出来,随后印发全校各班,这一次在第一辑影响的基础上,在全校引起了轰动效应。舒逸鸿就这一辑的编印所写的序言更是起到推波助澜的作用——

风雨中的鹰
——《英才引导我们——世界英才评传》序

这里汇集了十五位同学撰写的十五位世界英才的评传,包括教育家、文学家、科学家、政治家、思想家、音乐家、美术家等。这些名垂青史的杰出人物,其人生之路虽不尽相同,却有许多共同特征:

其一,都坎坷多艰。陶行知自幼即贫困艰辛,其后为求学办学曾典当过衣物,避难于国外,上过特务黑名单;夏洛蒂·勃朗特贫穷、丑陋、病弱、孤苦无助,饱受人间的痛苦、凌辱;安徒生出身卑微、其貌不扬、终生未婚;尼采幼年丧父、一生漂泊、饱尝孤苦。

其二,都矢志不渝。于漪许身孺子,鞠躬尽瘁,凡四十七年,无怨无悔;卢梭自幼愤世嫉俗,立志与丑恶、不公正的现实作斗争,哪怕当仆役、做小贩、流落街头、流亡国外，始终不改其志；居里夫人自幼献身科学，历尽贫困艰辛，不达目的誓不罢休。

其三，都满腔热忱。聂耳用沸腾的热血谱写了不朽的《义勇军进行曲》；斯霞一生忘我工作，探求真知如饥似渴；刘天华在贫困动荡的岁月里，用炽热的爱演奏出民族音乐的最强音；丁玲"像革命战士那样，坚守阵地，即使剩下自己一个人也要坚持战斗下去"。他们都是燃烧生命、创造辉煌的人。

其四，都敢于创新。刘海粟敢于冒生命危险，独树一帜，向传统势力宣战；丁玲敢于在《莎菲女士的日记》中发出心灵的呐喊；魏书生独辟教改新路；林肯用伟大的勇气砸碎了奴隶制的锁链。

其五，都造福后世。陶行知的思想、品格；斯霞、于漪、魏书生的教育艺术；卢梭、尼采的思想财富；丁玲、勃朗特、安徒生的不朽创作；居里夫人的科学发现；周恩来的自勉精神；林肯的千秋功业；聂耳、刘天华、刘海粟的辉煌艺术等等，都是留给人类用之不竭的宝贵财富。

古往今来的一切杰出人物的人生之路无不具有这样鲜明的特征。

今天，当我们一一审视这些英杰们的生平之路，进而思索自己的人生之路时会有怎样的感想呢？人的一生是短暂的，今天你还是这样年轻，可一转眼少年变成了青年，中年变成了老年，时光无情，一刻不停，过一天就少一天！况且，还有那么多犹疑、彷徨、蹉跎的时候，还有那么多意料不到的困惑、麻烦、灾难，保尔因此对自己说："要赶紧生活"。每个人都应该赶紧生活：珍惜每一天、奋斗每一天、创造每一天、享受每一天、无悔每一天，唯有这样，"在临死的时候，才能够说我的整个生命和全部精力，都献给了世界上最壮丽的事业——为全人类的解放而进行的斗争"。在我们看来，唯有这样的人生才是最有价值、最有意义、最可欣慰、最值得追求的。

世界上生活着数十亿的人们,有着许许多多种人生观、价值观,也就有着许许多多种生活态度、生活方式。有人积极进取,有人碌碌无为;有人造福后世,有人贻害万年;有人损己利人,有人损人利己;有人立志成才,有人甘于平庸;有人逆流而上,有人怨天尤人……人生的路有许多,你选哪一条呢?

人生的路没有一条是平坦的,查理·卓别林说过:无论穷人也好,富人也好,都要为生活而斗争。在人们走向目的地的路途中,有坦途有阳光有鲜花,也会有许多坑坑洼洼,甚至有万丈深渊,有泥潭,有高山,更有我们内心的黑夜阴雨、雷鸣电闪……晴朗的日子,平坦的大道我们会欢歌笑语,一往无前;阴暗时刻,险阻面前又该怎么办?——请抬起头来,你看,那长天风雨中的鹰,是多么豪迈、无畏、矫健!显示出鸟中之王的无比高贵、无限尊严!我们每个人的心中也要有鹰一样的气概和勇敢,去迎接人生中的风霜雪雨和雷鸣电闪!正是怀着这样的目的,我们的十五位年轻的朋友用满腔的激情和多彩的文笔写下了汇集在这本文辑中的十五篇评传,此刻我们共同深情地祝愿:

亲爱的朋友们,愿你像矫健的雄鹰穿过风雨,向着灿烂的朝霞勇敢地高傲地展翅向前吧!

"看看什么叫才子!什么叫才华横溢!什么叫文采飞扬!"(1)班的同学拿着这篇序言向别班的同学夸耀。别班的同学既羡慕又无奈,只能感叹自己没那么好命,遇不到这样的班主任。

在这次班会上,舒逸鸿还要求大家思考什么是真正的新女性,以及如何成为现代新女性的问题,并要求两周后就此问题展开讨论。

第四周的班会上,趁着高兴,班主任提前宣布了他的《素质教育探索录》系列以后各辑的构想,并征求同学们的意见和建议。按照班主任的计划,大一第二学期将编印第三辑《美丽永伴我们——新女性论坛》和第四辑《理性照耀我们——英才教育论丛》。大二的第一学期将编印第五辑《奋斗升华我们——个性特长写真集》，大二的第二学期将编印第六辑《真情鼓舞我们——依依惜别的赠语》。通过这一计划，将提高文化思想素质同培养写作能力有机结合起来。借助于写作这个特长和工具，舒逸鸿巧妙地将班级工作与教学工作融为一体，大大提高了同学们的写作水平，又留下了值得珍藏的一个个精神产品，他对此颇感欣慰。

　　除了这些计划之外，在这次班会上，班主任又提出了一个同学们从来不曾听说过的设想，就是为了实现英才教育计划中提出的让每个同学的管理能力都得到提高的目标，要建立和实行班级干部轮换制，具体内容是：每一届班委会和团支部的任期只能有一个学期，任期届满后退下做下届班委会和团支部的顾问团；同时在第一届班委会和团支部任期之初即选定下一届的班委会和团支部成员做见习预备队。这样依序实行下去，到第二学期班级将会同时存在三套干部队伍：退下来做顾问的，接上来做现任的，和准备着做见习的。大家都是同学，又都是干部，自立立人，互帮互助，达到班主任所希望的："班级的人，人人有事做，人人做主人；班级的事，事事有人管，事事成好事。"最终在两年的大专学习生活中都得到一次班级管理的锻炼，为毕业后的教学管理工作预先做好准备。

　　舒逸鸿阐述完自己的这一想法后，指定班长夏燕和团支部书记杨春蕾分别负责在两周内征求同学意见，选定下学期的班委会和团支部的人选，使她们尽快以预备队的姿态，与现任干部对口见习。

　　到任晞州学院的一个月里，舒逸鸿可谓妙招迭出，每周都有新想法，每周都给同学们带来新惊喜，在同学们的眼里心里，大一的第一学期由于班主任的到来，班级里所有的这一切都是那么新鲜而又充满着令人兴奋和骄傲的气息。她们不禁想起当初"可爱的厦门老头"所言不虚，她们的班主任真的是非常非常地出类拔萃！她们望眼欲穿地等了他两个月是值得的！

第七章　完美女性

当女人哭泣时，男人的天空将会阴云密布；当女人微笑时，男人的天空将会霞光飞动。

又到班会课时间，主持本次班会的团支部书记杨春蕾在开场白中不无幽默地说："两周前我们敬爱的老班向大家提出关于培养新女性的问题。这两周同学们查阅了许多图书、杂志，搜集了不少相关资料，在教室、寝室，甚至餐厅，进行了热烈地讨论和争论。大家对究竟为什么要开展培养新女性的活动，以及如何培养新女性，既满怀兴趣，又充满困惑。利用今天这个班会时间，我们请敬爱的老班给我们指点迷津。大家鼓掌欢迎！"

舒逸鸿在掌声中走上讲台，看着台下三十九名女生和三名男生，略略停顿，似乎有什么往事掠过脑海，他用颇具辩护和反驳的语气开始了他此次的演讲——

　　我知道这两周来，对我的那个提议，在同学们当中，并不都是一致支持的。有不少非议，可能也有反感，甚至抵制的声音。个别同学的情绪还很激烈，似乎这件事会要了她的命。确实，这不是一件轻松愉快的事,它实质上与到医院打针吃药是一样的。因此反感抗拒也是情有可原的。但是,从小到大,当你生病时,你的父母难道会因为你的哭闹抗拒而不带你去医院吗?有时为了给你打针,他们还会与医生"同流合污",抓住你的小胳膊小腿,以便让那个让你恐惧和痛恨的针头扎进你的身体。我现在做的就是这样不受欢迎的事。因为必须要做,所以不能因为不受欢迎就放弃。有的同学也可能会说:"我们又没生病,干吗要给我们打针!"我的回答是:打针有两种,一种是治病的针,例如退烧针;一种是防病的针,就是防疫针。即使你现在十分健康,难道就可以不打防疫针吗?还有同学说:"干吗不进行新男性教育,这不公平!"我的回答是:新男性教育同样需要,只是在我们班男性太少了,我们的教育活动还是应该根据班级特点,先照顾大多数吧。少数被冷落的男同胞可以先用新男性的标准自我教育着,等以后有机会我们大家再来帮助他们,这其中可能还有我。活到老,学到老,进步到老,我也该受到新男性教育。

说到这里,讲台下发出一阵会意的笑声。略略停顿了一下,他接着说下去——

上面说的这些算是一个引子吧,下面我要说的才是正题。我要讲的主题是《让霞光照亮整个天空——关于女性教育的思考》。可以毫不夸张地说,下面我要讲到的认识,不是即兴演讲,不是心血来潮,而是萦绕在我心中很长时间的想法。既有我的生活感受,也有许多现实的启示,也有我对未来的思考。

我们首先讨论一下我们为什么要培养新女性?我们先要来探讨新女性这个"新"字。这是与我们国家封建时代那些落后保守的旧女性不同的,我认为要成为一位适应二十一世纪的新女性,应该

正确处理好如下这些关系:

一、处理好古与今的关系:做到既有传统美德,又有时代精神——新女性应该是勤劳善良贤惠等传统美德与勇于进取、善于创新的时代精神交融的产物,而不是贪图安逸、虚荣浮华的一类。

二、处理好分与合的关系:做到既有独立人格,又有协作意识——在人格上要自尊自爱自立,有信念、有原则、不盲从、不怯懦,坦坦荡荡做好自己,自尊而不自傲,自爱也能爱人,自立更能立人,取人之长,补己之短,友爱合作,共创辉煌。

三、处理好情与理的关系:做到既能柔情似水,又能坚强如钢——女性天性重情,理性是个弱项,要记住使情感与理性比翼齐飞,才能创造和谐美满的未来。对亲人对友人应奉献满腔热情,困难面前则必须咬紧牙关挺直腰杆,去努力去征服!

四、处理好内与外的关系:做到既下得厨房又入得厅堂——女性是温馨家庭的功臣,与家庭成员一道操持家务是不可推卸的责任,那些只顾工作只入得厅堂而不顾家庭的女性是有缺憾的。应注意兼顾,彼此促进,方为明智。

五、处理好辅与主的关系:做到既能做好绿叶,又能当好红花——不只帮别人取得军功章,也应努力争取属于自己的军功章,这才活得自信,活得完整。

六、处理好形与神的关系:做到既重外在之美,更重内在之美——爱美是女性的天性。外在之美既不应太重视,也不可太忽视,应给予恰当的关心。而内在之美则必须努力具备,使外表与心灵处于和谐中。

七、处理好给与取的关系:做到既能慷慨奉献,又能快乐生活——为亲人为社会该慷慨奉献时不应太小气,但也不可太苛刻自己。比如在街上遇到流浪汉,口袋里只有十元钱,你大可以只捐一元,剩下的给自己买饮料、乘公交。人是先要健康地活着,才谈得上创造和贡献。没有不断的补充，必不可持久。有多少优秀人才英年早逝，大都因为不注意补充能量，不重视休息。因此可以说不会休息的人便不会工作，不会生活的人也不会创造生活。望同学们都能珍惜每一天、创造每一天、享受每一天，只有这样才能拥有属于自己的美好人生，也才能够把幸福的阳光带给你身边的每一个人！这就是我所理解的新女性，难道你们都不想成为这样的人吗？

忽然响起的热烈掌声打断了舒逸鸿的演讲。他注意到他的演讲引起同学们极大的兴趣，许多同学的脸上洋溢着兴奋的神情，眼睛里闪烁着敬慕的光辉。他欣慰地笑了，接着刚才的话题讲下去——

刚才我讲了新女性的"新"，下面我想讲讲"为什么"的问题。

一、用陶行知先生的话，女子教育的重要性有三点，其一，女子同为人类，自应有知识技能，去谋独立生活。其二，女子富于感化性，能将坏的男子变好。其三，女子受教育，必定十分顾及她子女的教育，不似男子的敷衍与疏忽。

概括地说，陶先生讲了女性教育的三大价值：一可以成为能够自食其力的独立的人，二可以成为能够把男人变好的好妻子，三是可以成为能够用心教育好小孩的好母亲。有这三点理由，你们不觉得作为女生接受更高更好的教育对于人生和社会是多么重要吗？！

二、我国教育与发达国家的教育相比，还有一定的距离。女子教育更是如此，这是导致民族整体素质不高的深刻原因。因此有必要作为重点问题加以重视。

三、许多女孩子虽然进了学校但由于学校教育的局限和弊端，并未能使她们在根本上培养出优良个性和人格，种种问题令人忧虑，发人深省。尤其对于我们师范学院的女生，更应该在一般教育之外，特别进行富有针对性的女性教育，通过这种教育，使自己成为性情和谐、品学兼优的女性，就是我们所说的新女性。这不仅关系到自己以及自己家庭的幸福，更关系到许许多多学生和他们家庭的幸福，关系到民族的未来。请在座各位记住，你不仅仅是一个单独的个人，你还是一个将要影响几千个孩子和他们的家庭的教师。

四、姚乐丝·卡耐基在《写给女孩子》一书中写过这样一句极为重要的话："一个男人的婚姻生活能不能得到幸福，他太太的脾气和性情比其他的任何事情都更加重要。她可能拥有全天下的每一种美德，但是如果她脾气暴躁、唠叨、挑剔和个性孤僻，那么她所有其他的美德便都等于零了。"请同学们想想，如果你成绩很好、能力很强，但你的性情中有姚乐丝·卡耐基讲到的那些毛病，当你为人妻为人母之后，你能拥有一个幸福的家吗？没有一个幸福的家，你又如何能把快乐带给你的学生们呢？那么，求学时代所争取到的好成绩好能力又有什么意义呢？说实话，在我们的学校教育中，这样的教育内容还是一片空白。

五、伟大诗人歌德用诗句热情赞颂他心目中理想的女性："一切消逝的不过是象征，那不美满的在这里完成，不可言喻的在这里实行，永恒的女性引我们上升。"他是把美好的女子当做天使，像但丁《神曲》中的贝雅德将迷惘的男人引导到天堂。还有人说一个好女人是一所美好的学校，在一位好女人身边便是在尘世里的天堂。

上面这些理由是不是能够说服我们的"反对派"了呢？如果说服不了，那就只有等若干年后的另一个人去说服了，那就是"生活"，全名叫"生活的教训"——我的这些话还不是来自生活的教训吗？只有生活是最好的老师。

最后我想讲讲怎样培养新女性。犹如一件精美的艺术品需要长期的精心创作一样，一位新女性的诞生也需要一定的时日。况且想到与做到之间总还有很长的距离，需要我们持之以恒地去努力。努力的途径有几条。一个是经常对照新女性的标准虚心地反省自己，充分认识真实的自己，找到自己的薄弱之处。然后有的放矢地去弥补和改进。一个是充分利用文学、艺术、自然陶冶自己的性情和升华自己的心灵。最重要的一点是在生活中以新女性的姿态努力去实行。我们相信，只要我们真诚地不懈地去完善自己，我们的目标一定是可以达到的！

　　总的说来，这个世界是由男人和女人共同享有的世界，当女人哭泣时，男人的天空将会阴云密布；当女人微笑时，男人的天空将会霞光飞动。因此，为了人类的天空更加晴朗和明媚，让我们一起努力，让所有的女性都更可爱更美丽吧！

此时此刻，同学们都被班主任真挚而精彩的演讲深深打动了，她们对他报以发自内心的感激的掌声。响应着这掌声，舒逸鸿最后说：

　　你们已很美丽，希望你们更加美丽！永远美丽！美丽的你们将会收获百倍的感激。

终于讲完了，经久不息的掌声再次响起。恰逢下课，别班的同学也被这掌声吸引过来，站在窗外充满羡慕地望着狂热鼓掌的她们。她们因此更加得意了，此时似乎已忘记先前非议老班的那些话了，仿佛那些话从来就没人说过。

第八章　风云人物

他知道做风云人物并不是一件值得庆幸的事，因为风云易变，难以持久。

到达晞州学院一个月之后的一天，舒逸鸿下课回到办公室，见院长张振兴正坐在他办公桌前，翻看着他刚刚批阅过的作文本。

"我随便翻翻，没经过你允许，"院长笑眯眯地冲逸鸿说，"批得很精彩，有个性！有特色！我还是第一次看到这样批作文的，很受启发！不错呀！"

逸鸿忙说："院长过誉了！还请您多指教！"

张院长说："对写作课我可没你内行，我还要多向你请教呢。我有事找你，去我办公室吧，我们在这里会影响其他老师办公的。"

逸鸿随张院长来到院长办公室，坐在院长对面的靠背椅上静待院长指示。院长去饮水机上倒了一杯水放在逸鸿面前，然后走过去坐在自己的宝座上，用他那特有的眯眯笑的小眼睛看着逸鸿说："舒老师来我们学院时间不长，做出的成绩可不小啊，可以说你带来了一股新风。你们班的同学向我谈起你时都赞不绝口，崇拜得不得了。别班的同学都很羡慕你们班的同学有这么优秀的班主任。不少老师，特别是班主任都很想学习了解你的班级工作经验。我听政教处周主任说他动员你在班主任会上做些介绍,你没有答应,所以今天找你来,想听听你的想法。"

逸鸿不安地说:"我哪有什么值得介绍给大家的经验,充其量不过是一点设想罢了,还很不成熟,又没经过实践检验,作为经验去介绍自觉不妥当。再说,初来乍到,应该我向其他同事多学习先进经验才是。"

院长听后分明很满意逸鸿有这样的觉悟和态度,但是却不接受他的婉拒。"你为人低调,考虑问题很周全、很谨慎,我很欣赏。但是,从工作的角度想,我们现在从上到下都在倡导素质教育,可是究竟如何进行,尤其是在培养优秀师资上,大家都比较困惑,包括我本人也还没有形成比较系统的有说服力的思路,大家都在摸索当中。现在大多数班主任的工作都还停留在做传声筒和管家婆的水平上,很少有人对师范教育有自己的比较系统和成熟的想法,很高兴你已经有了一个清晰完整的思路,根据我的了解,你的思路既符合教育规律又有自己的个性特色,非常切合实际,对大家一定很有帮助。我同意你说的'还有待完善',但我想我们可以不叫经验,就叫它设想,或者打算,把它介绍给大家,一则可以启发他们的思维,二来他们也可以反过来帮你出谋划策,进一步完善你的设计。你在文章里多次讲到要开放交流,我们这就是开放交流嘛!你向大家开放,大家也向你开放,这一开放一交流,我们的素质教育这盘棋不就下活了?这样一来,你的贡献就不只是局限在你们一个班级,而会扩展到全校。难道你不愿意我们全校的同学都成为你所倡导的英才师资吗?"

见院长这样说,逸鸿只好接受:"院长真是会赶鸭子上架,既然您说是研讨交流,那我就权做抛砖引玉吧!"

"好!好!我先代表政教处和其他班主任谢谢你啦!"院长的眯眯眼笑得更迷人了。

隔了两天,在全校四十多个班主任参加的政教工作座谈会上,舒逸鸿以"如何培养适应新世纪需求的优秀师资"为主题,比较全面深入地谈了自己的认识、打算和实践。与会人员无不匆忙地记下舒逸鸿自称抛砖引玉的话。大家感到这些话无疑是经过深思熟虑的,它目标明确、措施得当、设计合理、环环相扣、有理论有实践,形成严密完整的体系,可以说自成一家之言,极富创新的胆识和气魄。可惜作为体育教师出身的政教处长周武嘴笨舌拙、胸无点墨,总结时只能说几句浮于表面的官话,完全没有点出发言的精髓。其间,还因为说错了参差不齐这个成语,引起全场哄笑。弄得周大处长像做错了事的小学生一样,更加不敢讲话了。会议便在这样的气氛中结束了。

坐在逸鸿旁边的大一(2)班的班主任陶敏对逸鸿说:"真羡慕你的理论功底,能够这样高屋建瓴地设计出这么好的培养计划。"

逸鸿知道她是一位厚道人,说的是真心话,便回应说:"只怕实行起来不像设想得那么简单,弄不好我就成了语言的巨人、行动的矮子,那时恐怕会让大家笑话了!"

陶敏说:"想到了就去做,至于结果怎样,也不是你一个人的事,尽力就行了。"

逸鸿说:"谢谢你!你真说到我心里去了。"

有几位在旁边听他们对话的年轻班主任这时也参加到他们的对话中来,有的说"听君一席话,胜读二十年书";有的说"听了介绍,大有豁然开朗的感觉,今后的班主任工作有了可以效仿的对象了,一定密切关注你们班的行动";还有的要求他将讲稿整理出来,印发给大家学习。

这次会议后,逸鸿再进教室,发现同学们的眼神中更多了几分崇拜。

百灵鸟朱云霞笑靥如花地迎上来说:"舒老师,祝贺你哦!"

逸鸿诧异地看着她:"祝贺我什么?"。

"祝贺你成为我们学院的风云人物啊!"

"哦，我什么时候成了风云人物了？"

"真是当局者迷呀！这几天不知听到多少老师、同学在谈论你的英才计划，简直就是誉满天下啦！让我们班的同学骄傲得不得了呀！"

"哦，原来是这样。你们瞎骄傲什么呀？那不值一提！等到你们有朝一日都成了英才，那时候才值得骄傲。成败如何，可就看你们的了！"

"您放心！我们保证不给您丢脸！"

逸鸿看着大家："你们都这样想吗？"

大家异口同声地说："都这样想。"教室里弥漫着像过年一般愉快而热烈的气氛。

同时，《中国校园文学》在头版头条以"一组观察训练习作"为题选登了《家园》创刊号上刊登的六篇习作，并发表长篇编者按，予以赞扬和推荐。这一消息同样给同学们带来很大惊喜。

大一的第一学期结束了，学生都已放寒假回家，教师们聚集在学院大会堂举行学期总结大会，院长张振兴在会上作总结报告。

逸鸿低着头想着心事，为即将到来的春节怎么过而发愁。没人知道，他与曹慕荣已经分居一个多月了。他既没有任何理由同曹慕荣一起在这里过年，也没有心情回老家给父母添堵，究竟怎么办，想得头都大了。正想着，忽听张院长提到他的名字，让他吃了一惊，还以为院长在提醒他开会不要开小差呢，细听了几句，才发现院长是在介绍他的工作经验——

"大家都在谈论素质教育，都说要实行素质教育，但是仅仅是说得多，做得少，还停留在坐而论道的水平上。舒逸鸿老师却已经成功地将素质教育的理念同自己的教育教学实践结合起来，走上了一条很有特色、很有成效、很有创造性的路子，为我们提供了新鲜的范例和很好的榜样。虽然他开展这项工作时间不长，却已经形成比较清晰和完整的思路，我认为他的想法和做法很值得我们思考和借鉴。

一、根据学生实际和时代发展要求,提出了比较系统的素质教育实践体系——培育适应二十一世纪需要的高素质的小学师资,也叫'英才教育计划'。这个计划的主要内容包括:

以培育英才为最终目的,
以班训班风为行动准则,
以主体教育为管理模式,
以世界英才为效法楷模,
以素质理念为理论指导,
以自我教育为基本途径,
以完善个性为教育核心,
以综合素质为评价标准,
以全面发展为最高境界。

这个计划有目的、有重点、有方法、有措施、有标准,完全符合素质教育理论和我们师范教育的办学规律,是一个既有宏观又有微观,既有理论又有实践的科学严谨的教育计划。

二、依靠自我教育和主体教育,引导学生认识自我、完善自我,最大限度地发展自我,从而实现英才培育计划的长远目标。

舒老师在具体实施他的教育计划的时候,很高明地引导每一位学生从自身实际出发去获得切实的发展进步。首先他提出了"面向未来,追求卓越"的班训和"诚信勇毅,真善美新"的班风,来激发同学们的斗志。

三、编印了《英才培育计划目标体系自我分析一览表》来引导同学们对号入座,明确目标,寻找差距。

四、成立了教研、写作、电教、书法、美术、声乐、器乐等特长小组,编印了《蓝天属于我们——自我教育文选》《英才引导我们——世界英才评传》

等素质教育论文集,还为此写下大量序言和后记,在每周的班会课上发表富有真知灼见的主题演讲,引导学生进行有针对性的自我教育,促使学生认识自己,发展自己。

五、着眼未来工作的需要,大胆改进班级管理模式,探索班干部轮换制。每学期进行一次班干部的轮换,退下来的一届班干部做顾问,为新一届班干部出谋划策,同时提前确定下一届班干部,让他们对口见习,预先做好接班准备。不仅使人人都得到一次锻炼机会,也培养了同学们能上能下、团结协作的精神。

六、根据女生占大多数的班级实际情况,舒老师富有创造性地开展立意高远、很有现实意义的新女性教育,着力塑造学生积极向上、健康和谐的性情和人格。

舒老师的这些实践探索,为我们带来了一股新风,给了我们很宝贵的启示。我们祝愿他取得更大的成绩,也期待有更多的富于创新精神的学者型科研型教师不断涌现出来,把我们学院的育人水平推上新的更高的台阶!"

在张院长讲话过程中,舒逸鸿如坐针毡。虽然院长所讲的内容并无出入,评价也还比较客观,但他本性不喜张扬,平生第一次听领导如此长篇大论地称赞自己,他感觉很不习惯。像安徒生笔下的那只丑小鸭,得到别人的赞美他觉得很难为情。

第
九
章

浴
火
重
生

好女人带你上天堂，

坏女人送你入地狱。

在婚姻生活中要么幸福，要

么不幸，除此之外没有第三种可能。

　　没有人知道来到晞州的这几个月他都是怎样强颜欢笑着挺过来的。举家搬到晞州市刚过半个月，可怕的家庭梦魇就再次复活，又一次把他逼到命运的悬崖边。这一次的冲突，无疑是压垮他的最后一根稻草，他终于彻底绝望了！

　　事情的起因还是因为钱，从鹭岛回来时，舒逸鸿还有一万元钱。他把这点钱装在一个信封里，放在箱子里一个有拉锁的夹层中。回老家办完调动，临走的前一晚，逸鸿陪父母说话，告别时给了母亲一千元。没想到这件事会成为压垮他们夫妻关系的最后一根稻草。

　　那天下午逸鸿到晞州学院附小接女儿放学，刚回到家，又见到曹慕荣那特有的凶狠的脸色。还没等逸鸿喘口气，就听到曹慕荣的辱骂："那一千块钱塞哪个×窟窿里去了?!"逸鸿知道从鹭岛到晞州这段时间，她一定多次偷查了他的那点个人财产，高度警觉地关注着数字变化。可能是亲身体验过在民办学校挣钱不易，有感于在那里女儿的学费、一家的生活费，全都是由逸鸿支付的，同时要调往晞州一切都还得靠逸鸿出力，所以她才忍耐这么长时间没有跟他提钱的事,也一直开恩地暂时没来把这点钱抢走。现在一切都已尘埃落定,调动手续已经办完,她也已到晞州职业技术学校上了班,于是她觉得是收回那笔财产的时候了。可是一查却少了一千元。这是结婚十年来,舒逸鸿第一次给父母钱。不错,他事先没有跟曹慕荣商量,因为他知道商量的结果绝对是逮不着黄鼠狼还要落个一身骚。再说,逸鸿想这点钱是自己辛苦挣来的,给她的已经够多了,现在由于自己无能,不仅害得自己离乡背井,还要连累父母伤心。不能在身边尽孝,留点钱给他们也是理所应当的,何况也就这一点钱,实在不值一提。没想到她竟暗地里一直虎视眈眈,如今竟不问情由破口大骂。没等逸鸿开口解释,曹慕荣竟又变本加厉骂道:"一帮子杂种,不能给一分钱还净想着占便宜!"逸鸿听出这分明是在辱骂自己的父母,顿时怒吼起来:"你混蛋!你也是有父母的人……"没等逸鸿说完,曹慕荣便扑过来,一手揪住逸鸿的衣领,一手朝他脸上、头上连抓带挠,吓得女儿在一旁大哭起来。

逸鸿猛地推开曹慕荣,到衣柜里拿上自己的衣服,拎起箱子,住到走廊尽头那间临时放家具的房间去了。觉得脸上、脖子上火辣辣地疼,他找镜子一照,发现有好几道扎眼的血痕。这是人过的日子吗?舒逸鸿!你这愚蠢无比的废物!父母兄弟妹妹,全家没一个赞成你继续维持这个早已名存实亡的婚姻,你却一意孤行,好了伤疤忘了疼,一次又一次地相信她的鬼话!为了孩子,为了孩子,为了孩子我忍了十年,忍别人所不能忍,可是在这样充满争吵、辱骂、撕打的家庭里,孩子真的就幸福了吗?!舒逸鸿,你愚不可及,当断不断,到头来害了自己,害了孩子,也连累了父母。这样的隐忍付出又有什么价值?!是该了断了!舒逸鸿打定主意,等过了年就去法院起诉离婚,与这个不可救药的女人彻彻底底地分道扬镳!

这天晚上学校为迎接阳历新年的到来,集体去酒店聚餐。逸鸿因为满脸伤痕只能躲在那间放家具的零乱的小屋里黯然神伤。痛恨着自己的愚蠢，诅咒着不公平的命运。

第二天去上课，一进教室就发现那些冰雪聪明的女生们投过来的既惊讶又同情的眼神。他知道尽管他用心掩饰那耻辱的抓痕，但这哪里逃得过她们雪亮的眼睛。这让他既痛苦尴尬而又无奈。为了避免一直处在几十双眼睛的审视下，逸鸿就布置学生写作文，在学生埋头构思写作的时候，他的脑海里不由自主地不断闪现出往日的画面。

在老家的学校，有一次几位班干部到他家中谈工作。其间逸鸿发觉所戴眼镜的镜片上有一处污点，便取下来擦拭。这时曹慕荣突然对几个学生说："你们舒老师其实一点都不近视，戴眼镜只是为了好看。"当时学生们露出惊讶而疑惑的表情。逸鸿愕然，他从高二准备高考时开始近视到大学时因度数加深影响上课，开始佩戴三百多度的眼镜至今。如今第一次亲耳听到别人说自己戴眼镜是为了好看，况且这人还是自己的老婆，真是匪夷所思。逸鸿不明白，曹慕荣究竟是出于什么心理要当着学生的面编造出如此让他尴尬的谎言，她这样做究竟是为了什么？

来晞州不久的一天，他因腰肌劳损在家卧床静养，中文系的十几位同事一起到教工宿舍去看望他。曹慕荣竟对他的那些同事说他过去是如何如何地没有条理，如何懒惰，做单身汉时衬衣穿脏了不洗还反过来穿。天啊！这真是彻头彻尾令人震惊的谎言！曹慕荣在编造谎言上的高超本领令他几乎震惊到崩溃。逸鸿也从同事的眼里看到了惊讶疑惑的神情。

几天后，逸鸿病愈上班时，在办公室对两位同事说起此事："对不起，那天让你们见笑了。我老婆如此恭维我，我到现在还没想通！"

他的小同乡、教现代汉语的王玲说："衬衣反过来穿？怎么穿啊！反过来那不是更脏？一听就是谎话。再说了，即使真有此事，也不该当着这么多人说出来，总该给你留点面子吧。"

"面子？给我留面子？早在几年前，她就对别人咬牙切齿地说过：'他不是要脸吗？我偏不给他脸！'"逸鸿一向信奉家丑不可外扬，所以从不把家里的不愉快说出来。这次因为家丑已然外传，才顺便说了这些。

"怎么会有这样的人？真奇怪你们是怎么生活在一起这么长时间的?"王玲同情而不平地说。

"唉！一言难尽，主要是为了孩子。"逸鸿无奈地说。

不惜编造谎言并且当众宣扬，好让他受辱蒙羞，以便打击摧残他的自尊心，不是有刻骨的仇恨，何至如此阴险狠毒、不择手段！这哪里是夫妻，分明是死敌！可笑的是自己竟还与这样的女人生活在一起这么多年。想到这里，逸鸿感到一阵痛彻骨髓的寒意。更令他后怕的是，在老家的时候，有一次吵架后，曹慕荣竟把菜刀架在他脖子上，以至在他脖子上留下一道清晰的印痕。那时，他只当她是一时癫狂，现在看来，那时的她已恨他入骨，潜意识中已有置他于死地的愿望。真是愚钝啊！对她的本性一直认识不清，又不听劝告，以至如今大错特错，白白葬送了一生中最宝贵的黄金年华！教训刻骨铭心！

真是"幸福的家庭都是相似的，不幸的家庭各有各的不幸！"可是又有谁知道我的不幸是如此深重、如此荒唐！由量变到质变，物极必反，忍耐已经超过限度了，是时候彻底解脱了，不然，怕是要横死异乡，即使不被她杀死，也会被她折磨死、压抑死。逸鸿暗暗下了决心。这样想着，直到下课铃响，他才回过神来，宣布下课。

学期快要结束的几天里，逸鸿连着两天在办公室写学生评语和工作总结。那天晚上大约七点多钟，他正伏案疾书，学院团委书记乔丽君来敲他办公室的门。逸鸿开门，见她手中提着一个电取暖器，见逸鸿用询问的眼神望着她，乔丽君莞尔一笑："我刚刚写完这学期的总结，要下班回家了。想到你这里没有取暖器，就给你送来了。"

逸鸿忙说:"真是雪中送炭,谢谢! 谢谢乔书记了!"

正当乔丽君边说着"甭客气",边转身往外走时,曹慕荣突然凶神恶煞般地出现在门口。见其脸色阴沉可怕,乔丽君忙紧走几步,离开了办公室。这时曹慕荣一边"杂种""婊子"地骂着,一边冲过来,一把将逸鸿刚刚插上电源的取暖器抓到手中,高高举过头顶,朝着门外狠命摔去,又拣起已惨不忍睹的取暖器再次重重砸在地上,还不解恨,又用脚狠命地踩、踢,很快把它砸成一地碎片。毁掉取暖器之后,曹慕荣又扑过来,一把抓下逸鸿的眼镜,啪的一声摔在地上,将镜片摔得粉碎,镜架七零八落。紧接着又上来撕扯,逸鸿恼恨异常,用力将她推开。可能见逸鸿愤怒得可怕,纠缠下去也占不到什么便宜,也可能觉得已旗开得胜,那泼妇便主动撤退了。临走时扔下一句话:"狗娘养的! 天天躲着我,原来是在这里跟婊子约会! 你等着,我要让全世界都知道你这个伪君子! 不让我好好过的人,我要让他难过十倍百倍千倍,让他生不如死!"说完扬长而去。

面对办公室里的一地狼藉,舒逸鸿余怒难消,又没处发泄,便狠狠朝自己脸上扇了几个耳光,骂自己是世界上最蠢最蠢的蠢驴,竟瞎了眼草率地跟这样一个恶妇结婚,饱受凌辱。一再的忍让只换来她的得寸进尺,气焰嚣张,完全不把他当人看。顾不上收拾这满地的碎片,逸鸿立即坐到桌前,挥手写下了《离婚起诉书》。

第二天一上班,他就到市中级人民法院民事审判庭,递上了起诉书。从法院出来,去附近的商场买了一个取暖器,回到单位后就去还给了乔丽君。

逸鸿不好意思地说:"对不起,你的那个取暖器坏了,这个还给你。"

乔丽君也颇觉尴尬地说:"都怪我,不是我给你送那个取暖器,你们也不会吵架。"

逸鸿说:"与你没关系,你完全不必放在心上,都是我自己识人不明,才有今天的报应!"

此后几天,曹慕荣又几次到舒逸鸿门前踹门,声称为了孩子要与他谈谈。见逸鸿毫不理睬,那泼妇竟不知从哪里找来一根木棍,把他门窗的玻璃统统打碎,逸鸿忍不住冲出去,与她扭打在一起。隔壁住着的女研究生边过来拉架边责备逸鸿:"你怎么能动手呢,再怎么说她也是个女的!"事后想起这句话,逸鸿想:"可见我在别人眼里竟是一个素质低下的打老婆的人! 可是有谁知道她究竟是怎样一个女的?! 竟能把一个从小信奉好男不跟女斗又极爱面子的文弱书生逼成一个不顾身份与女人扭打的低俗的小市民! 好女人带你去天堂,坏女人送你入地狱。现在趁还没到地狱门口,及早了断吧!"

经过这一次厮打,曹慕荣也彻底失去了继续纠缠的念头,只是提出要他净身出户,外带每月将工资的三分之一付给孩子做抚养费,她才同意办手续。没想到逸鸿一口答应。她不知道此时就是要他交出全部工资然后到大街上要饭,只要能离婚他都会同意! 逸鸿想至少要饭的人不会每天忍受这样心灵滴血的折磨!

隔几天,他们同时收到法院的传票,在法院规定的时间去办理了离婚手续。这是他在相隔七年后与同一个女人第二次离婚。

第十章　是是非非

　　许多时候付出了并不一定
就有回报，种下的明明是良
种，收获的却可能是苦果，所谓
好心得不到好报说的就是这种情况。

　　办完手续，逸鸿感到压在心头的千斤巨石瞬间消失了，他的心像要飞起来，一直飞到九霄云外去。过了半个月，有一天下班后，他到晞山公园散步，见大门内有一个电子秤，便站上去，一看竟然是一百三十五斤！自从结婚后他的体重一直没超过一百二十斤，他以为这秤肯定不准。从东门漫步到西门时，见那里小店门前也有一个那样的电子秤，他又站上去，一看也是一百三十五斤。他将信将疑，就问小店的老板："这秤准不准？"老板说："一直都很标准。"他这才相信，离婚半个月他的体重竟增长了十五斤！他想这才是他合适的体重啊，不幸的婚姻是怎样地摧残人的身心，从这里可以看到个大概了。

　　以后的一段时间，每到周末逸鸿都会到晞山公园去走一走。他特别钟爱到公园西侧湖边的长椅上坐下来静静地想心事。眼前的湖水平静而澄澈，银镜一般的湖面上倒映着蓝天白云、青山绿树和飞鸟，面对这样醉人的美景，他的心也会随之平静下来。以后该怎么办呢？眼见得在这里待下去是没什么意思了，名誉被毁掉了，前途也就随着毁掉了。仅仅几个月,他就从学院的风云人物,教师中冉冉升起的新星,一下子变成了暗淡的流星。那些原来嫉妒他讥讽他出风头的人现在也都放心而且愉快了,他们是不战而胜啊。想到这些,他工作的热情瞬间消失了大半。

这段日子,得知他离异的消息,有人让快递员到办公室给他送来一大束鲜艳欲滴芳香四溢的红玫瑰,花束内匿名的卡片上写着娟秀而充满诱惑的话语:"明天会更好!"那一刻他的心中真是既惊喜又温暖。因为很想知道究竟谁是他应该感激的人,他曾经暗暗做过一番笔迹调查,却一无所获。于是他也就不再想它,他想既然送花者想当一个救苦救难的隐秘的活菩萨,又何必去苦苦探寻呢?于是关于那束玫瑰花的来历,也就成了不解之谜。

批改作文时,他也读到过韩江雪夹在作文本里的字条,安慰他:"时间会带走伤感的记忆,未来会把欣悦给你"。

在那以后的日子里,也许是因为心灵的空虚,也许是因为对于温情的渴望,也许是因为对于对方的同情,他曾与乔丽君有过短暂的交往。那时她被调到学院附小去做被她称为"狗屁"的副校长。他知道把她调离晞州学院很大的原因是因为那一次送取暖器之后,曹慕荣到市教委、团市委等处去胡闹的结果。因此他对她无辜受到的不白之冤一直怀有一份深深的歉疚之情。为此他曾专门请她吃饭,以示歉意。在他生日的时候,她也悄悄地买了蛋糕把他约到优雅的咖啡厅去为他祝寿。一个是中年离异的男人,一个是大龄的剩女,接触多了自然就会朝婚姻方面去想。他越来越清晰地感觉到她的这份心意。他也认真地设身处地去考虑过:不错,按世俗的标准去衡量,论学历她是本科毕业,论职位她还是校长,论年龄她比他小十二岁,论财产她有一套六十平方米的商品房,而他只有暂住学校的一间破房,论相貌身材她虽算不上美貌却也够得中等,况且她性情温顺又知书达理,无论从哪方面说,都足以配得上他。可是他就是找不到那种曾经令他怦然心动的感觉。犹如薛宝钗对于贾宝玉一样，纵然是齐眉举案到底意难平。此时此刻，他想清楚了，这种情况可以叫做没有爱，却般配。他知道，如果安分守己地与她结了婚，这一辈子他都会充分享受到贤妻的体贴照顾，一直可以在那个江南名城过着安逸的日子。可是这种让多少人梦寐以求的生活前景却就是打动不了他的心。他本希望能给她安慰，到头来却给了她伤害。可是她不仅没有怨恨他，反而说很荣幸有缘认识他。这更让他久久挥不去那份愧疚和无奈的意绪。

那之后又有一位四十多岁、自称是英语系的姓王的胖女人跑到他办公室来做媒，说对方是她的朋友，有正式工作，有一百多平方米的住房，半年前老公车祸身亡，现在想给八岁的女儿找个后爸云云，希望他去见个面。对她说的这些逸鸿感到太荒唐，几乎不假思索地回绝："对不起，我没有那样的心情。"听了逸鸿的话，那人竟不客气地讽刺道："都一大把年纪了，难不成还想找小闺女不成？！"逸鸿冷笑说："说的什么话！甭管有几大把年纪都是吃自家的饭熬到这份上的，可没喝过你家一口凉水！至于找还是不找，找小闺女还是找小寡妇，就不劳你老人家费心了！"

逸鸿心想："什么人嘛！我爹都包办不了我的婚姻，你倒想包办不成？！你究竟算哪根葱？！之前我都没见过你！真是林子大了什么鸟都有！"转念又想："唉，人家碰了壁，心中有气，就让人发一发吧。"不过从这件事上，他也看到他在世俗眼里是个什么身价。自己的孩子已无缘去好好疼爱，倒去给别人家的孩子当爹。他觉得世事真是荒唐难料！看来，按照自己的心性，注定是不会踏进那样的婚姻的，他宁肯孤独终身，而且他几乎肯定地认为：他是不适合结婚的，他天生就该是打光棍的命。这样得出了结论后，他的心情也因此轻松多了。"你这感情的奴隶，从此后就把感情的大门关上吧，想都不要再去想它！"至于要不要换一个环境，他觉得现在身心都太疲惫了，还是等一等再去考虑吧。

俗话说："屋漏偏逢连夜雨，船迟又遇打头风。"近来真是不顺，一连串烦心的事接踵而至，使逸鸿的心情更加阴郁起来，心中一时真是浓云密布。

先是院长张振兴请逸鸿起草晞州学院办学经验汇报材料。逸鸿没有多想，只想领导看得起你，你又是初来乍到的，能为学院出力的就应该尽力而为，况且以前在老家学校做教研室主任时不知写过多少这类总结，所以没加推辞就答应下来。初稿写出后，送省教委审阅，张院长告诉逸鸿说省教委有关领导说材料写得不错，颇有新意。院长将材料打印稿交逸鸿一份，要他再写全面一点，特别是教研方面的成绩，再补充一些。正当逸鸿按照院长的意见对初稿进行进一步修改的时候，教科室主任古耀良以逸鸿不熟悉晞州学院情况，所写办学经验汇报缺乏具体材料为由，怂恿院长张振兴将那份汇报材料搁置起来，改由他自己执笔重写了一篇罗列了一大堆教研成绩的汇报材料。几天后，在由他主持的讨论他那篇汇报材料的会议上，古耀良在对自己的稿子做了一番吹嘘后，话锋一转，对逸鸿说："舒老师，你也可以把你的稿子印出来，两篇比较一下嘛。"逸鸿淡然一笑，未置一词。他知道古耀良一定心有怨愤，所以才会在成功取代他之后，依然咄咄逼人、不依不饶，把他打翻在地，还要再踏上一只脚。逸鸿听与他同住孤岛的老乡萧思远说过，这个姓古的老家伙不知怎么混得个电教特级教师的头衔，从此更加嚣张，很少把别的老师放在眼里。多年来霸着教研室主任的位子，以学术权威自居，不可一世。因为思远教教育学和心理学，经常参与学院的教育科研工作，因此与古耀良接触较多，也比较了解。而逸鸿对于这个姓古的几乎毫无了解。

思远说："要是早知道你接下这个差事，我会劝你慎重的。"想到这些，逸鸿想："看把你得意的。你那写的能叫经验汇报吗？！除了一大堆数字的罗列，还有什么？你的经验究竟在哪里？小人得志啊，这样的嘴脸我可见得多了。不去理他也就是了，没必要也没心思去跟他一争高下，既然院长已经决定用他的稿子，那就用吧，这里面有我什么事啊?!"

逸鸿不无懊恼地想道："当初我干吗答应张振兴写那篇出力不讨好的东西?! 我是干什么的? 一个刚刚调进来的外地人，一个普普通通的教师而已，为什么要去插手干分外的活? 该干这事的人大有人在，虽然办公室主任是个半文盲，政教主任是大半个文盲，可是不还有他教研室主任，以及教务主任等等一干人马吗? 怎么也轮不到你出马嘛! 你初来乍到，不明就里，只知道这是院长的信任，不好拒绝，却没想你这是犯了文人之大忌，越俎代庖，不小心涉足了别人的领地，人家能放过你吗?!"

逸鸿越想越后悔，并且很不满张振兴在这件事情上的做法："这件事本来就不该找我去干，可是既然你院长让干了，就该支持我把这件事干成。明明昨天还美滋滋笑眯眯地告诉我，省师范处的领导说材料写得不错，怎么过了一夜，听了古某人的几句非议，就马上变卦了，这哪里是一个负责任的领导应该做的事?! 如果你确实也认为材料不具体不充分，这好办，把材料拿来，补充进去就是了，为什么要另起炉灶?! 真是个软耳根子的糊涂官啊! 可叹最后难堪受伤的只有我一人。出了力，没有功劳，连苦劳也没，只有无辜而又无奈地受窝囊气，这样的遭遇我舒逸鸿也不是头一次领教了。"

逸鸿想起当年在老家学校的时候，有一次有外校同行前来听课观摩，在大家都百般推脱，局面十分尴尬的情况下，他挺身而出上了一节作文公开课。完全出乎意料的是，客人走后，负责教学的副校长竟然在全校教师会上，转述一位听课者的话，说你们学校的作文教学背离了中师培养目标。这真是一派胡言! 天大的冤枉! 他所上的不过就是一节指导学生进行作文评改的课，这明明很有师范性，怎么竟成了大逆不道的背离培养目标的课了呢? 这背离之说又从何说起呢?! 岂不太武断太霸道太没良心了吗?!吃完喝完,拍屁股走人也就罢了,临走还放这么个臭屁脏人。不懂礼仪的野蛮的客人放个臭屁也就算了,可恨的是作为校长,理应有最起码的判断力,怎么就能把别人的屁话当做至理名言而加以宣扬呢,有没有想过在那样的场合,将那样的话,以赞同甚至欣赏的口吻向全校教师传达,对上课的人会有怎样的伤害?那件事让逸鸿深感在中国的学校里不会当校长的人太多了,因为他们不但缺乏最起码的是非判断力,也缺乏最起码的为部下设身处地着想的习惯和素质,最终亲手制造了冤案,沉重打击忠直之士的工作热情,并在他们的心中埋下怨恨和冷漠的种子。逸鸿想,看来许多时候付出了并不一定就有回报,种下的明明是良种,收获的却可能是苦果,所谓好心得不到好报说的就是这样的情况。这正是逸鸿再次遭遇同样的不公平待遇却能够比较淡然处之的原因。

汇报材料之事过了不久,又发生了作文竞赛之争。事情的起因是晞州学院组织代表队赴苏州师院参加苏南片区大专写作竞赛。比赛结果,逸鸿指导的学生周芳菲获得了一等奖。按照惯例,获奖作品将与辅导老师的点评一起刊登在《江南岸》杂志上。让逸鸿郁闷的是周芳菲的作文被这次比赛带队的中文系副主任于得贵拿去点评了,塞给了他两篇二、三等奖的作品要他点评,其中还有一篇不是他辅导的作品。最初逸鸿并没把这件事放到心上,虽然觉得这样做不合理,却也没太在意,他一向就羞于和怯于跟人家争名夺利,所以常常本该属于他的东西却轻易被别人拿去了。这一次也一样,他规规矩矩写好了点评,第二天就把它交给了于得贵。

又过了两天,在办公室只有他和王玲两个人时,小老乡王玲警惕地望了一眼门外,轻声问他:"怎么听说你班上周芳菲的获奖作文成了于得贵邀功请赏的工具了?"

逸鸿说:"谁知道怎么回事,可能他想过一把点评的瘾,出一次小名吧。管他去,他愿评就让他评就是了。"

"你可真够大度的!"王玲愤愤不平地说,"可是你就没听到别人背后怎么说你的?"

逸鸿坦然一笑:"我又没做什么不得体的事,能说我什么?"

"说你什么,说你太窝囊,逆来顺受,别人看到古耀良可以轻易挤对你,这位副主任大人才肆无忌惮地欺负到你头上。他不费吹灰之力,凭借副主任的便利条件,轻而易举地就名利到手啦,倒是你这个名副其实的指导教师不仅没名,也没利,有的却是别人的愚弄。连最起码的尊重都没有。他们凭什么这样欺负外地人?!"

小老乡为他抱不平的这一番肺腑之言,把逸鸿压抑在心底的怨愤之火点燃了。确实如此,这真是太岂有此理了,没有这么欺负人的。

吃过晚饭,逸鸿到学院办公室找到院党委书记吴晓芙,把这次作文竞赛的事从头到尾述说了一遍,最后他对吴书记说:"我不理解的是,明明周芳菲是我班上的学生,我刚刚教了她一年大学写作,这次去比赛她既是我选出来的,又是我辅导的,怎么获奖了就没我什么事啦?据说于得贵说周芳菲在四年前上中师的时候曾经被他在兴趣小组培训过,因此今天的获奖理应是他的功劳。要按他的逻辑推理下去,奥运会冠军的教练奖金要颁发给冠军的小学体育老师,同样周芳菲的获奖应该归功于她的小学语文老师,怎么也轮不到他于得贵啊!"

喝了一口书记递过来的茶水,逸鸿接着说:"今天跟你说这些,不是要跟什么人争名夺利,其实在学校里压根也没多大的名利可争,况且自到这个学校来,就一直抱着埋头做事淡泊名利的态度去为人处世,可是也要别人不要太过分才好。"

听了逸鸿的一番委屈的诉说,书记笑容可掬地劝慰道:"舒老师不仅才华横溢,思想觉悟也很高,怪不得周处长那么欣赏你,把你推荐到他的家乡来呢。这事你放心,我会妥善处理好的。"

离开书记办公室,逸鸿心想:"我倒要拭目以待,看看你书记大人究竟怎么个妥善处理。"

第二天下班的时候,吴晓芙书记来到逸鸿所在的办公室,依然笑容可掬地对他说:"那件事已经处理好啦,一等奖的一百五十元辅导奖金这个月发工资时会发到你的工资卡里。至于评语嘛,既然于主任已经写好啦,就让他写好啦,没什么大不了的。这件事就让它过去算啦。"

听完书记十分大度的话,逸鸿苦笑了一下:"唉,我的书记哎,你当我昨天找你是要向你讨要那点辅导费吗?"

本来逸鸿还想说我是想向你讨要一个公平正义的说法,可是现在看来你也无力做到,再说也没什么意思,反而让她尴尬,于是就把快到嘴边的话咽回去了,改成:"谢谢书记,让你费心啦!"

第十一章 石破天惊

有时候你梦寐以求的
结果偏偏事与愿违，你不敢
奢望的好事却又出乎意料地降临。

还是在大一的上学期，逸鸿刚到晞州学院的两个月后，为迎接新年的来临，元旦前的一天晚上，晞州学院政教处、团委会和学生会在学院大礼堂联合举办晞州学院新年音乐会和校园十大歌手评选活动。学生热情高涨，礼堂内两千多个座位座无虚席，连走廊里都坐满了人。

晚上七点，帷幕拉开，主持人宣布了比赛规则。二十位获得决赛资格的选手依次登场，向坐在前排的十多位评委和所有观众问好，并演唱自己的参赛歌曲。

逸鸿坐在第六排中间偏左的一个座位上，一边与大家一起分享一曲曲或激昂嘹亮，或婉转悠扬的参赛歌曲，一边等待着本班的选手林梦荷出场。在赞叹台上选手服装造型、演唱技巧的同时，逸鸿又多少有些失望，感到这些同学过分注重形式技巧等外在的因素，所选曲目也过分注重流行和时尚元素，有的歌词甚至含义不清、晦涩难懂，缺少打动人心的情感力量。另一方面，作为歌手，演唱时的动作、表情、姿态和气质等也显得平淡。逸鸿正想着这些时，忽见舞台深处一个优雅迷人的身影携着强大的气场向观众款款走来,来人显得那么清新脱俗、婉约从容,全场顿时鸦雀无声。随着灯光由朦胧到辉煌,逸鸿看清站在他面前舞台上的正是林梦荷。逸鸿不由得被她惊艳凄美的气质迷住了,心中不觉怦然一动。不知为何梦荷没有像其他选手一样站在舞台正中的位置,而是走到靠近逸鸿这一侧的地方。站定后她略略停顿了一小会,随后礼堂里便响起天籁般美妙动人的歌声:

千古一爱

爱从何来

来自两小无猜

来自一身洁白

千古一爱

爱从何来

来自脉脉情波

来自耿耿襟怀

千古一爱

心底深埋

惜只惜啊

哀只哀啊

那爱字到死

也没说出来

千古一爱

爱从你来

你是那样咄咄

你是那样乖乖

千古一爱

爱从你来

你是那样多姿

你是那样华彩

千古一爱

如痴如呆

悲只悲啊

慨只慨啊

那爱字为啥

总也说不出来

千古一爱

如痴如呆

悲只悲啊

慨只慨啊

那爱字为啥

总也说不出来

　　听她深情演唱这首《千古一爱》时，感觉她似乎不是在唱别人，而是在唱自己。逸鸿更被歌曲的内涵和歌者的真挚缠绵与热烈深情深深打动。歌曲终了，全场出现了几秒钟奇特的静默，之后是极其热烈的掌声。逸鸿再看台上时，那如梦如幻的背影已隐入帷幕之中。逸鸿感叹："这才是演唱！不是像大多数人那样只会用喉咙歌唱，而是在用燃烧着的灵魂去歌唱。况且气质那么超群出众，一出场就光芒四射、艳压群芳，让其他人黯然失色。这小丫头从头到脚都散发着艺术家气质，怪不得那么与众不同，那么如梦如幻！"

　　感到有些疲倦，演唱完自己的曲目，没等结果揭晓，梦荷就回宿舍去了。同宿舍同学都还没回来，她洗漱完就到上铺自己的床上，放下蚊帐，把枕头依在身后，拿出日记本开始做每天就寝前的最后一道功课。依在床头,她感到心情仍然沉浸在激动和不安中。静静地沉思了一会儿,她在日记上写道:"今晚,为什么我会这样心烦意乱、坐立不安?为什么我会不由自主地走到舞台靠近他的那一侧?当我在舞台上站定,准备演唱时,看见他就坐在我面前隔着几排的座位上。尽管坐在人群里,却仍然显得那么落寞,又那么与众不同。那一刻心底像被什么东西猛烈地撞到了,怦怦乱跳起来,差一点失了魂魄,忘掉自己要干什么了。费了好大的劲,才让自己定下神来。整个演唱过程中,感觉自己不是在向全场演唱,只是在给他一个人唱,眼里、心里只有他一个人,其他人仿佛都不存在,整个世界都不存在。从来也没有这样过,也许从这一刻起,这颗心再也平静不下来了。似乎冰封许久的火山在一个什么样的神秘的力量促使下快要喷发了。老天,我该怎么办?"

她不知该怎么办?她又能怎么办?他是她的老师、班主任,他早已是别人的丈夫,是十岁女孩的父亲,他们注定是茫茫太空运行在不同轨道上的两颗流星,永远也没有相交的一天。她只有死了这条心!只有拼出全力熄灭掉那可怕的神秘之火。她只能选择躲避,极力去忘记。

第二天当逸鸿上课时称赞她气质高雅脱俗,歌唱深情动人时,她却把头埋得很低,不敢去看他。晚自习因为怕到教室会看见他,她也总是早早躲到阶梯教室去。可是有谁知道她的内心深处多少次在绝望地呼喊:多想每天都见到他!放寒假时,梦荷见到了班主任给她的评语,内有品学兼优、秀外慧中、气质如兰、卓然不俗等语,让她激动了好多天。也让一向自傲又自卑的她,增添了莫大的信心。每当心有不顺时,耳畔仿佛就响起那些评语,这时她的心情马上就会好起来。

寒假期间,她时常在过节的热闹气氛里,会情不自禁地想到远方的他。他是留在晞州过的年,还是回父母那里过的年?这个年他怕是不会过得开心吧。想起就在寒假放假前,有一天,回到寝室,曾听到同学们窃窃私语，说看到班主任脸上有被手指抓破的伤痕，她们据此推断老师的家庭生活并不幸福，也许这正是他时常眉头紧锁、郁郁寡欢的原因。还有同学说曾经见到过班主任的老婆，一看就是那种很强悍的角色，很奇怪像班主任这样情感丰富、内心敏感的人，怎么会找个那样的老婆。当时听到同学这样议论，梦荷心里难过极了，原来老师的内心一直在饱受婚姻的苦难。

寒假结束回到学院，上课时偷偷打量了几眼逸鸿，感到他的精神状态比上学期差多了，神情、目光和声音似乎失去许多光彩，显得疲惫而消沉。尽管他依然企图振作，努力上课，但话语里已没有了往日的睿智、深刻和幽默，因而也失去了很多原有的神韵和趣味。班级工作虽也在按原订计划进行，但也没有了往日的锐气。到学期快结束时，逸鸿私下里向班干部流露出下学期不再做她们班主任的意愿。

放暑假前的一周，晚饭后，逸鸿让学生把梦荷叫到办公室，将一盒空白磁带交给她，请她暑假里录上她的一些歌，等开学了给他。

逸鸿感伤地说："做了你们一年班主任，已经精疲力竭，也许就此与你们告别了。以后的日子，作为你的歌迷，寂寞的时候听听你的歌，心情会好起来的。这将是上苍对我这一年做班主任的唯一的奖赏。"

梦荷说："一定要做下去！你给我们制订的计划还没有完成，怎么可以半途而废！同学们都会舍不得你，况且有你带我们做了这些之后，还有谁能有信心来接替你？又有谁能够接替你！"

逸鸿苦笑了一下，说："我哪有你说的那么强大，也就是你还在鼓励我。谢谢你啦！"

梦荷也不知该再说些什么，便告辞去上晚自习了。一晚上口袋里揣着那盒磁带，回味着逸鸿说话时的神情和语气，觉得好温暖。"他说希望今后的日子听着我的歌度过。他是在把我的歌当做安慰他灵魂的良药吗？

要是这样,说明我在他心目中占有很重要的地位!既然如此,他为什么不干脆把唱歌的人抓住,这样不就永远都能听到她的歌声了,岂不更好?唉,谁知他怎么想的?最近,隐约听同学说他离婚后在跟校团委的乔老师交往呢,既然这样,又怎能会像你想的那样?林梦荷,你又在自寻烦恼啊!"想到这儿,她赶忙苦笑着摇了摇头,似乎这样就可以把那些不切实际的想法统统赶走。

漫长的暑假结束了,梦荷回到学校。听说学校没同意逸鸿辞去班主任的请求,这学期会继续做她们的班主任,她暗自庆幸:"谢天谢地,总算担心的事没有发生。"

开学第二周的一天,跟逸鸿同一办公室的现代汉语老师沈雨燕到大二(1)班上课,课间休息与同学聊天时,她问道:"今天你们班主任过生日,你们都是怎么表示的啊?"

"啊!老班的生日啊!这个老班怎么一点口风也不露啊!"班长梅雪华召集班干部紧急商量,决定利用晚自习,集体给班主任过生日。她们很快决定了方案,并在上课过程中通过传纸条的方式,把任务安排了下去。下午,梅雪华趁班主任到教室时,告诉了他这件事,一开始逸鸿不同意,说生日自己知道就行了,没必要打扰全班同学的学习。可班长说是同学们的一片心意,况且都已经准备好了。请他晚上七点一定到教室来,不然会伤了同学们的心。听班长这样说了,逸鸿才勉强答应下来。晚上七点,逸鸿来到教室,像他第一次走进她们教室那样,同学们用热烈的掌声迎接他。教室内悬挂着鲜艳的彩带,黑板上用美术字写着"亲爱的老班,您辛苦了!生日快乐!"看到这些,逸鸿十分感动。班长梅雪华请逸鸿在她的位子上坐下,她走上讲台,深情地说:"今天是我们亲爱的班主任的生日,是一个值得我们全班同学一起庆贺的日子!一年来,班主任为了让我们拥有更好的未来,付出了很多的心血,让我们受益终生!老师的恩情,我们永远也不会遗忘！借此机会,让我们用鲜花和歌声表达对老师的感激之情!"梅雪华话音刚落,团支部书记华英姿将一束由红玫瑰和康乃馨组成的花束捧到逸鸿面前。接着班里的著名男歌手于向东用热情浑厚的歌喉先唱了一首祝福歌,之后校园十大歌手冠军林梦荷又深情动人地演唱了《祝你平安》——

       祝你平安/噢祝你平安/让那欢乐围绕在你身边/祝你平安/噢祝你平安/你永远都幸福/是我最大的心愿/
       祝你平安/噢祝你平安/让那欢乐围绕在你身边/祝你平安/噢祝你平安/你永远都幸福/是我最大的心愿/

仿佛和煦的春风吹拂过冰封的湖面,温暖的春日照耀着瑟缩的麦苗,挚爱的亲人抚慰着受伤的心灵,梦荷发自内心的歌声把舒逸鸿深深打动。

接着全班同学又一起为班主任唱起了生日歌。

逸鸿向全班同学鞠躬致谢,然后朗诵了他刚完成的《七律·生日有感》:

       风雨兼程又一年,飘零四海浴尘烟。
       拼争未称平生愿,爱恋成空现世缘。
       满目芳菲催斗志,一腔热血付桃园。
       登高望尽天涯路,快马加鞭未下鞍!

同学们听后齐声叫好,朱云霞要求道:"老师,劳驾你写在黑板上,我们好记下来。"于是逸鸿用他那潇洒俊逸的字体,欣然写下了这首诗。

生日后过了两周,上晚自习的时候,逸鸿把梦荷从教室里叫到教室旁的门厅里。

夜色朦胧,校园幽静而诗意。

两人先就暑假生活聊了几句,逸鸿又感谢梦荷在他生日时为他深情演唱。

逸鸿说:"按照班干部轮换制,现在要考虑下学期的班团干部问题。本来是让班长和团支书做这件事的,她们说安排不好,要我来安排。考虑到你在写作、演讲、音乐、美术、书法等方面发展得都很好,中师时又做过团支书,再做这项工作,比较能得心应手。所以想让你下学期出任团支书,与你的闺中密友江映雪搭档,你看怎么样?"

梦荷为难地说:"现在的功课太多了,我怕分不出那么多的精力,干不好,会让你失望的。再说现在同学们都大了,各有各的想法,大家对学习之外的事情积极性也不如以前那么高了,感觉心态都变懒了,没有大一时做干部的那股劲头了。"

逸鸿叹息说:"你讲的都是实情,你的担心也不无道理。的确,从上学期开始,由于我这个班主任工作积极性的消退,班级工作大受影响,造成今天的困难局面我要负主要的责任。"他想了一下说:"你再考虑考虑吧,如果实在不想干,我也不会勉强你。我连自己都不想勉强,更不用说去勉强别人。说到心态,我比你们更懒,这一年来千辛万苦离乡背井地调到这里来,到头来事与愿违,家破了,只是人还没亡而已。所以总提不起精神。"

"没关系,再找一个就是了。"梦荷似在安慰地说。

"哪有那么容易! 不找了,找不到了。"逸鸿苦笑了一下。

"找得到的,怎么会找不到呢?!"说完这句话梦荷迟疑了一下,朦胧夜色中她那湖水般魅惑的眼睛大胆而热烈地盯着他,意味深长地说:"塞翁失马,焉知非福? ——要是有比你小很多的人喜欢你,你,会接受吗?"

梦荷的这句话,犹如一声春雷在他耳边炸响,令他猝不及防,他一时不知该如何回答。停了好一会儿才说："那对人家不是太不公平了吗？"

梦荷马上反驳道："你要是不接受，那对人家不也很不公平吗？"

逸鸿此时无言以对，心中奇怪明明是找她谈班干部的事，怎么说到这儿来了。恰好这时晚自习的下课铃响了，梦荷告辞回寝室了，逸鸿也慢慢走回宿舍去。

夜深了，校园的秋夜格外寂静。逸鸿的内心却是潮起潮落。梦荷的话在他刚刚平静的心湖投下一块巨石，让他震撼，令他回味，也使他困惑。

"塞翁失马，焉知非福？——要是有比你小很多的人喜欢你，你，会接受吗？"梦荷的这句话，和她说这句话时脉脉含情的眼神，调皮而又娇柔的语气，犹如一张无边温柔的情网将他紧紧网住，任他怎么挣扎也挣不脱，反而被网得更紧。一方面他出于习惯性思维，想要拒绝这突如其来极具震撼力的试探，就像他当时所说的那样"那对人家不是太不公平了吗？"他比任何人都更清楚，自己刚刚结束了一场拖延了多年的不幸婚姻，严重的挫败感还远远没有消失，他觉得自己不光精神上一贫如洗，经济上也是典型的穷光蛋，况且年龄上也比她大了近二十岁，他有什么资格奢望拥有她的爱呢？他又有什么能力去给她一份本该属于她的幸福呢？他完全没有自信，相反只有自卑，他依然相信，自己这一生还是孤独一人更好。假如你自己不幸，没必要再将这不幸分给别人。

可是，就这样放弃自己多年来苦苦寻觅而不得，如今却近在咫尺的爱吗？她如此婉约多姿、娇美迷人、善解人意、清纯脱俗，不正是自己多年来魂牵梦萦的梦中情人吗？在此物欲横流、唯利是图的时代，他所见的大多是虚荣俗气的女孩子，到哪里还能遇到这样可心的理想爱人呢？这样的机遇一生只有一次，以后再也不会有了。这就是命运，不可抗拒的命运！假如命运要把幸福赐予你，你最好不要不识抬举。

世上有些事是人们可以把握的，有些事却是人们无法把握的。有时候你梦寐以求的结果偏偏事与愿违,你不敢奢望的好事却又出乎意料地降临。正当舒逸鸿受了离婚的刺激,决心从此关闭感情大门的时候,命运偏偏又跟他开了这么个玩笑。

对他来说,梦荷的话当然会让他觉得很突然。可是对于梦荷来说,却是用积攒了一年的勇气,才说出了藏在心中许久的秘密。他不知道,自从他走进教室的那一刻起,她就一直默默地远远地注视着他,听闻他在晞州学院所受到的排挤、嫉妒和非议,联想到他在不幸婚姻里多年绝望的挣扎与隐忍,窥见他时常不由自主微微皱起的眉头,听到他不经意间发出的无奈的叹息,她的心禁不住抽搐战栗。"一个多么优秀和难得的男人! 那么真诚,那么深沉,既风度翩翩、学识渊博,又才华横溢、超凡脱俗! 真不明白为什么他的前妻就一点都不懂得珍惜?!"她越想就越深深地为他的命运而不平! 因此,有了这样的感情积淀,在适当的时机说出那样的话来,就是再自然不过的事了。

第十二章 执子之手

梦荷的小手依然紧紧地握住逸鸿的手,逸鸿感到那小手温柔、缠绵而热烈。这种感觉像春风吹过冰封的河面,像春潮漫过干涩的田野,像朝晖拂过暗淡的天空。他不由自主地用力去回握那娇嫩温润的小手。

就在与梦荷谈话那一周的星期五下午,下班后同事们都走了,逸鸿还留在办公室备课,门外有人敲门,逸鸿开了门,让他喜出望外,竟是梦荷!那次谈话后,他们还没见过面,再次见面两人之间有了一种从未有过的特别的气氛。他们互相亲切地注视着对方,仿佛见到了分别多年的好朋友。他们都感到在他们之间有了一种说不出的神秘美妙的全新的感觉。两人似有说不完的话题。逸鸿发现梦荷是个极理想的聊天对象,她似乎什么都懂,她有时手托下巴专注倾听,好一个乖学生模样,有时又恰到好处地机智插话,让人暗暗称奇。谈兴浓时,活泼俏皮,大有风趣,让人忍俊不禁。聊了一会,逸鸿问:"怎么样,我问你的问题,你有答案了吗?"

梦荷撒娇说:"承蒙班主任厚爱,学生怎敢抗命!"停了一下,又用一双美目望着他说:"我要的答案,你还没给呢!"

逸鸿会心地一笑,拿过一张小纸条,写了一句话递给她。梦荷看到纸条上写着:"明天陪我去湖心岛走走,好不好?"

梦荷调皮地一笑,拿过笔在那行字下面也写了一句话给逸鸿,逸鸿看后先是一愣,接着就开心地笑了,冲梦荷笑着说:"坏丫头!"原来梦荷写的是:"不好——那是假的。"

两人约好明天早上七点在学校东面的名人故居见面。当晚逸鸿去附近超市买了当地名产盐焗鸡,还有面包、苹果、酸梅、大白兔奶糖、葡萄干、矿泉水等。

第二天早上他们准时在约定的地点见了面,然后打的去车站,从车站乘旅游大巴前往湖心岛。在湖心岛停车场下车后,他们乘观光小火车从入口直达湖畔,从湖畔乘游轮到达湖心岛。两人并肩立于船头,凭栏远眺,但见茫茫太湖,横无际涯,秋高气爽,水天一色,金风徐来,碧波荡漾。不觉心旷神怡,陶醉其中。下船后游天街,拜如来,饱览湖上风光,心情极佳。玩到下午,乘船返回。他们没有沿原路走,而走了另一条通向竹海风景区的小路。上坡时,逸鸿伸手拉梦荷上去。来到平坦的大路上,前面就是无边碧绿的竹海。梦荷的小手依然紧紧地握住逸鸿的手,逸鸿感到那小手温柔、缠绵而热烈。这种感觉像春风吹过冰封的河面,像春潮漫过干涩的田野,像朝晖拂过暗淡的天空。他不由自主地用力去回握那娇嫩温润的小手。这一握似漂泊的孤雁找到了同伴,似荒芜的花园开遍了奇葩,使困惑多年的灵魂终于找到了答案。在茂密挺拔的竹海间,在幽香四溢的芳径上,鸿逸和梦荷携手同行,沉浸在巨大的惊喜中。走累了,他们在湖心岛西边鹿鸣山下美丽宁静的小树林里停住,彼此深情地凝视着对方。

逸鸿轻轻叹了一口气:"命运真是不可预测的神秘力量!做梦都想不到我们会走到一起,一直觉得你生来就是阔太太命,一生一世都会无忧无虑、安享富贵。我跟你的情况恰好相反,仿佛是为漂泊受苦而生的。尽管我始终很欣赏你的气质、性情和娇美,但从没想过我们之间除了一般的师生还会有别的关系。因为两个人就像两条平行线,怎么会有交点。况且离婚之后我真的已经下定决心要一个人孤独地过下去,可是忽然之间怎么就稀里糊涂地跟你跑到这里来了呢？我一没有钱，二没有权，又比你大了二十岁，我想不通你喜欢我什么呢？我自己都不喜欢我自己，你怎么会喜欢我呢？也许你所说的另有其人吧？所以今天特地约你出来问一问。"

梦荷说："就是喜欢你，从你走进我们教室的那一瞬间开始，就喜欢你，喜欢你的儒雅、博学、风度、才华，喜欢你的善良、正直、深刻，还有你淡淡的忧伤——你知道吗，同学们暗地里都叫你忧郁王子哈姆雷特。"

逸鸿苦笑了一下："忧郁是一种不好的东西，有什么可喜欢的？你的审美观是不是有点消极啊。"

梦荷反驳说："才不呢！忧郁正是一种令人心动的神秘的美。心理学上说忧郁是一个人心灵受到压抑、志向得不到伸展的自然反应，忧郁的人往往是有思想有个性有抱负有才华却得不到社会承认的出类拔萃的人，那些平庸的人想忧郁都学不会。"

逸鸿惊奇地看着她："你的这些想法都是从哪里来的？倒还有些哲理。"

梦荷得意地说："我的哲学课可是考过第一名的。"

逸鸿说："看把你美的，不过书本上的道理可代替不了现实生活的考验。嫁给一个富翁，跟嫁给一个穷人那是大不一样的啊！你可要想清楚喽！免得后悔！"

梦荷说："就像一个长途跋涉去寻宝的人，有一天终于找到了她想找的宝贝，高兴还来不及呢，怎么会后悔呢？至于没钱没权，换个角度看未尝不是好事。有钱的人就都幸福吗？黛安娜不是嫁给英国王子了吗？有权的人虽然风光，可是整天钩心斗角，灵魂不得安宁，收了人家贿赂成天担心着纪委，有什么好？"

"哈哈，"听到这儿逸鸿差点笑出泪来，"你这个臭丫头，倒真有点辩才。钱和权是当今社会人们疯狂追逐的东西，到你这儿倒成了负担，没钱没权倒成了优点,你呀是不当家不知柴米贵啊!等你再大一点,就不会喜欢像我这样没钱没权的老百姓了。"

"你别老把我当小孩子好不好?十八岁就是成年人了,我都十九岁了,我喜欢你,就是喜欢你的人。以前喜欢你,只能暗暗地藏在心里,如果不是你离婚了,我是一辈子都不会说出来的,我不是那种可以做第三者的人。这一年多来,每次看到你忧郁的眼神,听到你轻轻的叹息,都会心疼。太想为你做很多很多的事了,让你受伤的心得到些许安慰!可是这也只是徒劳的幻想。这一年来,我是在暗暗陪着你一起受难。知道你离婚了,为你悲伤,却也为自己庆幸。本想早点说出心中的秘密,可是又没有自信。前天你找我说班干部的事,我终于有了说出来的机会,为了怕你拒绝,只好那样试探。谢天谢地,你接受了!"

美丽宁静的小树林和山下柔软温馨的芳草地洒满夕阳绚烂的余晖,让逸鸿和梦荷仿若两位天使沐浴在远离尘世的天堂仙界,他们有着说不完的话,都有相见恨晚的感觉。因为逸鸿属猪,梦荷属羊,他们约定以后就互称小猪小羊。小猪和小羊相约今生今世永不分离,来生来世再续前缘,恩恩爱爱到永远。

回去的路上,小羊对小猪说:"从今后,你的快乐就是我的快乐,你的叹息就是我的眼泪。你可要多笑一笑啊,你不知道你笑起来有多可爱,像个孩子。"

"你的快乐就是我的快乐,你的叹息就是我的眼泪。"逸鸿第一次听到这样感人肺腑的话,这句话让他的内心强烈而真切地感到那神秘的爱神真的已经降临。

第十三章　童年少年

他们相约讲述彼此的生平，要借这讲述，走入对方的历史，去弥补相见恨晚的遗憾。

为了去赴期盼了一个星期的周末约会，逸鸿和梦荷都起了个大早。两人相约在学院东边幽静的小巷里乘出租车直奔晞山公园。

旭日方升，晨雾飘散，公园内湖光山色、奇花异木、鸟语花香，宛若仙境。逸鸿拉着梦荷的小手，在湖边小路上兴奋地跑着、跳着、笑着、叫着，就像两只逃出笼子的小鸟，再不用刻意回避别人的目光，不用见了面只能生硬地礼貌性地问好，不用像地下工作者那样偷偷交换情报。在这里，他们自由了！不必在意别人的感觉，不必扮演老师和学生的角色，他们只是两只相爱的小鸟，两条相爱的小鱼，两只相爱的蝴蝶，尽情享受生命的美好时光。

他们绕过仙湖，沿着幽静蜿蜒的林间小路一直走入晞山深处，到达晞山南麓。逸鸿与梦荷背靠山石坐在山腰间柔软的草地上，沐浴着温暖芳香的阳光。他们相约讲述彼此的生平，要借这讲述，走入对方的历史，去弥补相见恨晚的遗憾。

梦荷说："本人的历史简单普通清白，实在没什么好讲的，还是你先说吧!"

逸鸿说:"鬼丫头,你是想说我的历史复杂特殊污浊是不是,看我怎么惩罚你,看你还敢不敢?"说完便去亲吻梦荷的脖子。

梦荷一边忍不住笑着一边极力躲避,连声说:"不敢了,不敢了,我不是那个意思……"

两人闹了一会,梦荷说了些她过去生活的片断,特别是童年时代的生活往事。那时父亲在镇政府工作,母亲在小学教书,父母都忙于工作,把她放在外婆那里,只在周末才去看她。正因为这样,她从小就与父母没有太多亲近感。况且父母也不是那种善于表达感情的人,很少与她谈心。因此从小到大,她似乎只是一个人在长大。一个人在外婆家玩,一个人上小学,一个人上中学,一个人上师范,从来都是一个人独来独往,这也培养了她独立生活的能力和独立自主的性格。

梦荷只简单地说了这么几句就不愿再说了,她抱歉地说:"真不好意思,小女子的历史实在太简单,确实没什么可讲的,还是把时间留给你才对,你的经历对我来说一直是个极具诱惑的迷!"

逸鸿叹了口气,说:"其实,我的历史也很简单,既没有什么非凡的经历,也没有什么感人的故事,只有太多的磨难而已,没有什么趣味的。既然你这么关注,我就小小地满足一下你的好奇心吧!这也是一举两得,在满足你的同时,也满足一下我倾诉的欲望。毕竟这么多年,我还没遇见过一个可以一吐衷肠的人呢!"

我这一生注定命运多舛,出生的时候,正赶上自然灾害最严重的年份,淮北老家饥荒严重,难以坚持,母亲便带着我投奔涡河北岸的姑姥家,在那里一直住到我三岁。那时姑姥爷在大队食堂,经常在怀里偷偷揣一个窝窝头或红薯回来喂我。靠着亲戚的关照,我才保住小命。

灾情缓解后，母亲带我住到了舅舅家。那时舅舅家只有老太和舅舅两个人。外公在国共内战时期被国民党抓了壮丁，从此一去无踪。外公被抓走后不久，外婆生下舅舅，三个月后因为产后疾病病故了。老太一个人把当时只有三岁的妈妈和只有三个月大的舅舅这一对孤儿拉扯成人。

在我出生后，又把全部的爱倾注到我身上。为了不让我饿着，想方设法给我找食物，把芝麻嚼碎，像喂小鸟一样一口口地喂我。在我六七岁时，有一次她从几十里外的娘家探亲回来，带回一些梨子，她舍不得吃，把最好的留给我吃。那时我和妈妈已回到祖母那里，老太就托人捎信把我叫去。秋天村里池塘里种的菱角，每家会分到一些，老太想着我，抱怨舅舅懒惰，她自己拄着拐棍，挪着小脚，拎着一小布包煮熟的菱角走五六里路送给我。远远看到老太的身影，我飞跑去迎接她的一幕，永远留在我的脑海里。在我上小学二年级时，老太病重，我赶到她床前时，她已说不出话来，只是紧紧地拉住我的手不放。老太去了，她是在我童年记忆里最疼爱我的人，我幼小的心灵里，曾立下宏愿，长大了一定要有出息，挣钱给老太买很多好吃的。这个愿望永远也无法实现了，我所能做的只是到她坟前烧几张纸钱表达思念之情。

我六岁开始上小学，学校就在我们村子后面，周围十里八乡的孩子都到这所学校里来，很是热闹。我似乎天生就是学习的料，成绩一直很好，因此受到老师们的偏爱。我和其他同学上课迟到了，老师总是毫不责备地先让我回到座位上去，然后一一数落仍站在教室门口的同学。其他同学自知学习太差，对老师公然的偏袒做法没有一个提出过异议。每当这时，我是又得意又不安。上早读时，课文总是让我领读的。每次写作文，当其他同学还在抓耳挠腮，一筹莫展的时候，我却总能够第一个写好交给老师，也总是马上就被老师当作范文读给同学们听。

　　我可能比别的孩子早熟。七岁的时候，刚上二年级，班里转来一位新同学，是一个从城里随父母下放到农村的小女生，她长着鸭蛋形的脸，眼睛水汪汪的，睫毛很长，不仅长得很好看，还很文静，穿得也整洁，从里到外都与农村孩子不一样。她就坐在我身后，有时会拉拉我的衣服，用纤细又柔美的声音问我问题，我也会转过身去与她说上几句话。有一次她病了，两天没来上课，见不到她的那两天里我也没精神学习，常常不由自主地盼望在教室门口突然出现她的身影。直到她来上课了，我才又高兴起来。可是只过了一个学期，她就转学走了，可能又回到城里去了，也可能去了别的地方，都无法知道，只知道那是我第一次对一位异性魂牵梦萦、久久难忘。这是我最初的情史，她让我朦朦胧胧地感觉到这世界上存在着一种神秘而美妙的力量。

　　现在看来那时的小学生远比现在的小学生轻松快乐，虽然升学也要考试，但是因为没有实行高考制度，所以从小学到高中，既没有多少家庭作业也没有频繁的考试。除了上课，我们还参加军事训练，学习列队、立正、卧倒、投弹。为了锻炼同学们的意志，学校还组织长途拉练，五年级的时候我们举着红旗，穿着绿军装，背着背包和水壶，徒步走了二十多里路，到一个有山的地方去看山下那棵有着几百年历史、要十几个同学才搂得过来的白果树。为了响应毛主席关于学生不但要学习文化，还要学工学农，兼学别样的号召，学校要求每个同学都要选学一样医术。我选的是针灸，跟爸爸要钱买了一本讲针灸的书和几根银针，可是因为胆小，不敢在自己的身上实验，最终并没有学会针灸，不过倒也学到了不少医学知识。农忙的时候，我们就放假帮助大人播种或收割庄稼。

　　十二岁那年，我小学毕业。在升学统考中，我的总分名列全区第一。从此我离开农村，到县城去读中学。

梦荷轻轻依偎在逸鸿肩头，像一位倾听老爷爷讲故事的小姑娘，时而激动，时而深思，时而叹息。逸鸿说："我讲累了，你听得一定更累。实在平淡无奇，没什么趣味，让人厌倦吧？"梦荷没有回答，似乎若有所思。逸鸿问："想什么呢？"梦荷悠悠答道："我在想我要是那个一年级时坐在你身后的小女孩就好了，那样我就能一直陪着你读小学，读中学，再一起考大学，相爱相守，直到永远！我要是那个小女孩，一定不会转学离开你！苍天不公，为什么到现在才让我遇见你，让你把多少爱白白地给了别人！"

逸鸿笑了："我只想感谢苍天终于让我遇见了你，把你送给了我。没让我继续品尝'过尽千帆皆不是，斜晖脉脉水悠悠'的滋味。老天此时把你送给我，是让我有了比较后更懂得你的珍贵——以后不会再把爱白白地送给别人了。只给这唯一的迷人的小丫头。"

第十四章 求学时代

我打开信封，看到皖江大学的录取通知书。这一刻，我感到了脱胎换骨般地喜悦和骄傲，那是我人生的第一次带有根本意义的巨大成功。

不觉已到中午，早晨还是凉意甚浓的山麓，此时已充满暖意。逸鸿打开背包，拿出盐焗鸡、面包、水果、矿泉水，两人美美地吃了一顿，梦荷催促逸鸿接着讲下去。

逸鸿仰靠在山石上，目视远方，继续着上午的话题。

　　小学毕业后，要到公社去读中学，那里离家有十多里远，必须住校。父母担心我还太小，没离开过家，怕我照顾不了自己。住校的花费也是个不小的负担，那时家里除了我，还有大妹、二弟、三弟，母亲务农极为辛苦，每年还要支付一笔钱给生产队，父亲虽是城里拿工资的人，但每月也只有不到四十块钱，至今我还困惑他们是怎样靠着一个月几十元的工资养活那么一大家子人的。鉴于这种情况，父亲带我去县城一中找到校长，希望他们能够收我这个学生。校长看了我的考试成绩单后说："你的小孩成绩这么好，我们很欢迎。但是学校已拥挤不堪，开学后要进行入学测试，通过测试要淘汰一批不合格的学生，你放心，即使空出一个名额，学校都要招收你的孩子。"话虽这么说,测试后也许因为没有送礼,也许还有更多有权势的人来竞争,最终我这个考了区第一名的学生并没能进入一中。父亲找到一位在城里做小学校长的朋友帮忙,让我上了二中。我住在父亲单位的宿舍里,除了偶尔随父亲去食堂吃一顿美味的饭菜外,平时都是自己用煤油炉做饭。由于有在农村五岁就开始做饭的经验,所以对我来说做饭并不是什么难事。生活虽然清苦,却也充满乐趣。

平时在城里读书,周末和假期便回乡下帮母亲干一些农活,特别是农忙时节。从初二开始,每年的寒暑假我都要到公路工地上去干一段时间的临时工,每天挣一元的工钱,用来补贴家用和学费。为了弟弟妹妹上学方便,在我上初二的时候,我们一家都搬到了城里,住在父亲所在单位航运站的宿舍里。由于没人在乡下挣工分,每年支付给生产队的钱就更多了。父亲便在下班后,带领我们全家到隔壁的磷肥厂,帮他们运矿石。矿石在河堤北面的码头上,我们用一辆铁皮车装了矿石,翻过高高的河堤运到南边的车间里去,那里有人负责称重和记录数据。见父亲赤膊上阵,汗流浃背的样子,他们很同情,也很敬佩,说:"有工资的人为了孩子还这样出苦力,真是没见过!佩服!"父亲说:"一家大小都要吃饭,小孩要上学,有时还要看病,这都需要钱,有什么办法?"这种状况一直延续到我大学快毕业时,那时大妹妹没有考上高中,到爸爸单位的航运码头上做工,父亲买了一辆四轮拖拉机,让大弟弟跑运输,使家庭经济的紧张状况有所好转,全家人才告别运矿石的苦役。想到父母当年的艰辛,心里一直很不是滋味。

为了减轻经济上的压力,在我刚上高一的时候,父亲曾希望我退学,去干一份临时工,我不愿意,他很恼火,说:"都去求名,谁去求利?上学上得再好又有什么用?推荐上大学能推荐到你头上吗?"关键时刻,母亲总帮助我渡过难关。她对父亲说:"多读书总是有用的，现在难点就难点吧，别逼孩子了！"我知道其实父亲说的是实情，可是我就是想读书，不想离开学校。

这一年九月九日下午四点，我们正在上体育课。一些同学在操场上打篮球，我照例在操场边看书，隐隐约约听到东边纺织厂的高音喇叭传来播音员不寻常的声音，忙侧耳静听，断断续续听到"中央军事委员会主席""全国政协名誉主席"，接着又听到"毛泽东主席"，心里咯噔一下，不敢相信毛主席会死！毛主席不在了，我们怎么办？感觉像孩子失去父母那样无助。赶紧跑回教室去，问同学听广播没有，都说"没听到，怎么了？"我告诉他们："毛主席逝世了！"他们都睁大了眼睛，有的说："你可别胡说，这可不是闹着玩的。"我让他们快仔细听广播。大家都迅速走出教室，伫立聆听。这时我们发现旁边物理老师家里，十几位老师坐得整整齐齐，正在听收音机，看来他们是预先得到了通知，有组织收听的。此时哀乐低回，空气都要凝固了。在以后的一些日子里，我们参加了一系列的哀悼活动，许多人哭得很悲伤，比失去亲人还痛心。那些日子，我感到了从没有过的困惑和迷惘。从出生到现在，都是在毛主席的阳光哺育下成长的，他是至高无上的精神之父。现在突然之间天塌了，那时大多数人都有和我一样的感受。

毛主席逝世后，中国的政治发生了一系列巨大变化，其中对我影响最大的是宣布恢复高考制度。随后我们立即投入复习迎考。我们四个高中班被合编成一个文科班和一个理科班。是上文科班还是上理科班，我拿不定主意，父亲要我自己做决定。担任班主任的语文老师和几位好朋友，极力动员我加入文科班，语文老师说："留在文科班吧，留下做王。"于是我决定加入文科班，现在看来这个决定是对的，因为相比起来我在文科上更占优势。由于废除高考多年，既没有资料，也没有经验，只好各自为战。这时对我来说，过去读过的那些名著、闲书和杂书帮了我的忙，使我更容易做到系统复习和深入理解。从小学开始作文就写得很好的我,此时的作文更让人刮目相看。进入复习以来,我自己命题写下了几十篇作文,我把它们编订成册,请老师指教,老师兴奋地到处夸耀,该作文集被作为难得的范文在师生中传阅,不少老师自叹写不出那样水平的文章。这本作文集传到我初中时的班主任那里,班主任说他的妹妹也要参加高考,希望留下来慢慢揣摩一段时间,最后却告诉我不慎丢失了。没人知道这给我留下多大的遗憾!到了高考前的最后一个学期,老师们要讲的内容早已讲完,就让学生自习。多数学生知道自己腹中无物、高考无望,都坐不住,教室内如同集市般吵吵嚷嚷,我便决定回家复习。我躲在家中的防震棚里,那里除了一张床,还有家里养的用来卖钱的一头牛。我每天与牛大哥为伍,专心复习。听说自从作为团支部书记的我不再到教室里去之后,少数珍惜时间的同学也都各自找安静的地方复习去了,教室里更没人愿意呆了,有的老师嘲笑班主任像老母鸡把一窝小鸡带散了,于是班主任便着急起来,几次派同学到家里要求我回教室复习,我只回去过一次就坚决不再回去了,因为在那样的环境里,结果无非是彻底葬送自己的希望和前途。事关命运,此时的我也顾不得班主任的面子了。我的行为得到了父母的全力支持,母亲想方设法给我加强营养,父亲把原先由我负责的每天到前院担水的任务主动接了过来,夜里还会去给我盖被子。这些给了我莫大的精神力量。

离高考还有两个月的时候,在县一中举办了全县应届高中毕业生学科竞赛,我取得了全县第四名,这给了我和父母以及学校很大的鼓励。高中毕业那一年,我有幸参加了恢复高考后的第一次全国统一考试。高考之后是令人焦躁不安的等待。那天下午,我又去教育局打听情况,一无所获,怅然地回到家里。发现父亲面露难得一见的神秘的微笑,还故意问我打听到消息了吗?见我闷闷不乐的样子,才把一个信封拿给我,说:"下午你们班主任刚送来的。"我打开信封，看到了皖江大学的录取通知书。这一刻，我感到了脱胎换骨般地喜悦和骄傲，那是我人生的第一次带有根本意义的巨大成功。随后听说在这次高考中，报名参加文科考试的应届毕业生中，我是全县唯一一个考中的。这让校长和老师异常振奋。在乡下，周围几十里都在传颂着我们村里出了个大学生。这年十月，父亲送我去千里外的皖江大学报到，为了节省路费，我们要先乘客轮，再乘火车，因为父亲是航运站的职工，乘客轮可以免费。从家里出发时，母亲眼泪汪汪，我已走出一里路时，母亲又追上我，问我有没有带家中的钥匙，我知道她是找个借口，想再看我一眼。作为她的第一个孩子，我在母亲心中占有独特的位置，平时母亲对我的偏爱会不由自主地流露出来，以致弟弟妹妹们常说妈妈偏心，最疼大哥。母亲则说："你大哥活下来不容易。"父亲一路把我送到皖江大学，帮我报了名交了学费，又带我到街上买了席子、毛巾、牙刷等日用品，甚至还给我买了一面小镜子。买完这些，他连饭都没吃，就忙着往回赶渡轮了。站在街头望着父亲匆匆离去的背影，第一次觉得父亲很了不起，他对儿女的爱是深藏于心底的，总是用行动去表达。大学四年，父亲写来很多信，大都是告诫我要珍惜上大学的机会，艰苦奋斗，生活上跟不如自己的人比，学习上跟比自己强的人比。大二的时候，看到大多数同学都有皮鞋，我也想要一双，就写信给父亲。不久，父亲就寄来了二十元钱。知道这二十元钱来之不易，也由此知道父爱的厚重与慷慨，我没舍得买牛皮鞋，只花了十多元买了一双猪皮鞋。我牢记父亲的叮咛，学习很刻苦，多数学科的成绩都很优秀。我写的几篇关于心理学、现代文学和外国文学的考试论文，都是中文系屈指可数的优秀论文。我的毕业实习和毕业论文也都获得了优秀成绩。毕业时，父母盼着我能分配回故乡工作，但是由于名额有限，我被分到了离故乡一百多里外的淮西市。

第十五章 失意岁月

我深深地向命运屈服，恨
自己无能，未能扼住命运的咽喉。

逸鸿接着说下去。

工作不久，父亲写信叫我国庆节回去相亲，我推托工作忙不想
回去，他又打电话到学校传达室，语气强硬地说："你不回来，我就
去请你。"我硬着头皮回去了，第二天，双方父母及当事人在媒人家
见了面。那女的中等身材，相貌平平，整个见面过程中都在织毛
衣。头天晚上媒人介绍，该女子是通过民办教师转正的小学教师，
这次随着同样当教师的父亲从外地调回家乡。她父亲是一中的语
文教师，看上去一家子都是那种朴素的老实本分人。见了第一眼，
我就已把这次活动判了无效。从淮西市回来时我就已决定：除非
一见钟情，否则就只当回去应付一下。可是他们哪里知道我的心
思，又叫我们到另一个房间单独谈谈，我就只得与她瞎扯了几句，
直到这时她才把她那宝贵的毛线活停下。这时媒人又把电影票递
给我们。那时谈恋爱都要看电影的，似乎看电影是谈恋爱必经的
一道程序。为了避免晚上看电影的尴尬，当天下午，我就托母亲转

告媒人，我想等几年再考虑婚姻问题。媒人表示理解，这本是要两厢情愿、不能勉强的事。可是父亲却暴跳如雷，痛斥我上了几天大学就忘本了，不喜欢朴素的人了，等等。我冷眼旁观，心想你还当这是封建社会，必须要父母之命媒妁之言吗?! 在母亲和媒人的劝说下，父亲只好作罢。我打算第二天一早就回去，天还没完全亮，忽听父母房间那边有吵闹之声，我起床到堂屋刷牙洗脸，见一女的正对着母亲嚷嚷:"在那边谈了，还回来见什么见? 见了又不愿意，这不是要人吗?"母亲为我辩护:"谁说在那边谈了? 你去他学校打听打听，谁不说他老实?"那女的说:"表面老实心里玄!"听到这儿我才听出来这是怎么回事，才意识到这便是昨天见面的那女的，看她对母亲如此撒野，又无端编瞎话攻击我，我脱口而出:"你不是表面看起来也很老实吗?!"这句话把她噎得半天说不出话来。正在这时媒人闻讯赶来，连说抱歉，连拉带拖地把她带走了。过了一会，媒人又回来，对我母亲说:"那闺女十天前一见到咱逸鸿的照片就着迷了，天天把照片放在枕头边看了又看，多次让她父母来找我，催着让逸鸿回来见面。昨天我把逸鸿的意见告诉了她，她父母说那孩子哭了一夜，天没亮就要过来问个究竟。她父母见劝不住，就赶紧去找我，让我来劝劝，并给你们赔个礼。""你看，没想到这事会这样，逸鸿，别怪我啊!"媒人转头对我说。刚送走媒人，我就拎包要走，母亲要我吃了早饭再走，我不肯。父亲则在里屋大吼:"叫他走! 走了就别回来!"我扭头就走。这一走几个月连一封信也没往家里写，大妹妹来信说:"爸爸很伤心，说你跟他断绝父子关系了。他也是为你好，你又不是不知道他的脾气，刀子嘴豆腐心。"犹豫了几天，我还是写了一封信回家，绝口未提上次见面的事，也没有认错，因为自认有错的不是我。到了过年的时候，我回到家，还是父亲先跟我打的招呼:"回来了。"我"嗯"了一声，算是父子和解了。经过这次冲突，父亲再没干涉过我的婚姻。我想父亲一定从我身上看到了年轻时的自己。

我只在淮西市工作了一个学期，就调回老家梦蝶县了，到了我一直想去的梦蝶师范学校任教。当年十月的一天，因为要上公开课，我到学校播音室去找担任播音员的我班学生韩梅，请她帮助制作一篇课文录音。没等韩梅开口，房间里另一位叫王雪晴的女生冲我笑着说："舒老师，我来帮你录吧。"我知道她是英专班即将毕业的学生，担任播音员比韩梅还早，音质纯美。便说："那就有劳你了。"此后几天，每天课余时间，她便到我在学校东南角的宿舍帮我录音。她活泼开朗、调皮可爱、容貌秀美、身材婀娜，是公认的校花。我平生第一次与一位极具吸引力的异性单独相处，禁不住意乱情迷，我们很快坠入爱河。随后她要参加全市演讲比赛，要我帮她写演讲稿，我欣然从命。她用我给她写的《高山下的花环，心灵上的丰碑》这篇演讲稿，从学校到县里到市里，一路凯歌，最后获得全市演讲比赛一等奖。两次合作成了我们爱情的催化剂。在频繁的接触中，我发现她比同龄人更有野心，她曾委婉地建议我去考研，我表示没有兴趣。有一次，她顾虑重重地请我原谅，说她在我之前有过一个在外地读书的男朋友，因为经常闹别扭，她向对方提出了分手。我对此并没有太在意。不久，她父亲病故了，她办完丧事回校后没有来见我。我去找她，去了几次都没见到，她似乎在躲着我。过了几天，她终于来见我，没说上几句就告辞了，走时留下一封信给我。她在信中说，她的父亲临终前把她托付给了那个和她一起长大的邻居，也就是她父亲朋友的儿子，她的前男友。因此她不得不与我分手。她说她是爱过我的，爱得刻骨铭心，可是父命不可违。看完信，顿觉五雷轰顶，痛不欲生。我的初恋，如此短暂，就这样无可挽回地结束了。这件事几乎摧毁了我对爱情和人生的信仰，我消沉了很长一段时间，像没有灵魂的行尸走肉。

等我渐渐从失恋的状态中走出来后，我决定考研。这条路可以让我走出这伤心之地到广阔的世界去。我以破釜沉舟的决心孤注一掷，不接受团委书记的任命，不考虑任何条件的婚恋对象，发誓要考到北京去找一个北京姑娘。我所报的专业是文艺理论研究，要考的内容包括中外文学史、中外文艺理论、马列文论、外国文学、政治、外语，这些科目中，唯一难啃的骨头是外语，因为我上大学时外语还没得到足够的重视，大多数同学没有用心学过任何一门外语，但现在考研外语却成了必须通过的关口。为此我将百分之七十的时间和精力用在了外语上，效果却并不理想，第一次报考专业课全部过关，并且远远超过录取线，独有外语仅得三十多分！对我来说，考研成了考外语，消沉了一段时间，我决定再考，几乎在外语上投入了全部的精力。同校也有一位老师考研，一天下午，他带着一个女子到我宿舍，介绍说："她是二中的卫传芳老师，也在考研，以后大家可以互通信息。"我想这是件好事，大家便天南地北神侃一通。那位卫老师说她有一表哥在北京的高校，可以请他帮助打听考研信息，我们听了都很高兴。

此后的几个月，这位卫老师曾来找过我几次，借去了一些考试资料。我也在去父母那里时顺路去找过她两次，一次去借外语复习资料，一次去取回自己的资料。秋天的某一天，我在街上遇见一位在二中教书的初中同学，他忽然诡异地笑着说："卫传芳犯了流氓罪，乱搞男女关系，被公安局抓起来了，听说公安人员在搜查她宿舍时发现她影集里有一张你的照片。他们肯定会找你的。"我对同学所说的事感到意外和震惊，几次接触中，除感到卫传芳对考研说的多做的少，以及有点自吹自擂外，并没有发现什么出格的事情，怎么突然就成了个女流氓了呢？至于我的照片，我压根没把它当回事。那是两个月前的一个傍晚，我从学校骑车去父母那里，顺路去卫传芳那里借英语磁带，当时她正在宿舍旁的楼顶平台给别人拍照，见我来了，说："舒老师，正好还有一张胶片，拍一下你的光辉形象吧。"我也没多想，就背对夕阳让她拍了。过了一段时间，我去还她磁带，顺便要回被她借去的复习资料，她把上次拍的照片拿给我看，一共两张，其中一张不太清楚，她说这张好的给你，这张洗得不太好的留下作个纪念，你不反对吧？现在我很后悔当时没有反对！没想到这张照片日后会成为我的一个罪证。当时似乎全县的公安人员都围着这位卫传芳转，他们已经好久没有抓到过一个有价值的罪犯了，现在终于有活干了。他们极力扩大战果，不到一个星期，据说就挖出与卫传芳有牵连的几十个同案犯。因为有那张照片作证据，我荣幸地成了他们高度关注的对象。几天后的一个上午，两位便衣警察到我们学校，让学校治安主任把我请到他宿舍去了解情况，见面后，两位先确认了我的身份，接着便开始问话，一个问一个记。我详细叙述了与卫传芳认识的经过以及几次接触的情况，特别着重解释了那张照片的来历。他们对我的说明显然极为不满，态度变得严厉起来，说："认清形势，不要跟我们耍心计。考虑到你是教师，要教书育人，我们还是注意到影响，所以这次没穿警服。但是如果你不配合我们，我们将不得不采取别的措施。"我知道他们已经没有耐心了，文的已经用过了，得不到他们想要的东西，现在要用武的了。我心里坚定了一个信念：无论他们用什么手段，我都要捍卫自己的清白，不能屈服。就算是死，也不能做个含冤受屈的懦夫、胆小鬼！从小接受的英雄主义教育此时开始起作用，我态度很坚定地说："无论你们采取什么方式，我都不能把没有的事说成有。就是现在把我拉出去枪毙，我还是这些话。"负责问话的那个家伙狠狠拍了一下桌子说："你不要嘴硬，嘴硬的我们见多了，我们是有证据才来找你的。你说你清白，苍蝇不叮无缝的蛋，我们怎么不找别人，偏来找你？"我反击说："照你的逻辑，凡是与坏人有过接触的就都是坏人，被苍蝇叮过的就都是臭蛋，假如一只苍蝇被一桌美味佳肴吸引，你们就判定这一桌菜都是垃圾吗？还有，什么叫被苍蝇叮过，是指被苍蝇污染了，还是被苍蝇追逐过但是想叮没叮到的？我要说的是：第一，我不是坏蛋；第二，我没被苍蝇叮过。也许有苍蝇想叮我，但是没叮成。世界上没有强大到想叮什么都能叮到的无敌苍蝇！"两位便衣无话可说，只好暂时作罢。负责记录的那位把问话记录拿给我看，让我签字确认，便让我离开了。我马上找到校长和书记，把刚才的问话情况原原本本地作了汇报。他们对我说：事实就是事实，没有就是没有，不要怕，这不会影响你的入党。关键时刻，两位领导的信任和支持，让我倍觉温暖和珍贵。回家后，我对父母说了公安找我的事，父母去找在司法局做副局长的我初中时的班主任黎老师，请他过问一下。黎老师很重视，让我写了一份说明材料，他转交给了公安局领导，提醒他们慎重。他们此后果然没再找过我。这件事便这样结束了。但它的阴影像魔鬼一样巨大而持久地毒害着我的生活。

经历了这件事之后，我变得愈发孤僻和愤世嫉俗，心情郁闷而消沉。父亲再次对我很不耐烦，因为迟迟不谈恋爱不结婚，经常有好事者见面就问"你大儿子怎么还没结婚？"之类的话，让父亲难堪。我因此很憎恨那些无聊的家伙，为什么总要去管别家的闲事。真是哪壶不开提哪壶！正好这时我们学校的物理老师曾老师给我介绍二中的一位名叫方莉的英语老师，是他老朋友的女儿。一天晚上，我在曾老师家里与方莉见了面，她中等身材，端庄美丽，与新闻联播的播音员杜宪长得很像。我们相处了一段时间，我曾问她有没有听到过关于我的绯闻，她颇轻松地笑了笑："我不相信！"我很感激她的信任。她是一个朴素而踏实的人，只想过安安稳稳的平凡的生活。在与她相处的几个月里，开始我的野心似乎沉睡了一段时间，但过了不久就复活了。有一次与她一起看电影《超人》，看到其中一个情节说超人因为爱上一个女人而失去特异功能，我受了触动脱口而出："女人总是使男人变得平庸！"说完，我立即意识到自己的失语,想解释却晚了,她脸上流露出了厌恶的表情,这种表情不是生气,而是似乎在说:"原来你竟是这样的人,我真是瞎了眼!"由于当时内心并没有真正放弃考研的念头,与她交往以来,我的态度一直有些犹豫不决,并未完全进入恋爱状态。她已有所察觉,曾含蓄地表示想要与我的家人认识,而我却一直没有给她明确的答复。曾老师夫妇也几次问我什么时候请他们喝喜酒,我也总在打哈哈。静下心想想,自己这样对她实在不公平,白白耽误了人家的青春。所以当这次看过电影后的第三天,她提出分手时,我向她表达了歉意,但并未挽留,我又一次回到了自由状态。这年年底,我第三次考研,再次因英语不及格而榜上无名。我已精疲力竭,想到毕业多年未能为父母分忧,反而让他们一直为我担忧,我的心里苦涩而又无奈。我深深地向命运屈服,恨自己无能,未能扼住命运的咽喉。

第十六章　婚姻悲剧

从你的话里，我看到了一个当代英雄，为了找寻自己的价值，为了坚持心中的信念，与生活的庸俗进行了毫不妥协的斗争。虽然有失败，但虽败犹荣，远比那些甘于平庸的人更真诚、更精彩！

说到这里，逸鸿说有点渴啦，提议去山下"天下第二泉"那里喝茶。两人来到二泉茶馆，在靠近山脚的一个安静的角落坐下，要了两杯绿茶，继续刚才的话题。

我想既然考研无望，就成个家算了。只要她还能说得过去就行了。在我将满二十九岁那年的暑假，校长在一次开会时托淮城师范学校的校长给我介绍对象，那位校长就推荐了他们学校的体育教师曹慕荣。二人认为一个文一个武，一个爱静一个爱动，这样可以互补。不久那位校长就带着曹慕荣来了，我们校长做东请客。饭后他们让我带曹慕荣到我的宿舍去单独谈话。曹慕荣相貌中等，穿着白色短袖衬衫，黑色一步裙，红色高跟鞋，留着短发，显得干净利落，也很开朗健谈。我们互相介绍后，知道原是校友，只是她年龄小我三岁，晚我两届，是体育系篮球专业的。我们一起谈了不少母校的趣事，彼此觉得挺投缘。过了一周，正好在淮城市有一个教学研讨会，校长说公私兼顾，就派我去了。利用开会的几天时间,我与曹慕荣密集约会,回校后又频繁通信。两人都老大不小了,都不再有年轻时的那种从容,不到两个月就开始谈婚论嫁了。婚前她提出淮城市比梦蝶县发展好得多,希望我调过去,我也想换个环境,就带她去见了父母,父母没有什么意见,至于来梦蝶县还是去淮城市,父亲让我们自己决定。

就这样认识两个月后我们结了婚。最初的几个月倒也不乏柔情蜜意,但很快一连串的矛盾便暴露出来了:一个是之前她有一个在部队的男友,是当地人,此人极善交际,是她欣赏的类型。她曾经以他为荣,只是不能容忍他与过去的女同学通信而在给了对方一个耳光后分手。但我感到分手后她仍旧情难忘,保留着他的书信与照片。若不是对方已经结婚,怕不会与我凑合吧!她习惯于拿我跟她前男友比,嫌我不善交际,我反感她身在曹营心在汉,感情的隔膜日渐明显。一个是彼此性格差异巨大,我沉静敏感,她粗犷暴躁,往往因为一点小事骂人。记得有一次,在她的宿舍,我扫地时有半粒花生陷在砖缝里没有扫掉,被她发现了,马上用她们方言里粗俗的话破口大骂,这让我无法忍受,与她大吵了一架后拎包走人。她又忙追上来说好话,劝我回去。这种事情发生多次,我越来越无法冷静,到后来坚决一走了之,走后几个星期也不联系。我们校长常劝我多往她那边跑跑,我说不想再跑去被骂回来。结婚不到半年,两人便开始冷战。感情的隔膜,脾气的不合,还有一点也是不可调和的,就是她控制欲极强,达到了变态的程度。一个是对钱的控制。有一次因为钱,我们半夜里大吵起来,我愤怒地说:"你不榨干我口袋里的最后一分钱是不会罢休的!"实际上结婚后,我的工资大部分都交给她了,只留下三分之一的生活费和往来路费。我已经被经济压得喘不过气来,她还不满足,还要一分一分算我的账,看能不能再榨出几分。我想,一个男人混到这个份上,不叫悲惨叫什么?我问自己为什么非要结婚呢?她的控制欲还表现在与异性的交往上，她可以经常随便和她的男同学男同事来往，我却不能与女同事说话，特别是长得好看的女同事，看都不能看，不然她马上就会不分场合地骂出来。在这方面她搞双重标准，她无论与谁来往都是光明正大、理所应当的；我无论和谁来往、怎样来往，都是别有用心、不可饶恕的。我曾经冷静分析这些行为的深层原因：她太看重钱。这与她的家庭教养有关，她父亲是在鱼行里卖鱼的小商贩，她的两个姐姐和两个弟弟都是做生意的，都比她有钱，她是他们中间唯一的大学生，如今却是最穷的一个。她的一些同学朋友，大都有经商的背景，都比她有钱，因此她的心里极不平衡，觉得自己应该比他们更有钱、更风光才对。因为找了个穷教师才让她不如他们，尽管她自己也是穷教师。她时时刻刻受到这种失衡的折磨，而她唯一能够搜刮到钱的对象只有我这个穷教师，因此即使把工资全部奉上仍然微不足道。至于感情上的变态行为，则与她父母的感情问题有潜移默化的关系。在她七八岁的时候，她父亲曾与一个新疆女子相好，她母亲发现后深受刺激，长期精神抑郁，最终患上了脑瘤，在她十二岁时去世了，那时她的小弟才两岁。她父亲因此极度愧疚，终生未有再婚，苦行僧般地把五个孩子拉扯成人，对小儿子尤其溺爱。家庭的这一变故让她对男人充满猜疑，她强悍的个性促使她要牢牢掌控着自己的男人，绝不能允许发生在她父母身上的事在她身上再次发生。因此她才会不顾后果，仅仅因为前男友与女同学有书信来往就毅然与其断绝恋爱关系，也才会对我万般设防，恨不能把我囚禁在与世隔绝的铁笼子里。我曾经对她怒吼：你恨不能把我变成瞎子，好让我再也看不到女人！虽然在理性上我对她的行为能够理解，但是在感情上却难以接受，我所能做的就是逃避，保持距离，以免受伤。有了女儿后，我去得多了些，为了孩子，我终于不再抗拒调动，就在即将要调过去的时候，记不得又因为什么鸡毛蒜皮的事情，她竟扬言要离婚，开始我没当一回事，发展到后来"离婚"二字她张口就来。我中止了调动，宁愿离婚也决不调去她那里。与其调过去受她暴虐的脾气凌辱后再离婚，成为孤苦伶仃的异乡人，不如留在家乡，她要怎样随她的便吧！

也许是因为不想让孩子这么小就失去父爱，她决定迁就我一次，在女儿满两岁的时候，她调到了梦蝶师范学校。我本以为解决了两地分居问题，生活会从此安定下来。没想到江山易改、本性难移，同时离开故乡和亲人又使她愧疚后悔。生活上的一点点不如意，往往成为导火线，使她发狂，不仅像村妇一样骂出极其难听的脏话，还会野蛮地做出撕、扯、揪、抓等动作。有一次竟骂到我妈妈头上，妈妈在我心中是神圣的，忍无可忍之下我给了她一记耳光，她一反常态地躺到地上打滚，还搬来两个姐姐向我兴师问罪。当她的两个姐姐从我父母那里了解到事情的经过后，连见都没见我就打道回府了。一起长大的她们最清楚妹妹的刁蛮和脾性。

托尔斯泰说幸福的婚姻都是幸福的，不幸的婚姻各有各的不幸。我的婚姻是不幸的，但也许是顾念孩子，也许是因为中国人的传统习惯，认为离婚不光彩，因而能忍就忍，能将就就将就，也许是因为相信劝说者们的话"磨合磨合就会好的"，所以尽管冲突不断，还是隐忍挣扎了好几年。在孩子三岁时，终于在她"谁不离谁是婊子养的"这句话刺激下，我们去法院办了离婚手续。一切按她的意愿：孩子由我抚养，她不付抚育费，离婚后她只身调回老家去。但真的离婚了，她却又不走了，可能觉得回去太没面子吧。我只能先搬到厨房里去住，后来又搬去办公室，好在那时我做教研室主任，在学校办公楼有一间独立的办公室。我从厨房往外搬东西时，她拦着我，不让我搬走。看到自己住在狭窄破旧的厨房里，想到自己童年的梦想，青少年时的奋斗和毕业后的遭遇，我无法控制地放声大哭十多分钟，似乎想将心中多年郁积的万千委屈都哭出来。她显然被我的痛哭吓到了，说："你要走就走吧，我不拦你了。"我搬到办公室住下来，课余时间埋头写作，那一两年内发表了几十篇文章。我用这种方式来安抚自己伤痛的灵魂。

孩子上二年级的时候，我应聘到鹭岛润英学校。这是一所民办公助学校，在著名的集美学村附近，校舍建在整座山上，红砖绿瓦，勾梁画栋，气势恢宏，周围碧海青山，白鹭满天，宛若仙境。从落后贫瘠的淮城来到这里，置身校园，心情极为振奋。这里待遇优厚，高出内地许多倍。学生都是当地有钱人家的子女，其中大多数学生不喜读书，十分顽皮，不守纪律，非常难教。一年多后，由于老家催促回去，扬言不予保留人事关系，而我又不愿回到那个环境去，遂决定调到苏南。父亲召集全家开会，家里除二弟两口子保持中立外，其余都强烈主张我借调动与曹慕荣彻底分开。母亲说："又过不到一起去，拖下去还是你受罪！"父亲则说我优柔寡断，当断不断。但她以孩子无辜，换个环境从头开始作说辞，我又一次答应了她。实践证明，我又一次错了。环境是变了，她的习性却丝毫未变。远离故土，她更肆无忌惮，我的绝望、悔恨和愤怒到了极致，僵持半年后终于义无反顾地再次离了婚！从十年不幸的婚姻牢笼中解放出来不到一个月，我的体重就增加了十五斤，印证了心宽体胖的说法。

终于讲完了，舒逸鸿长出了一口气，凝视着梦荷的眼睛，说："你看，我过去的生活何等杂乱无章，我的历史是这般混浊不堪！近朱者赤，近墨者黑，你这张白纸，本可以画出又新又美的图画，我担心跟我在一起会玷污了你的清白！你可要三思，现在抽身还来得及。"

梦荷紧握着逸鸿的大手，无限爱怜地说："可怜的小猪，你受苦了！我希望你的苦难到此为止，从今往后，让我来好好安慰你，给你疗伤吧！从你的话里,我看到了一个当代英雄,为了找寻自己的价值,为了坚持心中的信念,与生活的庸俗进行了毫不妥协的斗争。虽然有失败,但虽败犹荣,远比那些甘于平庸的人活得更真诚、更精彩! 你不只是美丽的风景树,更是一只迎风展翅的鹰! 一只志向远大的鸿!"

第十七章　特殊作业

曾经想：就这样吧，只
要你得到幸福就好了，一年
后就这样默默地走开，就让这个
单恋的结永远停留在内心深处，让这
段单相思的情永远沉淀在岁月的风尘中。

　　江南的秋夜凉爽而静谧，十分适合逸鸿此时的心境。告别了多雨的春季，湿热的夏季，迎来清凉的秋季，这季节的变化，似乎在印证着逸鸿生活的轨迹。此时，在他进入人生的秋季时，他真的又迎来第二春了吗？仰靠在窗前的藤椅上，时而欢愉，时而忧虑。回想一周来与梦荷相聚的点点滴滴，教室旁触动他心弦的巧妙示爱、办公室里的纸条约会、湖心岛温馨动人的牵手，余味无穷，妙不可言。

　　人生真是难以预期，就在一周前，心还是冰封着的，他的心绪苦涩而孤寂，脑海里始终萦绕着孤独终身的念头，仅仅过了这么几天，他的生活和心境竟发生了这么翻天覆地的改变！真如古人所说，福兮祸所伏，祸兮福所倚。离婚是一场撕心裂肺的人生悲剧，主要是因为与孩子骨肉分离，那种痛苦、悲凉、无奈和绝望的心情，让人觉得是切切实实地死了一回。周而复始，死而复生。新的感情的慰藉，是上帝的补偿吗？失去多少，补回多少！还是更多？有些是可以补偿的，有的则永远也补偿不了。可是，即使是上天的怜悯，也不是那么容易得到吧？她是出于同情还是动了真情，是一时冲动还是理智的决定？纵使她是真心的，可她的父母绝难认可。在世俗眼里，这份爱情从一开始就是不般配、不认可、不看好的。可是，爱的力量是神秘的不可抗拒的，让人置理性于不顾、身不由己、不顾一切、无怨无悔地投入其中。记得在哪本书上读过西方一位哲人的话：就是神在所爱的人面前都难以自持。如此说来，一个肉身凡胎的人又如何能够自持呢？况且这个凡人又是一个敏感多情却饱受感情煎熬的人，怎么能自持，又为什么要自持呢？老天，你若真的怜悯，就让他轰轰烈烈、缠缠绵绵、甜甜蜜蜜、快快乐乐地爱一回吧！

逸鸿正沉浸在自己的心绪中，没注意什么时候梦荷竟飘然而至，用柔美的玉臂从身后亲切地搂着他的脖子。逸鸿拥她入怀，伏下头去缠绵地亲吻那温润迷人的芳唇，如沙漠中的旅人在尽情畅饮清澈的泉水，似干渴已久的土地在贪婪地吮吸每一滴来自天上的甘霖。

“你怎么来了？这里可是禁区。”逸鸿对梦荷的突然降临既惊喜又担心，因为学校有规定不许女生单独到男教师宿舍里去，不许男教师单独把女学生留在办公室里。

“你不欢迎，下次就不来了。”梦荷噘起小嘴娇嗔地说。

“热烈欢迎！求之不得！只是人在江湖，身不由己。”逸鸿暗想小丫头还真够大胆的，还想下一次呢，就提醒她：“小心梁爱兰的众多线人发现你的行踪，跑去政教处参你一本！”

“人家可是忍了又忍，在操场上逡巡了个把小时，实在忍不住了，才冒险跑上来的”，梦荷说着把手里攥着的信塞到逸鸿手里，“是你让我写的信，今晚写好了等你半天，不见人影，只好自己当信使了。”逸鸿想马上看信，梦荷不许，说等她走了才能看。说完又送上热烈的一吻，才匆匆离去，她必须赶在女生宿舍锁门前回到寝室去。送走梦荷，逸鸿忙打开信，但见密密麻麻的娟秀而流畅的字迹写满了六页信纸——

鸿：

　　第一次提笔给我的老师和情人写信，心中有一种完全不同于平时完成作业时的感受。也许，这是你的一个特殊的学生在完成一份给你的特殊的作业。这份作业如果让小报记者知道了，以"一个女生给班主任的情书"为题登在娱乐小报上，说不定会给他挣到一笔小财。

　　窗外秋雨淅沥，我只好又回到教室里来。知道吗？之前的两个小时，我就傻坐在操场边，呆呆地望着你窗口的灯光，猜想着你正在干什么，会不会想到我，为什么不到教室看我。直到雨点大了起来，大滴地落在头上脸上，我才惊醒过来，恋恋不舍地在心中与你告别，默默地对你说："做个好梦，梦里有我！"一路感受着雨丝的清凉，回来写这封你说的欠你的信。

　　今晚其实是等你来的，你却没有来，不免有些惆怅，才知道盼望一个人的滋味并不好受，也知道从此，便多了一份心情叫牵挂。知道自己在文笔上永远也无法与你媲美，但也不能因此就不给你写信，只好班门弄斧了。

　　别再总说我是"小孩子"，那会让我觉得好没信心，我本来就最没信心了，叫我"小羊"吧，它让我觉得自己是那么需要你的保护，那么想在你温暖的怀里撒娇。一直想找一个值得信赖的人，让自己停靠，别说这是旧女性的思想，其实我也弄不清自己到底是你所说的新女性还是思想保守的旧女性，也许今生也成不了你心目中的理想女性，只是愿意沿着我的老师指引的方向去不断完善自己。

　　这些天忽然有了一种强烈的感恩之心，感谢上天从遥远的鹭岛送来了你，茫茫人海中，让我们相聚、相识、相爱。

　　不能说已经很了解你，但你身上总有一种神秘的特质在深深地吸引着我，让我不由自主地想去接近你、热爱你、依恋你。记得有一次听到有人说你是一棵风景树。她只说了外在，并没有说内在,应该说你是拥有巨大磁场的一棵风景树。

还记得在演播厅举办的校园十佳歌手比赛吗? 当我走上舞台,不经意间瞥见观众席中的你,顿觉心里被什么东西撞着了,以至于后来每每想与你说话却又极力躲闪、局促不安。有时甚至指责自己,为有这种意念而感到不可理喻。这是多么幼稚、可笑、荒唐啊! 你是我的老师、班主任,你的思想那么深邃,你的文笔那么美妙,时常感到在你面前自己只是个懵懂的孩子,极力踮起脚尖去仰视你的光芒。那光芒如此明亮,明亮得让我睁不开眼睛。每一天你到班里来,近在咫尺,却又遥不可及。我们之间就像隔着一条不可逾越的大河。你怎么会注意到这个不起眼、不能干、不聪明的小小的我呢? 不敢妄想,却又忍不住异想天开,我是多么矛盾啊! 听到别人说你的家庭生活不幸福,看见你不经意间深锁的眉头,真想为你把它抚平,轻轻柔柔地为你抚平;看到你低着头怏怏不乐,真想为你解解闷,让你开心地笑一笑,从此与忧愁绝缘。只要你开心,我愿意为你做任何事。很傻吗? 不是。虽然不明白这是不是叫爱,却深知你的开心就是我的快乐。可是我又能怎样呢? 不能向你表白,也不敢向你表白。因此,我只能默默地远远地注视着你,关心着你,祝福着你。将多少想对你说的话写在日记里。有一阵子传出你和乔老师的事,我心里除了深深的失落外,还有真挚的祝福。曾经想:就这样吧,只要你得到幸福就好了,一年后就这样默默地走开,就让这个单恋的结永远停留在内心深处,让这段单相思的情永远沉淀在岁月的风尘中。只有天知、地知、我知,你却永远无法知道。这一番苦心你明白吗? 我只能用目光来拥有你、贪婪地记住你的音容与举止。

时常问自己:你追寻的究竟是一种什么样的未来? 从开始的模模糊糊,到现在的豁然开朗。告诉自己:我想要的是一个美好幸福的家,一间自己的房子,房子里住着亲密的、温馨的、和谐的三个人,他和我拥有一份纯洁热烈、忠贞不贰、至死不渝的爱情,同生共死、相濡以沫、彼此奉献。我理想中的幸福女性有两个家:一个是生活上的家,它能遮风挡雨;一个是精神上的家,它能让疲惫的心灵得到休整,而我更要精心修葺我的精神家园。在这个世界上又有谁能满足我这样一份奢望呢?没有,一直都没有。感到自己就像一只孤雁独自徘徊盘桓在爱情海的天空,那么渴盼神往却又踟躇却步,因为担心自己会溺死其中。于是告诉自己:爱,不必过于奢求,它本来是没有名字的,在它到来之前等待就应该是它的名字。内心深处企盼《泰坦尼克号》中的爱情。即使只有一天、一夜,也足以回味一生而虽死无憾。宁愿用那瞬间的辉煌来毁灭,也不要用一生一世的暗淡换来平静。一生一世一辈子,我只要有一次,无论多大代价。这是多么脱离现实的幻想主义!难道就这样在幻想中度过青春吗?我受的家庭教育很严,从不允许我过多地释放自己。很早以前,就认定了此生会沿着父母安排的路走下去,不甘心地走下去。曾有好几个朋友说我像安娜,当时很觉震惊和恐惧。其实我并不十分了解自己,只是觉得一颗心飘飘荡荡、居无定所,生怕迷失方向,所以总是小心翼翼,不敢放开。总认为万事不能奢求,现实中的一切离梦想太远,就像生活在玻璃窗里,带着朦胧看窗外,一旦走出去,一切都变了。所以有一段时间,我甚至有了独身的想法,宁愿静守心中一方美丽净土,也不对自己作草草的交代。

真的要感激上天,现在拥有了你的爱,终于可以把自己心甘情愿、毫无保留地交出去了。此时此刻最想的便是依偎在你身边,握着你的手,深情地守着你,不让你再愁苦。谢谢你送我的CD机,听着柔情似水的音乐,似乎能拨开重重迷雾看到你的脸、你的眼、你的心。知道吗?暑假前你送的那盘空白磁带,如今还静静地躺在我的书桌里。我没有满足你的要求,因为我想在你的身边亲自唱给你听!

  我们携手去湖心岛的那一天,是令我一生难忘的日子。这一天,我和你,与鹿鸣山下的那片林子、那个亭子、那块草地,都将定格成我生命中的永恒。盼着多年后有一天,我们一起携手故地重游,再去寻觅那一切。那天傍晚,在山下开满野花的草地上,你的头枕在我怀里,你像个需要抚慰的柔弱的婴儿一样依偎在我胸前,让我感到你坚强成熟的外表下,有一颗多么需要温情的心!过去的那些年里,你这颗心饱受折磨,一定创痕累累。想到这里,不由得用力抱紧你的头,眼泪也夺眶而出。天生的柔情被你唤醒,不知是母亲在爱抚着孩子,还是恋人在抚慰着恋人。真想就这样永永远远地依偎着,永不分离。

  也许我并不多么深地了解你的人、你的心意、你的处境、你的打算,也不谙于细心体贴地关心人。可是,请你相信,我的心时刻为你跳动。表面上的冷漠平淡是炽热的情感被压抑后的假象。我不善于用言辞表达自己的心意,但是你应该能够充分地感觉到你的爱带给我的发自灵魂深处的惊喜!能够拥有你的爱,是我莫大的幸福!

  曾经担心等到有一天你看到我有那么多缺点和不足,便不再喜欢我。你说:"不管怎样,只要你还是林梦荷,爱你就无怨无悔。"那一刻,我又一次泪流满面。我也要对你说:"不管怎样,只要你还是我的小猪,就永远是我的骄傲。"

  马上要熄灯了,还有许多话来不及说了,留待下一次吧!

  晚安,我的爱! 爱你,一生一世!

你的小羊

  逸鸿一口气读完这封柔情似水又热情如火的情书,犹如久旱的土地沐浴到一场快意的喜雨,感受到的不仅是甜蜜,更是震撼和感激! 这真是一生中读到过的最深情美妙的文字,胜过他过去读过的任何一部名著。信中似有无数处令人感动而惊奇的句子,芳香四溢,令人着迷。他不禁又读一遍,又读一遍,感动之余,暗暗称奇:"小丫头真令人刮目相看,竟能写出这样的情书,不仅那么真挚热烈,还那么富有文采!"

第十八章　别样批语

那鹿鸣山下宁静的小径，那山腰间古朴的小亭，那黄昏时分幽静的小树林，在那里我们初次相拥。

在深深的感动中，舒逸鸿提笔回信，从此开始他们数十万字的情书之旅——

小羊，我的天使：

今晚你悄然而至，像天使降临这寂寥的小屋，给我孤独的内心带来难以言喻的惊喜。看着你，拥着你，呼吸着你温馨的气息，感受着你万般的娇柔，我的心中涌动着春潮般的激情。美妙销魂的时光点点滴滴地逝去，目送你娇媚的身影匆匆消失在朦胧的夜色里，我的心也随你而去。待心情平静下来，我开始读信，像饥渴的小树尽情吮吸难得的甘霖，我用整个心灵与你共语。亲爱的！我的爱！这是我一生中读过的最美的文字，她像温润的生命之流，每一滴都来自你高贵的内心。我读着，一遍又一遍，不顾泪水溢满双眼。十年来，我经历了那么多委屈和苦难，我的心一天天地冰冷起来，层层霜雪寒冰，密密地封闭了那座沉寂的火山。是你，用这般神秘的力量，开始融化冰雪，让火山重新涌动炽热的火焰！小羊！

小羊！小羊！我要让这生命之火为你燃烧——熊熊不息，直到永远！让我们用生死不渝的爱恋，照亮生命的每一天！只要你愿意、我愿意，有什么力量能把我们阻拦?！世界上最易改变的是情感，最不易改变的也是情感。我心已决，从此无论什么力量，也无法改变！我的小羊，你要坚信不疑，你的小猪对你是多么爱怜、多么依恋！为你而生、为你而死，是我此生最大的心愿！如果说你的小猪有什么与众不同，就在于他有生以来，不断地超越平庸，为内心深处的真爱而战！无论历经多少坎坷多少磨难，至今都不愿改变。我早已深知这一点，如果放弃了这个信念，我的生命之火也将随之黯淡。这就是为什么，在我的视野里，独独是你，而不是别人，是这么清新亮丽、奇异不凡！

小羊，你的小猪值得骄傲的唯有这一点，在这肤浅庸俗的时代，在这纷纭喧嚣的世间，他保持了自己的本色，精神人格上没有堕落为凡夫俗子。是否，你已认识到这一点？你所欣赏的正是这一点？

我深深地感激你有这样一双慧眼！使我多年来怀情不遇的哀怨愤懑之情烟消云散。

自一年前来到这里，走进你们班，你的娴静、婉约、高雅、从容、举止不凡和你的文章、你的歌声，所透露出来的深厚内涵，日甚一日地深入我心。常常为你担忧，生怕这世界无人能懂得你、珍惜你、怜惜你、呵护你，让你失望，让你惆怅，让你孤单。深知我能够读懂你、珍惜你、怜爱你、呵护你、娇宠你，可我是何人，敢有如此奢望！本来只希望在你毕业离开前，留一盘歌带陪伴我，给我一点慰藉，我愿足矣。何曾想上天的爱怜是如此深厚，让他的使者，来拯救一颗忧郁沉沦的灵魂，犹如贝雅德引导但丁走出迷惘的森林。

是不由自主地被你吸引，还是你恰恰称了我的心，两个学期的评语，禁不住对你赞赏有加，它们每一句都出自我的内心。演播厅里,你惊艳脱俗的出场,"千古一爱"的咏叹,深深震撼了我的灵魂。从那一刻起,你的形象就在我心里扎了根。你安慰我"塞翁失马,焉知非福"的话,你预言我未来一定会找到真爱的话,特别是那句"要是有比你小很多的人喜欢你,你,会接受吗?",是怎样搅乱了我沉静的内心!可知道那随后的几天我是怎样的心情?翻看日记,我曾情不自禁写下:"心潮涌起,久久难平。昨夜天使入梦中,留下刻骨铭心的感动。""难道上天真的垂青?难道多年的苦苦寻觅没有落空?难道此生真的可以成就永恒的爱情?"

一直记着你说过的没有去过湖心岛的话,多少次想邀你同游,又怕你拒绝。谢谢你那天答应了我,成就了我们神仙眷侣般的出行。湖心岛之行,我们携手同行,你的小手,那么娇小,那么温柔,用神秘的力量,把我们的心融合在一起。那鹿鸣山下宁静的小径,那山腰间古朴的小亭,那黄昏时分幽静的小树林,在那里我们初次相拥。在那里,芳草如茵,一片温馨,留下小猪、小羊如诗如歌的絮语。在那里我们无限依恋,不愿分别。

小羊,我的唯一的爱恋!从我们初次牵手到今天刚刚过去十天,这十天的生命意味着什么?她包含着多少牵挂、多少眷念、多少期盼!无一刻不想见到你,无一晚不在梦里与你相会。你是那样柔情体贴,那样娇美迷人,你是美丽的天使下凡,你是最高贵的牡丹!在我眼里,我的小羊是这么完美,纵有缺点,仍是我心爱的小羊,我的爱绝不会因此有丝毫改变!爱一个人就要包容她的一切,尊重她的个性和心愿,而不是企图按照自己的意愿强迫她作痛苦的改变,因为那将使她失去自我,活在怅惘里。犹如安娜在渥伦斯基那里所感受到的。小羊,我不要改变你,我喜欢你这样,无论你哭你笑,你都一样美丽,一样让我心疼。我永不会试图改变你,只想帮助你努力去做个最好的自己!世间多少男女结合后都想按自己的设计去改变对方,那正是他们自私和浅薄的表现,你的小猪在这一点上却有着足够的聪明和经验。

　　小羊,还记得琼瑶的《水云间》吗? 我始终被那句歌词感动着"问世间情为何物? 直教人生死相许"。我知道琼瑶深悟了爱的真谛。如今有几人真的懂得爱的要义? 他们不过在亵渎这个世界上最高贵的字眼罢了! 我自认早就领悟了爱的深味,只恨无人可让我动心。今生与你有缘相遇,最盼能够生死相依。愿你能有足够的勇气走向前去,勿负我此番心意。"姑娘的心像春天的云。"假如有一天你心有改变,真的像春天的云那样变幻莫测,那么你只不过在用最新的一个事例证明着这个司空见惯的比喻。而我将从此彻底达观,我的灵魂将从高远的云端俯瞰一片虚无的人间,我的目光将在那鹿鸣山下的林间逗留,嘲讽自己的痴情。而对于你,只愿你依然能够无怨无悔地过着没有遗憾与伤痛的人生,让这个秋天发生的一切像云雾般渐渐飘远……

　　深深地拥吻你!

你的小猪

第十九章 书简寄情

知道自己一旦决定投入
感情就是放进了全部的生命，
并会忠贞不移、义无反顾、生死
相随。对我来说，阳光灿烂的季节，
不是因为阳光灿烂，而是因为心中有你。

第二天晚自习时，逸鸿将写给梦荷的信夹在一叠文稿里，在查看晚自习时悄悄地给了她。梦荷冲他一笑，忙把它塞进书桌抽屉里。逸鸿见状，心想："小丫头倒是搞地下工作的材料。"

走出教室，逸鸿想："以后老是这样传书递简也不是个办法，梦荷去教师宿舍不方便，我到教室做这事也不方便，周围那么多双鬼机灵的眼睛看着呢，一回还行，第二回就会引人注目了。不行，得想个办法。"

第二天中午快午餐时，梦荷想把刚写好的信交给逸鸿，就以交作业的名义，到二楼教师办公室。逸鸿向梦荷问了一些近期班级同学的生活、学习情况，等办公室里其他老师都去吃饭了，才对梦荷说："为了方便通信，我们要找一个红娘，你看江映雪行吗？"

"行，我去跟她说。实际上她已看出来了。"梦荷说。

"看出什么了？"逸鸿吃了一惊，"又没告诉她，她怎么会知道的？"

"察言观色呗。她可是超级言情小说迷呀！"

"不知道还有没有人发现什么蛛丝马迹，还是要谨慎。除了让映雪帮忙传书递简,以后我们还要用些接头暗号之类的。"逸鸿想了想说,"如果我想你了,让你出来,我到教室查看晚自习时,摸耳朵表示过半小时出来,摸鼻子表示过十五分钟出来,双手交叉放胸前表示过两分钟就出来。出来后就到办公室去。"

"太妙了,像个老地下工作者。"

"还不是环境逼出来的,"逸鸿又问,"记住了吗? 考考你。"梦荷一一演示了一下,便先去餐厅了。逸鸿忙打开梦荷的信:

小猪,我的爱:

深深地坠入情海,你芳香四溢的文字将我淹没,一次又一次咀嚼你的来信,一天一天伴我入眠,你的话语总是那么热情甜美让我无法抵挡,即使是甜言蜜语,也心甘情愿接受。我的小猪,对你的爱意已无法排遣了,夜夜梦里与你相伴,轻言细语诉说思念,什么时候才能梦想成真!尽量遏止着自己决堤的感情,表面上扮演着一个学生的角色,是那样的勉强,为了不让眼神泄露爱意暴露秘密,竟不敢正视你,生怕与你对视便会身不由己地说出"亲爱的",为了我们的未来,我们必须暂时忍耐,唯一盼望的便是周末的到来。

小猪,我亲爱的小猪,得到你的爱,心中既充满巨大的惊喜,又伴随着隐隐的担心,害怕失去这份弥足珍贵比黄金宝石更炫人心目的感情瑰宝。知道自己一旦决定投入感情就是放进了全部的生命,并会忠贞不移、义无反顾、生死相随。不清楚自己是否是个爱情至上者,但如果没有爱,生命将会苍白无力。从此我要把一生的热爱和信赖给你,让我们彼此依靠,彼此信赖,彼此想着爱着。你的太阳般的热烈让我与你一同燃烧! 你的森林般的神秘让我流连忘返! 你的清泉般的甘冽使我求之若渴、浑然忘我,愿意成为你的影子寸步不离左右,默默陪你前行。

　　你说要给我老师的爱、父亲的爱、兄长的爱、朋友的爱、情人的爱,心是怎样被震荡得波澜起伏! 多么幸运! 庆幸自己有这份福气,情人之爱足够矣! 茫茫人海,芸芸众生,在众多的异性中你是那么出类拔萃、鹤立鸡群,并非因为你潇洒的身影,而是因为你有一颗和我相似的青春的执著的心,同样愿意为爱付出一切,同样地不肯把自己推入没有灵魂的婚姻,惺惺相惜,心心相印,其他的异性与你相比是多么的黯淡无光,肤浅庸俗,他们都让我不屑一顾,如今,我的拒绝与等待是多么值得。唯有你才是我渴盼已久的身影! 教室里的我一向沉静,少有笑颜,只有在你面前,我才会这么自然地撒娇、哭泣,是你唤醒了我,让我享受女孩子该有的欢乐、纯真和热烈。

　　千万次地呼唤你,我的爱,拥抱我! 就让我沉醉在你怀里,时光就此停住吧,永远停在这一刻,我似乎看到了未来:一间雅致的小屋,我们一起做饭,一起聊天,一起看电视,我要为你洗衣、为你端茶、为你铺床叠被,无怨无悔,把一腔痴恋点点滴滴融进你的生活,在享受你的爱的同时,也把爱回报给你,互相付出,互相回报,辛勤耕耘我们的爱土。只是对于许多事我还很无知,你要不厌其烦地教我,直至做到令你满意。不许笑,我要做你最最可爱的小妻子,没有任何不愉快,和谐地生活在一块儿,幸福到永远。

　　亲爱的,也许半年后迎接我的会是一场很大的暴风雨。对于来自家庭和外界的压力,我会全力抗争,绝不后退。雏鸟的翅膀需要锻炼,不能永远停留在笼中,要飞向属于自己的蓝天。因为有你,我的爱,在前面为我指路,一切困难都难不倒我。摸摸我的心吧,那么健康与热情,时时为你跳动,它就在你的手心里,任由处置。没有经历过风雨的爱情经不起考验,那么,就让我们做好准备,迎头而上。

　　盼着周末,望穿双眼,时间过得多慢啊! 每次看到你的身影,一步步走来,就这样走进了我的心,悄无声息却又深深地扎了根,从此再没有人能从我心里动摇他!

痴痴地迷恋着你的小羊

晚上,坐在宿舍桌前,又把梦荷的信拿出来美美地读,仿佛和煦的春风柔柔地暖暖地吹在结冰的河面上,把那厚厚的冰层温存而又迅速地融化开来。这是有生以来他从异性那里得到的最温暖最深情的安慰。他的心里充满了快乐和感激,禁不住在灯下铺开信纸,给梦荷写信——

小羊,我的至亲至爱的小爱人:

日子在一天天地延续,我们的爱也在向永恒延续。自我们湖心岛牵手至今,仅只27天而已,与你却已是情投意合,密不可分。这是心灵的依恋,这是信念的契合,这是生命的投缘!只要心灵不变,爱也不会改变。只要你还是小羊:这么深情、高雅、不俗,我永不会离开你,无论太阳从西方升起,还是江河向南方流去,我心永恒,爱你永不变!我也深深地盼望你永勿改变你的纯净优雅的身心,我深情地期望几十年过去,你依然是这么卓异不俗,我们就一定能拥有永恒的爱!

我是这样地怜惜你,怕你冻着,怕你饿着,怕你磕着碰着,你一出门,我的心就随你而去了,直到你回来,悬着的心才重新安定下来。你已不只是你自己的,你还是我生命的一部分,最重要的部分。对我来说,阳光灿烂的季节,不是因为阳光灿烂,而是因为心中有你。假如心中无你,阴天晴天一个样,爱怎样阴晴,全由他去。可现在无论阴天晴天,这世界不分白天黑夜地灿烂明媚!有你的岁月无阴雨。

曾经多少次,目光因你而明净,心灵因你而开朗。眼前不由得常常浮现你的倩影,总感到你的举手投足那么优雅高贵纯净脱俗。当我坐在观众席上，看你吟唱《千古一爱》时，眼前与心头都不觉一亮，倍觉你的超凡出众。而平常生活中的你，又表现得悠然随意，甚至有点傻乎乎的韵味——就像在晞山公园，你穿着我的夹克衫，衣冠不整，一副十足的顽童模样，让人又想笑又怜爱不已。放暑假时，你那天打扮得格外动人，你祝我暑假愉快，这学期开学你送给我的这盆仙人掌，还有这对可爱的白瓷小猪小羊，你说了那番话，你为我唱的祝福生日的歌，都深深地温暖着我原本冰冷的心。

小羊，你是我梦中的小女孩，你是我此生的最爱。你让我爱得心慌心乱心痛，你使我再也难以无动于衷。湖心岛之行，沉睡的火山迅即苏醒，晞山之恋春意融融，鸿雁往返传递思念之情，殷勤约会抚慰渴盼心灵。仙人掌正焕发出旺盛的生命力，恰似我们不渝的爱情。小羊和小猪正亲密依偎，那么情意绵绵和谐温馨。你的七封玉笺日日夜夜伴我安眠，润我心灵。

对你的这份感激与眷恋深深地融入了我的整个灵魂和血液，没有什么力量能够把你从我心中搬开，因为这份爱比泰山还重。

你提示我，你的爱将是霸道的爱，同时我也会很霸道地对你！爱从来就是自私的，排他的。我宁愿你霸道，不愿你超脱。假如彼此对对方的感情都不在乎，那岂不是客观上已宣告这份感情已经枯萎了！在乎我，在乎你；让你占据我心，让我占据你心，从此再不顾盼徘徊。正如美国女诗人艾米莉·狄金森所说："灵魂选择了自己的伴侣，然后将心扉关闭。"告诉你，在我心深处，自湖心岛之行以来，那最神圣的位置已净化美化一新，只有你一人高居在玫瑰丛里。我希望你也给予我同样的地位！你会吗？你能吗？你能坚持多久？你会的你能的，你能坚持到永恒！直到我们都华年老去，你我仍情深意笃，携手同行，还去湖心岛，还去晞山公园，还去梅园，去我们当年热恋的地方寻找最初的感动。

我们将拥有充实的人生，我将给你夫爱、师爱、友爱、父爱……

我将成为你的密友和导师,我也将成为你的崇拜者和学生。你身上有很多值得我迷恋和学习的地方:你的明智、勇敢、深情、优雅、自然、纯净、坚定……都是我由衷赞赏和爱慕的。你是一所高等学府,我将进去进修;你是一座稀有金属的矿山,我将不遗余力地挖掘;你是一片神秘的森林,我将充满好奇地去探秘;你是一片碧波无垠的海,我将在你怀里汹涌澎湃;你是我的有滋有味的卷心菜,我将顿顿离不开她;你是一枝带刺的玫瑰,我将小心翼翼地欣赏她的美丽;你是我的小羊羔,我愿天天听你快乐地叫着:咩——咩——

亲爱的,很快你就要毕业了,我们的新生活将要到来。我盼你这羚羊能冲破重重封锁,走向前去,我将在那里将你所爱的光荣与高贵的玫瑰送给你! 我将用终生的挚爱抚慰你的心灵。只要你心不改,美梦定会成真。

盼望周末来临,想念你……

你的小猪

109

第二十章　相思成灾

不再浪费一点一滴，一分一秒的光
阴，让我们每一刻每一秒都活在爱中。

　　人生的许多时候就是这样，越是得不到的就越是渴望得到，在日思夜
想的渴盼中，情感的潮水不知不觉便会泛滥成灾。逸鸿此时便是这种状
态。每一天，甚至每一刻，对梦荷的思念都像春潮一样一波接一波地冲击
着他感情的堤坝，让他食不甘味，寝不安席。又不能想见就见，周围有多
少双眼睛盯着呢。只好自我降温，想用看书代替相思，可是又读不进去。
想去运河边走走，心思却是越走越乱。于是便重复品读梦荷的信。读了
信，心中又涌起万语千言，就又写信。

　　长夜漫漫，孤灯独坐，多少思念，多少渴盼，都化作小诗：

致卓君

一

风烟万里浴征尘，
数载追寻到如今。
未料晞城原故地，

三生石上有佳人。

二

苦涩心田逢玉露，
茫茫人海遇知音。
此生不悔怜香志，
淘尽泥沙喜见金。

三

百花黯淡小荷新，
仙鹤亭亭立雁群。
高贵婉约何所似，
深宫明月照昭君。

四

孤灯独坐费思量，
秋雨敲窗夜未央。
夏草春花思雨露，
卓君何日做新娘。

写毕，意犹未尽，就又写信：

小丫头，我的亲爱的：

　　窗外秋雨淅沥，下个不停。没有伤感的意绪，却有许多感触从心中涌起。禁不住拿起笔来与你长叙。

　　刚才从教室出来，回到办公室，坐了许久，心中有一个愿望，盼你能来一叙，等了一段时间，又笑自己：你又没有向她示意——订下的暗号一次还未用过呢。

晚上只要一走进那间办公室，仿佛门外总响起你轻轻的脚步声，总感觉你的小手悄悄地捂上我的眼睛，你的芳唇在我额头印上温存的一吻，那种感觉是那么宝贵醉人，深深地深深地荡漾在我的心里！

回到宿舍，走进这孤寂的小屋，又多盼能有你在旁相伴，化解这万千愁烦！可是，你不可能来，我徒然地徒然地望穿双眼！

对着你送我的仙人球，看着上次你放在桌上的白瓷小猪与小羊，凝视着你可爱迷人的照片，读着你柔情万种的信笺，想着与你的这份奇特之至的情缘，只有让这些意绪充满我的心间，我才能推开心中无边的孤寂，感受到一些温暖。没有了你，我该怎么办？你这个小羊，你是否对这片草地情有独钟？你会不会改变你的初衷？你会不会忘却我们三生石上的约定？

爱，是一个十分沉重的字眼，有着太多太多的内涵。一旦有了爱，心灵便有了家园。一旦失去家园，灵魂将四处流浪。而今，我把流浪已久的灵魂交到了你的手上，你会怎样对待它呢？

按捺不住内心的冲动，我的爱，我想飞出这小屋，奔到你面前，用千万次的呼唤叫着你的名字，宣泄心中无边的思念！可是，这只能是此时的傻念而已。我们必须在众人面前装出淡漠来，用艰难的忍耐迎接明天的来临。

虽然天天都能见到你，却又总感到仿佛几个世纪未见到你了，因为天天见到的那个人不是真实的你！不是我的可亲可爱热情奔放的小卓君，是一个陌生的躲避的冷美人！唉！这真是折磨人！

明天就是周末了，幽会的时光正向我们飞奔！想到这一点，心情顿时轻快起来。小女孩，此时已十一点，你已入梦了吧，好好睡吧，做个好梦！

　　我的好宝贝！久久地拥吻你！

　　　　　　　　　　　　　　　　　　　想你的小猪

　　第二天下午快下班时，江映雪做信使，到办公室给梦荷送信，并顺便带去了逸鸿的回信。晚饭后回到宿舍，逸鸿坐在窗前开始读梦荷的信。前两封都是短信，可能都是即兴写的，后一封较长，一定是在阶梯教室最后面的角落处写的，要不就是躲在宿舍蚊帐中写的。逸鸿想爱一个人其实很累的，像梦荷这样，既要完成那么多学科的作业，又要想方设法给他写这么多信，肯定很累，只是因为心里装满爱情，也就不觉得累罢了。不过，逸鸿想下次见面还是要嘱咐她以学业为重，万不可因为恋爱而荒废学业，毕竟不久的将来还要为人师表的。

　　小猪：

　　也许人的一生会有许多后悔的事，但这其中绝不包括爱你并接受你的爱。这些日子以来，我告别了往日的枯燥与乏味，因为与你在一起总是那么精彩。时光的流逝并未改变我对你的看法——出类拔萃、才华横溢、忠诚体贴与充满魅力集于一身。因此，我心甘情愿，义无反顾地并且有点迫不及待地想踏入那"一无可去的婚姻的'围城'"。愿与你分担一切烦恼与悲伤，欢乐与幸福，如一朵忘忧花永远绚丽地开在你的身旁，仰望你英俊的面庞，潇洒的身姿。

　　　　　　　　　　　　　　　　　　　　　　　小羊

　　小猪：

　　何其有幸，本以为会孤寂无趣的一生竟得你相伴，风风雨雨中有你遮挡保护，心中感到无限宽慰。只是又担心你太累了，最大的愿望便是你健康平安。认识至今,你给予我的太多太多,而所得的却寥寥无几,心中甚是愧疚,我会以一生的忠诚来报答你这份深情厚谊,永远陪着你,爱着你,生生世世不分离。我们两个是缘定晰师,情牵千载。

你的小羊

小猪:

当歌曲《听海》中涛声响起的时候,日思夜想的你的身影从潮水中向我走来,对你的爱恋就像决堤的潮水喷涌而来,海潮般铺天盖地的思念穿越一切。闭上眼,只有你,只有你!你轻轻走来牵起我的手,深情款款,笑意盈盈,你的男性特有的柔情将我包围,亲爱的,你让我感受到了大海和生命,我是一只小船稳稳行驶在大海——你的怀抱里,蓝天碧海、白云飞鸟……风儿吹送着小船驶向彼岸,祥和的天空向我投来幸福的曙光,映得你我都成了金色的。看——那属于我们的彼岸,仙鹤徜徉,开满鲜花……我又开始幻想了,是这样想你呵!哪怕一时一刻见不到你都会想,时时想,日日想,白天想,晚上想,你"害"了我了。怎么办?怎样才能把你从我的心中驱除一刻?没有办法的,你已经占据了我的整个心房了,要忘掉你除非剜去我的心。那么,我的生命就与你融在一起了。

我的小猪,从来都不相信会有这样一份属于我的爱,然而你给了我,是你给了我,不是做梦吧?如果是梦,就让我从此长眠不醒!认定自己不会得到幸福了,然而你给了我,是你给了我,亲爱的,你让我感动,让我想笑,想哭,想喊,想告诉所有人:"终于,我有自己的爱了!"让那声音告诉你,向你表白,没有了你,生命也就失去了意义。多少年来的寻寻觅觅,让我找到了你,二十年的等待不算短,我怎能忍心放弃。知道吗?和你一样,我也愿为你生,为你死,这一点你应该和我一样肯定而不容置疑,好不容易鼓起勇气向你暗示,庆幸自己总算做对了一件事,又怎么会后悔!揪着一颗心,整夜都闭不了眼睛,心跳得太快,太热切,似乎想要飞到你的面前,守在你的身旁,陪你聊天,陪你熬夜,陪你写作,陪你入眠……

你说你的小羊是完美的,没有任何缺点,那么让我对你说:"我的小猪也是无可挑剔、十全十美的。他是一头可爱的可恋的小笨猪、小傻猪;是一头最能读懂小羊的小猪;一头值得小羊钟爱一生的小猪。难以想象,没有了小猪,小羊该怎样生活,怎样面对未来。

小猪,最最亲爱的小猪,你不是说未来是靠自己创造的吗?那么,拉着我的手,别放开,紧紧地牢牢地握住,小羊会跟着你一起面对,一同创造,只要有你,什么风雨、什么艰难都不怕,千山万水、刀山火海、层层迷雾又算什么呢?没什么能征服我们。人生路上,只要有你陪伴,一年,两年……十年,二十年,一辈子,十辈子……我一定会好好珍惜!不做叛徒!不做懦夫!只做你的勇敢的坚强的完美的小羊。亲爱的小猪,你说我的第一封信是最美好的文字,你流泪了,真的吗?如果那样,我愿意天天为你写,让你感动,感动得离不开我,一直守着我,只想着我,生生世世只属于我。不要笑我霸道的爱,我不要让任何其他人来分享。小猪,十几年来你受了许多苦,我是多么地心疼,想到这些总翻来覆去难以入眠。假如能够一切重新来过,我要为你承担愁苦,和你一起悲伤,一起忧愁。既然不能让时光倒转,就让我从现在开始用一生的真爱去细心呵护,抚愈你的伤口,让你不再伤心烦恼。不够的话,还有来生,或许三生石上已刻上我们的姓名。不再浪费一点一滴,一分一秒的光阴,让我们每一刻每一秒都活在爱中。让你受伤的心重新健康地跳动,甚至更有活力。我能吗?我能让你回到春天,让我们同春天约会,让这个秋天成为名副其实的收获的季节吗?你已经感觉到春天的气息了吗?好好闻一闻,闻到了吗?我已经感觉到了。

你已把心给我,我小心翼翼地捧在了掌心,决定用尽一生的细致温柔将它收藏,不再让它受到任何伤害,更不让他破碎,除非他自己要走或者我死了。我的文字混合着泪水,浓缩我的爱恋,隐入一笔一画。你已为我撑起了一片明亮纯净的蓝天,我也要为你构筑一间雅致的小屋,当你的内心感到疲惫与荒凉时,我会用我全部的爱让你恢复。傻小猪,你总说要为我而死,你就这么喜欢幻想让这世上留我一人孤孤单单?为什么不让我们一起幸福快乐地生活在一起直到永远?《泰坦尼克号》算什么,我们同样能够彼此奉献,假如你是杰克,我是露丝,我会抱着你一起沉入海底,让我们的爱在大海深处升华。不是我没有勇气活下去,而是不管从肉体还是精神上我都不愿与你分开,我更愿让灵魂一同升入天堂去共续前世之缘。

小猪,这是个美丽的秋天!虽然叶儿落了,草儿枯了,花儿谢了,但目光所及到处都是新的希望。读着你的信,我该是这世上最幸福的人了!记得我说过的一句话吗?谁能嫁给你真是福气。胸中溢满幸福,只因为此刻想象你就在我的眼前,对我微笑。我喜欢玫瑰,你给我带来了玫瑰花般甘甜香醇的爱的气息。是的,你的与众不同是我的骄傲!你的独一无二让我自豪!别担心会失去我,虽然在你看来我只是个小孩子,但请相信我的执著和倔强,只要认准了一个目标,不管沿途的风光有多美都无法将我挽留,我的目光只朝向远方——心中的目的地,那里有你,也有一种叫幸福的东西。请你也不要离开我,没有你也就没有了快乐的小羊,我的生命也会从此堕入万劫不复的地狱深渊,我会大笑着奔向地狱之门,纵身跳入火海,告别这个虚幻的世界,只留下一个苦痛的情痴。

漂泊的心终于有了着落,孤单的鸿也终于不再孤单。你看,他们一起飞翔在爱情海的上空,自由畅快,无拘无束,那翅膀翻飞的姿态,那滑翔的优美弧度令人羡慕;他们空中飞舞得那般脱俗、优雅、从容、缠绵,让人眼红;他们随着海浪声声,来回盘旋,轻言细语诉说心意。浪漫的爱情海上腾起了欢快的细浪,为他们喝彩、歌唱!小猪,让我们起飞,飞得越来越高,越来越美!现在,我郑重地把我的心给你,你也要好好放在掌心好好怜惜,直到有一天,这两颗心同时停止了跳动,再把它合在一起化为天上的星星,照亮美好的过去!让以前的所有成为宇宙的永恒,就让宇宙的土壤来培植,空气来浇灌,让它永放异彩。

深深知道我们的交往不同一般,我们的相恋更是不同一般,就让我们不同一般吧。只要身边有你,鸿——我的骄傲,我愿承担一切后果,不管付出什么代价!如果我能燃烧,我愿燃烧殆尽,让自己成为爱的化身,做一个美丽的爱的天使日夜伴着你,相扶相携度过一生。"问世间情为何物,直教人生死相许",这是琼瑶对爱的咏叹,也是我对你神圣的承诺——生死相许,没有别的原因,只因为你值得!什么年龄,什么非议,什么阻拦,见鬼去吧!只要你是你,我是我,亲爱的,我并不需要你有多伟岸多健壮,只要你健健康康,让我们把爱渗透进彼此的生命与灵魂,心愿足矣!

地球没有我们并不会停止转动,而我如果没有你,我便不能称之为我了。

愿我们永永远远携手走在霞光中……

吻你!

你的小羊

第二十一章　一往情深

我会耐心地等着你，等着
你有一天的召唤，只要你的心不
变，我就会一直活在阳光灿烂的春天！

　　读了梦荷的这些纯真炽热的信，逸鸿的心又像春潮般激荡起来，于是
提笔写道——

荷儿，我的心灵归宿：

　　一遍遍读着你的信，让我说不出的惊喜。我找不到合适的话
语来表达我此时的心情，只想说你给予我的一切超出了我的梦想
和期望。此时，我又一次感到困惑：在如今这样的时代，怎么还会
有如此清纯卓越的女孩！她的情感世界何以会如此纯净而多姿多
彩？她的精神领域何以会这样高远而又缤纷绚丽？她的思想境界
又何以会这样明丽而又精湛深邃？一个十九岁的小女孩，没有太
多的人生阅历，没有经受多少坎坷风雨——是什么使她如此聪慧，
如此深情，如此忠贞！是故乡山水的滋润？是父母亲人的培育？
是学校老师的引导？是与生俱来的禀赋？是灵秀天性的感悟？还
是这一切都兼而有之？为什么，在同样的背景下，在同样的沃土
里，只开出这唯一的一朵玫瑰？为什么，在百样千种的花卉里，她

118

独独最钟爱红玫瑰？为什么，在我如此疲惫消沉的时刻，会突然梦想成真？是苦尽甘来？是执著的报偿？是仁慈的天意？是遇见了好人？看来最可能的是前世种下的缘分！不然何以这么奇特而完美！

卓君，我的天使！我怎能承受得起你这份重如泰山的深恩！除了我的整个生命，我还能给你什么？在你面前，我的生命是何等的轻微？

我是这么心灵破碎，每天用悲哀而忧郁的目光冷冷地打量着这多难的人生，"既然命中注定我此生情无所依，那一切挣扎又有何益？对我来说，无论怎样挣扎，都是同样的命运！"高傲的灵魂正从巍峨的山顶坠落！充满生机的心田已变得荒凉而枯寂！上下求索矢志不渝的游子已走进狭窄幽暗的雨巷。

正在此时此地，迎面走来一位玫瑰般的姑娘，她有玫瑰般的高贵，玫瑰般的娇艳，玫瑰般的芬芳，玫瑰般的韵味，玫瑰般的气息……

她伸出那芬芳娇美的小手，无限慈爱地托起那哭泣的心，用玫瑰的气息安抚那不安的灵魂。她扶起了将要倒塌的一堵老墙，托起了即将沉沦的一艘破船。她点铁成金，起死回生，又妙手回春，她在一瞬间创造了奇迹，多年的痼疾得了灵丹妙药，一夜间霍然痊愈！难道这不是恩人？不是精神再生的母亲？

心爱的，我是有太多太多的忧虑，这忧虑均来自我自身的不足，使我在现实世界里不能与你相配，我将很惭愧地面对你的父母，他们养育了你十九个春秋，把你养育得如此出色，而我，一个不合要求的女婿将要抢去他们的爱女！将心比心，我也不会乐意。也许我真的很自私，也许我该早一点从你身边走开！可是无论我的灵魂还是肉体，都无法做到。而今，我活着，为着什么呢？为着我一生的梦，为着担心没有我谁会那么用心地理解你呵护你珍惜你！别的什么人怎能让你满意?! 与其那样,不如让我做你的知心情人。一个不合格的女婿,一个很合格的情人。

不管怎么说,不管会发生什么,你我已是心灵合一,密不可分! 这一种和谐,此生只有这一次了,我知道的,哪里也找不到了。失去你,我的生命也便从此枯萎了! 因此我心深处为你留下永恒的唯一的位置。没有人配居此位,没有人能安居此位,只有你一人,只为你一人,那是用玫瑰编织而成的玫瑰座,只有玫瑰仙子才配坐。而今你安居此位,门已紧锁,无人能来打扰,心爱的,你安心地永居此位吧,你是我永远的唯一的女王!

我的卓君,我的小羊! 你整个地占有了我的心,无论身在何处,你的爱情让我沉醉,给我力量!

难忘那天在晴山深处,我们在爱之海徜徉。拥你入怀,心中说不出的欢乐,幸福的心潮不息地荡漾! 把你娇美迷人的小身体深深拥入怀中,感到自己已是世界的主人,是这般富有征服力,这般尊贵而自信。你是这么完美而富有灵气的上苍的杰作,始终看不够你,真心地感到你的哪儿都让我入迷,让我沉醉,让我感受着一阵又一阵波涛般的冲动。

吻你的额头,她那么光洁灵秀,充满了灵感与智慧,她是你的智慧的小广场,从那儿,我看见你思想的花朵在绚丽地开放。吻你的小鼻子,吻那星星点点的调皮的小标志,她们从什么时候不约而同地在那儿集合? 吻你的亲爱的迷人的脸庞,多少灿烂的朝霞在那儿升起,多少动人的神采在那儿飞扬! 吻你的心灵之窗,是她们向我透露了你心灵的秘密,像一道炫目的闪电掠过我沉寂的内心! 这么多日子里,我一遍又一遍地读她们,越读越入迷,越读越沉醉,越读越深陷其中,那儿实在有世上最迷我的风景! 吻你的小小的玫瑰红的芳唇,她用世上最悦耳的声音抚慰了我的心,坚定了我的灵魂,她用那莺啼燕啭的娇音无数次地向我倾诉着纯真的爱心，在那儿印上我深情的长吻，仿佛干枯的田野在吮吸清醇的甘霖，只觉得全身心都沉浸在清新明净的天河里，在那忘忧的天河里，净化了充满烦恼的心，在柔情缠绵的长吻里，只想与你融为一体！只想早日完全属于你，完全拥有你！这是多少个日日夜夜的梦想和渴望啊！这渴望的力量是多么强大而迅猛地一次次来临，她那么急不可耐地汹涌澎湃地向那本不坚固的堤岸大举进攻，这四激情的野马啊，快要屈服于理性的缰绳——可是他必须竭尽所能忠于内心的约定！

　　亲爱的，到你毕业的500个日日夜夜，我会耐心地等着你，等着你有一天的召唤，只要你的心不变，我就会一直活在阳光灿烂的春天！盼望着有一天能与你走到一起，在一起尽情偿还前世的情债，实现三生石上的奇缘，为了那一天那一刻就是等待5000天都心甘情愿！无论世事怎样变迁，我对你的这一份情已无法改变。

　　我的爱，我的骄傲！你的心我早已懂了，我坚信你有一颗赤诚的丹心！我深信我的卓君能够做自己命运的主人，我坚信我们携手同心，没有任何力量能够阻止我们！我坚信我们有同样的高洁的灵魂，有同样的热烈的丹心，有同样的独特的志趣，有那么多的出奇的契合，从精神到爱好到感觉都有不可思议的和谐，有什么能把我们分开？！

　　如你所说不要把手上的真爱抛却，不要等流浪归来已失去一生一世唯一的爱！小羊，小羊，小羊！我爱你！我的唯一的爱！这一次我们演喜剧！让我们在玫瑰与红烛中举杯，庆贺世上最奇美和谐的爱赢得欢乐无限的大结局！让我拥着你，走过碧草如茵的春天，走过落叶缤纷的秋季，走入历史的永恒——让后人代代传颂更为销魂的《玫瑰情缘》：圣洁的灵魂高翔于明净的长天，心灵的家园玫瑰开遍。人是要有点精神的，人要活个明明白白、从从容容的自己！让我们做到这一点！

　　心爱的,我爱你!我想你!想得好厉害!想你了就给你写信。你已给我写了九封信,整整40页啦!小丫头,你的信字字千金,是我的无价之宝,是我的心灵甘泉,是你爱的证明,我骄傲我自豪我快乐——因为我拥有世界上最纯洁娇美女孩的挚爱,此生何求?唯求此爱万古长青,四季繁荣!

你永远的痴情猪

第二十二章 难舍难分

相思很甜美，却也好辛苦！
真的是一日不见，如隔三秋。

　　原本一到周末梦荷就要回竹海的家中去，自从跟逸鸿恋爱后，为了能在周末跟逸鸿约会，梦荷借口功课太多，跟父母说以后每两周回家一次，他们想女儿将来要当教师，现在多读点书总是好的，所以很支持。可是对于逸鸿来说，梦荷每次回家，对他都是一次折磨，每当此时，他也只能借书信表达他的苦恼和无奈了。

　　亲爱的，我的灵魂：
　　你一路是否顺利？是否已平安到家？看见你急匆匆跑来跑去的样子，你可知我心里有多不放心！真想送你回去，一直送到家门口！你每次回去，都无例外地是对我的一次心灵酷刑。无例外地将我变成一具空壳，恍恍惚惚，坐立不安，心绪烦乱，不知身为何物，不知所为何事。从没有像现在这么深切这么刻骨铭心地体会到精神对于肉体的意义。身边没有你，还有什么呢？热闹的街市，好吃的、好看的、好玩的，都与我何干？你还要回家多少次，你还要折磨我多少回？心里太难受时真想狠狠心把你忘个一干二净！从

123

此无欲无求，平平静静过一生。可我一分钟一秒钟都做不到！爱之火焰一旦喷发出来，是很难熄灭的。尤其因为这火焰遇见了你，焉能不火上浇油！我的命！别走！别离开我！什么时候想离开我，求你先杀了我，不然我是生不如死！

我不知什么爱情至上主义，我也不想弄清什么主义，我只是真心实意地感觉到金钱也好、名誉也好、地位也好、事业也好，跟对你的感情相比全都微不足道，全都不是我最想要的，我由此终于懂得宝玉何以不把功名当回事，"只愿与妹妹共死生"。人各有志，实在不可用一个标尺去衡量。关键是生命要处于如愿以偿的状态。如此，想得官位的让他得了官位，想求名声的让他得了名声，想图钱财的让他得到钱财，只要是高尚的，皆无不可，皆是可喜可贺的。在所有这些人生目标中，唯情字难寻、难得、难守，因而也至为珍贵。得了情字，其余诸项得便得了，少也便作罢，实无太多关系，也就没有多大遗憾。倘反过来，什么都得了，只没得了情字，内心依然空寂遗憾。而今我有了你的这一份刻骨铭心、至洁至纯的痴情，一生心愿足矣！以后所为只为使这一份爱更深、更浓、更长久、更高远……

亲爱的，现在已是晚上11点40分了，你一定在读书吧，是否读得津津有味，想入非非？你可不要受了毒害！若那样，我可就害你又害我了！那本《查泰莱夫人的情人》不给你你偏要。我也太宠你了，让你看这种颇有情欲色彩的书有点早了，可拿你没办法！你这坏丫头！知道了大人们的事，你会怎样想啊？有何感想，回来要告诉我。

这一次你是否还有闲暇给我写信？我要忍饥挨饿啦！越来越感到像个吃奶的孩子离不开乳汁，我也少不了你的信了，一天见不到，便要哭闹——灵魂的饥渴的呼喊！

小女孩，你走了，仿佛你已远去了，没你在身边，日子比白开水都平淡！想起上个星期天，如在天堂，如在美梦，如在水云间，如在玫瑰园。而今我是如在旷野，如在荒原，恨不得马上就去找你，找到你了，心才会踏实下来！

你的可怜的小猪

形成鲜明对比的是梦荷不回家的那些周末简直就是逸鸿的节日！一想到明天就能与心爱的娇丫头快乐自在地待上一整天，逸鸿的心里就像刚刚畅饮了美酒一样陶醉。每当此时，他便习惯性地把心情写在信纸上，好让心爱的人了解。

小羊，我的心爱的：

明天又能与你团聚了，一天里最有光彩的时光就要来临！

还记得吗？我们最初的约定是每周一晚上见一次面，可很快就变成了一周多次见面，只见面还嫌不够，还盼着能缠绵长吻，甚至梦想能相拥而眠。真是得寸进尺，贪得无厌啊！可是还要有点理智才行，要让理智的缰绳控制住那桀骜不驯的野马。我要对你负责，对我们俩的未来负责。让我们克制自己！等到半年后，到那时我们将从"地下"转到"地上"，一切都用不着掩饰了，阳光之下，众人面前，湖畔山巅我们可自由自在地携手同行；无论白天还是夜晚，在同一张床上，我们可尽情地相拥而眠；我们一起去商店，去公园，去电影院；买喜爱的美味为你做丰盛的晚餐，把你抱在怀里，一起流泪看《水云间》；与你一同执笔，写我们的《玫瑰缘》……

小羊，我爱你，至死不变！你已是我的，我的小情人，小爱神，世间无论什么都不能与你相比。而今，心里总感觉不再是单身，日日夜夜都感受到你的存在。

小猪

犹如奔腾的溪流总要找到自己前进的途径,此路不通,便奔他路。恋爱也是这样,恋人心中激荡的爱的潮水,总要找到宣泄奔流的途径才行。校园很明显是个恋爱不自由的地方,尤其对于师生恋来说,就更是忌讳中的大忌讳,在如此境况下,鸿雁传情无疑是最佳的倾诉途径。两个热恋的人,几乎每天都在写情书传情书,借着火热的情书,爱情的火焰也越来越炽热,简直到了一天见不到爱人的情书一天都坐卧不宁的地步。逸鸿常常甜蜜地感叹:"唉!相思很甜美,却也好辛苦。"

第二十三章　两地相思

当新年零点的钟声敲
响，好想给你打个电话，
让你在新的一年第一个听到我
的声音，想要不顾一切地奔向你！

　　放寒假，梦荷回竹海的家中去了，逸鸿也回到千里外的父母那里。回
到老家的第三天，收到梦荷的信。

我的至爱：

　　今天才是分别的第二天，相思就已成灾！好懊恼！总算找到
了在家给你写信和通话的好时机。

　　耳朵正一阵阵地发烫，有人说这表示有人在想你。你在想我
吗？在这夜里，同一个时间。好想再读一读你的信，可惜因为怕被
父母发现，放寒假时没敢带回来。要知道那可都是我的精神食粮
啊。我何其有幸，能得你甜美芳香的文字，你这一份深情是其他人
所无法领略到的。我的老师，它比你的批语和评语更感性更深情，
现在无法读到，更添相思之苦。人有红豆寄相思，而我只能低声吟
唱《知心爱人》，遥寄我的知心爱人。无人唱和，怎能不寂寞？今夜
你也是一人独坐，不知是否又要熬夜？明天你就该回梦蝶老家过
年了，一路平安！我的信正等着你的拆阅与回音。纵然远在两省，

情意紧紧相连。为你，点一盏灯，只愿千里之外的你能听到我的心。

小羊

我的好情人、我的牵肠挂肚的爱人：

当新年零点的钟声敲响，好想给你打个电话，让你在新的一年第一个听到我的声音，想要不顾一切地奔向你！任他电视里相声小品多逗人笑，却笑不起来，默默想着你，祝福你，祝福我们，愿新的一年得偿夙愿，你听到千里之外小羊的呼唤了吗？窗外玉树银花，可烟花闪烁处全是你那令我魂牵梦萦的脸。爱情真是折磨人啊！分别并未使我们相互忘却，却使彼此更加思念。

你的小羊羔

几乎与此同时，远方的梦荷也在读着逸鸿给她的信。回信是寄到竹海镇上梦荷的一位小学同学卢雪艳那里的。

小荷，我的远方的爱人：

现在我在离你千里之外的故乡给你写信，我的心中有着说不出道不明挥不去的怅惘、落寞与失意，虽处身父母亲人之中，心中仍空落落的。感谢时空的变化，使我能从另一个角度和地方远远地打量你，体味你在我心中的地位。

你担心离别会使我淡忘你，事实正相反，它使我更强烈地思念你，倍觉你的珍贵和难得。四个月来，我懒于一切事务，心中只有你。不是我不冷静，不是我缺理性，实在是有更深刻的原因：知道现实是严酷的，命运一直待我很苛刻，故不敢奢望会永远拥有你，那么，就让我在拥有你的每一分每一秒里狠狠地燃烧自己，投入地爱一次吧！因为我知道这一份爱太不寻常了，是那样难得，可遇不可求！曾经对你谈起，内心一直在准备，有一天你离开我了，我要能坚持下去。你为此生气，以为我不专心。我的小羊，不是那样的，是梦中都想与你地久天长。只恐命运不济！知道你痴心不改、忠贞不渝，我是多么求之不得！只要你我如此坚贞，未来的希望是不容置疑的，永恒的幸福是可以预期的。

　　而今，对你的心意已深深地领悟了，对你的决定也已坚信不疑，你我一同走过了内心的风雨之季，两颗真诚的心已融为一体，想到这一点，我的荒漠的心中才有一片洒满阳光的绿荫，才可以肯定这样继续期待是值得的。

　　从此后，我该从头做起，再一次地振作自己，去努力，去搏击，尽我的心力，只为你，为你做一个你期待的优秀的男人。也许我不能让你很满意，但只要我尽力了，我就不会后悔。早就知道，如今的这个社会不是像我这样愚钝的人可以纵横驰骋的，它深深地让我感到压抑。在精神上，在物质上，有双重的压抑，不能让我扬眉吐气。可是我不能因此而太消沉。曾经，在四个月前，心里想此生就这么悠悠地打发吧，像一片枯叶任凭风雨吹向哪里。可是，当我有了你，我不能再那样想了，那样想便是犯罪！从此感到了一份沉沉的责任，知道自己要肩负起对你的责任，要对得起你的这份重托。与此同时，更感到了自卑和惭愧！我拿什么去爱你！在此物欲横流的商品社会，我一穷二白。因此在爱你的同时，又深深怀疑自己爱的理由和能力。你不以我的清贫与落魄而嫌弃我，你不给我一点点的压力，相反，你总是鼓励我"面包会有的……"。我的卓君！你知道你是怎样让我敬慕与感激！为了这份稀世之爱，我死而无憾、回首无悔！

　　亲爱的，今天傍晚我回到了父母家里，睡觉前坐在床上给你写这封信。写信前我读了两封你的信——你所有的信我都随身带回来了。还带回了在湖心岛在晞山在梅园拍的照片，为的是当我想你时,我可以看看这些照片,读几封你的玉笺,以慰思念之心。

自五号送你回去,这几天不知想你多少次了,不仅如此,每晚睡觉前都要默默说几遍:"我爱你! 我爱你! 我爱你!"——这是我们在梅园约定的,我做到了。以后,每一晚我都会说,当我们能相拥而眠时,我也同样会用这句话做你的催眠曲。

我不在你身边,不能照顾你,你要注意照顾好自己。总是放心不下你,常常像老妈妈一样劝你吃、劝你喝,叫你注意这、注意那,为此常惹你生气,自己也想停下,却总不能改悔。

想你的鸿

娇娇,我的爱:

今天上午十点半,终于读到了你七号寄来的信,一连读了三遍,随后坐下来给你写回信,写好后即去邮局立即寄给你,这样估计你可于春节前夜读到这些信。苦了你了,要你等十天才能读到我的信,你又没有旧信可读,你又没有照片可看,你就只能发挥想象力了,幸好你的想象力并不贫乏,不然岂不惨哉! 你看,恋爱、相思多不简单! 世上诸事,置身事外作主观臆想总是很简单,一旦深入进去,便完全是另一番情景和滋味。世上有价值的东西,也多是很难得到的。尤以爱情最是如此。尤以真爱最是如此。尤以真爱的持久最是如此。尤以奇特不俗的真爱中的你我之爱最是如此。故我想,我们此生做成这一件事便是证明了我们最大的成功,这件事的成功需要卓异不凡的素质、情感、意志、勇气、理性、远见、忍耐、牺牲、智慧、细致、宽容等,无非常之人,无非常之事,无非常之功。小人做小人的事,常人做常人的事,伟人做伟人的事。你我之事,岂世间小儿能解乎! 他们用小人之心度你我之腹,乃因其本是小人,岂可让他们有君子之胸怀乎! 为你喝彩! 你说:"做好自己,不用理会别人。"好一个女英雄! 好一个小羚羊! 教我如何不敬你！教我如何不疼你！教我怎能忘却你！教我怎能舍得你！你我二人之不可分，岂止因为异性相吸，还有更深刻更本质的原因，这就是思想上的契合，心灵上的共鸣，情感上的和谐，情趣上的融洽，这样的两个人，在亿万人中，你到何处去再找出一对来？回家说到我们的事，妈妈说是前辈子的缘分。相信这是前世的缘，用世俗观念谁能说得清！

娇娇！从信中得知你父母对你确是很严，不无猜疑，所以才那么严格地审查你。晞州学院的一些人也在审查我。再熬半年就好了。孙悟空在八卦炉中熬出个火眼金睛来，我们也会熬出个千古一爱！人都是怪脾气，现在他可能说长道短，当真成了一对夫妻，他们便又会羡慕得要死，把你看做反抗世俗的英雄。我这几天翻了翻《二十世纪中国名人书信集》的《爱情卷》，其中鲁迅与许广平、陶行知与吴树琴、徐志摩与陆小曼、庐隐与李唯建、梁实秋与韩菁清等，于其当时又岂不是多遭人非议，而今皆成了庸碌人群可望而不可即的榜样，往日的绯闻，俱成今日的佳话。所以还是做好自己要紧。各有各的志趣，各有各的境遇，各有各的活法，谁也没有干涉的权力，即使父母也不应粗暴干涉，可以关心，可以参谋，可以提醒，以尽其责，而硬要以父母之意愿，牺牲子女之幸福，虽是父母好心，其效果却不见得高明。我读你七日来信，对你的信心进一步增强了，似见绚丽之朝霞正冉冉地升上东方的晴空！我如今鼓励你支持你主宰自己，将来我亦会不改此意，并不因你已是我爱而有丝毫主宰你意志之心，因为你必首先是一个完好的自己，才可能成为一个完好的妻子和公民。这也是我当初花大力气进行新女性教育的原因。可惜她们中的许多人太自我了并不领情。好在有个最大的成果，就是你。

娇娇！我坚信你已长大，心智已很成熟，你必能如你所说永不肤浅媚俗！永是我的清雅高洁的卓君，永远深深地打动我心！我将为你而长寿,有你在身边,我必能身心和谐,与大自然息息相通,我知道我命之长短关系非轻,倘我不珍惜自己,岂不是在谋害你的寿命!

你听了我的嘱咐,睡觉时注意了安全,我很宽慰。为我珍重,为我守护好你自己!深情地拥吻你,我的乖宝宝!

不要为我伤心,生活的艰辛我久已习惯了,它算不得什么。有了你的爱,我以前所受的一切磨难都值得!宛如攀登上了玫瑰开遍的山峰,谁会抱怨沿途的坎坷和泥泞!

我答应你,半年后,我们携手入教堂,彼此说出那句:"我愿意!"

我答应你点上九十九枝红烛度过洞房花烛夜。

我答应你,伴你携手去大海去青山去绿水间海誓山盟缘定三生!

我的爱!我爱你!我想你!没有你的日子太阳也缺少光辉。我心潮起潮涌,碧浪翻腾,自那个石破天惊的晚上以来,一幕幕玫瑰色的景象时时闪现在我的脑海,让我感到了人生的壮丽美妙,爱你,被你爱,此生无悔!来生有望!没有任何力量能改变我之决心!

紧紧地拥抱你!久久地深情地贪婪地吻你!

想念你!期盼你!我的爱!

你的小猪

娇娇,我的小娃娃:

我想你!日思夜想,难以安心!

离开你的滋味,如今有机会静静地感悟了,是那么寂寥、虚幻而又苦涩。没有任何事情能排遣它能安慰此孤独的心。倘此生失去你的爱,真的会万念俱灰!

　　这几日一个人睡不着时便细细回味与你的相识相知相爱，感慨良深。四个月前，有三条路可供我选择：一条是世俗之路，省心省力，平平淡淡，安安逸逸。譬如与乔结合，或类似的其他人，倘选此路，恐怕如今已不再是孤身。可这不符合我的性格——性格决定命运。我知道的，大多数的人处于我的位置会选那条路的，因为它既现实而又"合适"。第二条是中间道路：譬如照蒋雅萍所说，等这一届毕业，从学生中物色一个合适的，"帮她留在晞州"。第三条路是心灵之路，它艰难而又飘忽不定，譬如与你。第一条路，我终不会去走的，那于我是一个灾难，于别人也不公平，无论对方多么投入，所谓"纵然是齐眉举案，到底意难平！"宁可孤独终身，也不要做那害人害己的蠢事。此正是你所说的"宁缺毋滥"。第二条路还是可以的，倘不是早先遇见你，可能走那条路，但也有一个不可缺少的前提：彼此要有感觉，没有这一条，虽想走，也会走不通的。而今与你携手走了这一条坎坷艰难却美不胜收的心灵之路，何尝不知她的"不现实、不般配、不顺利、不多助"，可是，偏偏不肯回头，任世人笑他痴也好，呆也好，我就是我了。将来有一天，假如你有了新的判断、新的机遇，你想走了，我不会拦你，用我的下地狱换来所爱的人上天堂，这有悲壮英勇的意味，我能像前苏联《爱》那本小说中的主人公，毅然地接受新的命运。

　　这几日在家断断续续地说到我俩的事，家人让我冷静，一是担心将来我老了，而你还很年轻，那时倘有变化，我会后悔不及；二是担心你家人定会极力反对，在父母的劝说哭求下，你难保不动摇。他们内心何尝不希望我们有个美满的结局，但是希望与事实终不是一回事。我说到你的种种好处，妈妈听了说，只要你坚决，家庭一时反对，生一段时间的气也就会好的。妈妈夸你懂事，什么都为我想到了，她很欣慰。确实，你这么小，能做到这样，很为你骄傲，你不愧是我的卓君！

　　本来计划读点书的，可读不进去，倒是读你的信一遍遍地读得津津有味。你的三十二封信，总计恐有五六万字了吧？这些信放进名人情书选中不仅毫不逊色，而且均是上乘之作，不是偏爱，从内涵到文笔，俱很出众，将来等我们成了"名人"，她们也会成为不朽的文字！没想到你的写作天赋和潜力会用这最美妙的方式得以充分发挥！没想到我的"下水作文"用这最奇特的方式一发而不可收！用这么大精力只为辅导一人！是该反省改过，自我教育，不然学生们知道真相，岂不把我们恨死怨死！学校亦会问罪于敝人。不过，可能未来的读者会为我们喝彩的！真是功臣罪人集于一身。

小猪

　　小荷，我的心爱的：

　　昨晚睡觉前默念了六十六遍"我爱你"。一个人孤枕难眠真是没意思极了，仿佛睡眠失去了灵魂！想象拥你入怀，与你共眠，该是何等甜美醉人，那时应该是"但愿长醉不愿醒"，此时则是"辗转反侧难入梦"。没有你，真是乏味啊！什么时候才能等来朝夕相伴的日子！

鸿

　　在自己的闺房里，小心把房门关好，紧张而兴奋地读完逸鸿的这些信，梦荷提笔写道：

　　最最亲爱的：

　　今日收到你的信，早已干渴的心灵迫不及待地吮吸这从天而降的甘霖，枯萎的花瓣终于重现生机。盼星星盼月亮才盼到这封交织着爱恋与思念的整整十页的信。不必再借助想象了，透过这密密麻麻的芳香四溢光芒四射的文字，我摸到了你滚烫的心。知道你也在同样地思念着我,轻笑着说了声:"算你有良心!"

今夜终于能甜甜入梦了!

你未来的妻

整个寒假,两个人都无心过年,心思都寄托在对彼此的思念上。小时候过年曾经让他们兴奋的那些事情,如今都索然无味,只有爱人那甜美的情书才能让心灵感受到无比的幸福。

开学前三天逸鸿和梦荷相约回到晞州学院,彼此一扔下包裹,便急切地按照事先的约定到梅园茶馆一个优雅的包间相见。

梦荷温存地抚摸着逸鸿的脸颊,心疼地说:"你瘦了,过年那么多好吃的也没把你养胖些。"

逸鸿拥着梦荷,替她轻轻整理好额头上略微有些散乱的秀发,用深情的眼神凝视着她圆润娇美的小脸:"你也没有吃胖啊,害着相思病的小丫头哪里会吃胖!"

梦荷说:"在家度日如年,每天数着日历过日子。觉得仿佛分别几个世纪了!"

逸鸿说:"其实也就半个多月,可是觉得自己已经老了几十年。"

梦荷说:"古人说一日不见如隔三秋,我们都分别了整整十八天了,算起来该是多少秋? 当然觉得老了。"

逸鸿说:"不过一见到你,马上又年轻了几十岁,重新回到青年时代了。看来人生中只有爱情能让人拥有第二春啊!"

说着话,梦荷从包里拿出一只精美的玻璃瓶,递给逸鸿,逸鸿看到瓶子里装满用七色彩纸精心制作的小小幸运星。逸鸿又惊又喜:"你这傻丫头! 这要花多少心血才能做得出来!"

梦荷调皮地笑道:"想你的时候做这些是最美满的事情,既能排遣相思之苦，又能把对你的祝福，也是对我们俩的祝福寄托给这九百九十九颗小星星。"

听了梦荷的话，逸鸿一下子把她紧紧地抱在怀里，爱怜地抚摸着她乌黑秀美的长发，这是当她知道他喜欢女孩子留长发之后，特地为他留起来的。

梦荷又将一封信交给逸鸿，却不许他看，说不要占用他们宝贵的约会时间，要他回去后再看。逸鸿也将昨晚写的信给了梦荷。两人每次见面都要像这样交换情书，这已成为他们不约而同的举动。

分别时两人约定周末去游览梁祝纪念地。

到了晚上，逸鸿才有机会坐在桌前，拆读梦荷的信。

鸿：

在分别了十八天之后将要与你再次相会了，一想到这，心情一下子多云转晴。

刚刚结束的这个寒假是我有生以来最不寻常的寒假，没有往日轻松喜庆的过年心情，也没有了以往走亲访友的那份热情，对你的思念时时刻刻装满我的心。真的是朝也想，暮也盼，不思量，自难忘。想你的人，想我们自认识以来的点点滴滴，也想我们的未来。为你着想，原本有两条轻松的路等着你选择，完全可以让你不再孤单漂泊，亦无需再命运多舛。可你偏偏选了一条最艰难的最让人非议的路。我深深地感激你！我对你说过，如果那时你避开、拒绝我，或许我的精神大厦早已坍塌成为断瓦残垣，即使有再多的人喜欢我，但得不到所爱的人的心全都枉然。既然你已选了这条路，我亦应义无反顾地陪你走下去。嫌贫爱富、中途退却又岂是寻求真爱的人所能做的？我们要相扶相携去迎接朝霞满天，去欣赏黄昏落日。我们要给彼此百分百的信任，百分百的支持。我们要开朗乐观起来，要相信再难的事也会有解决的办法。不要怨天尤人，不要愁云惨雾，我要看见你目光中的勇敢，困难往往是欺软怕硬的，我们要笑到最后。爱情是需要彼此不断努力的，从开始的神秘到后来的熟悉，总不会一直热火朝天，终会归于细水长流，归于柴米油盐的平淡，但平淡也是最真实的，我们要在一起过最真实的生活。我们的爱一定经得起平淡流年的考验！

小猪，别再说你是在追求不属于你的幸福，我是你的，只愿做你一个人的妻，其他人再才华横溢，再富贵显赫，只要他不是你，我不会看一眼。相处四个月来，你的情感世界的丰富多彩震撼我心，你在这浊世是多么出类拔萃啊！你是一本让我百看不厌的书，是一本传记，一本小说，也是一本诗歌，一本随笔……我要感谢你的经历，是它们把你历练得如此鹤立鸡群。

夜深人静，千里之外的我的爱人，你正在做什么呢？想到你这么多年来有多少个难以成眠的夜晚，为你心疼，想要给你一个温馨的家园，让你不再忧伤。也许正是为了要圆我们今生的缘，老天才让你失去了一个家。不管你有什么难以割舍的往事，我都会用百分百的真，百分百的纯来给你安慰，请老天保佑我们快乐幸福吧！

我的准夫君，你也在惦念你未来的小妻子吗？

你未来的妻

第二十四章 梁祝遗风

> 我们不要学他们那样化蝶飞舞，而是要让我们的爱长出翅膀，在爱情海的上空比翼双飞，琴瑟和鸣，尽情欢舞！

　　晞州城西五十里处，有一处闻名遐迩的风景胜地善泉洞。此处群山环绕，流水潺潺，鸟语花香。在群山腹地，隐藏着气势恢宏、容得下千军万马的神秘洞穴。洞内巨石擎立，河流湍急，洞貌奇形异状，景象幻化万千，置身其中，疑在仙界。洞外小桥流水，曲径通幽，彩蝶纷飞。此处便是传说中梁山伯祝英台同窗读书处，不远处梁祝传说展览馆正播放着小提琴曲《梁山伯与祝英台》，给这浪漫神秘的境界平添几分缠绵凄美的气氛。

　　周末，逸鸿与梦荷携手同行，徜徉其中。此处离梦荷的家乡只有二十余里，梦荷对这里颇为熟悉，自然成了逸鸿的导游。

　　从梁祝展览馆出来，漫步到英台琴剑之冢时，他们在一处山石上坐下休息。见梦荷若有所思，逸鸿问她在想什么，梦荷欲言又止，逸鸿见她不说话，更急着催她快说。经不住逸鸿再三催问，梦荷叹了口气，感叹道："自古真爱难寻觅，自古得到真爱都要付出沉重的代价。有的即使付出了沉重的代价，最终却并没有得到，这更让人倍感伤心。想起梁祝的遭遇，不由得就想到自己。"梦荷略带忧愁地望了望逸鸿，"本不想告诉你的，怕你又要着急担心,胡乱猜疑。可是想了想,也许让你知道了,你才能更好地了解我的心。"

逸鸿关切地问:"有什么事?快告诉我,我们一起面对。"

梦荷缓缓说道:"这件事其实已有一段时间了,就是我爸爸的一位朋友,是市里文化局的一个领导,有一次他跟几个人到我们家作客,见过我一面,回去后就托人来跟我父母提亲。他儿子也在文化部门工作。对我父母夸我形象气质好,许诺等我毕业后就把我调进电视台。我父母也看过那人的儿子,比较满意。因此他们对这事挺热心,认为是一门很理想的婚姻。从那以后,每次回家,他们都会跟我说这件事。他们还说他们几乎已经答应了,之所以对方暂时没来问,是因父母对他们说现在正是我面临毕业的关键时期,怕让我分心,再等几个月,等毕业了再跟我正式谈这件事。"

听了梦荷的讲述,逸鸿感到了强有力的威胁和挑战。之前梦荷跟他讲过班上坐在她身后的陈志强在她生日时如何悄悄地送花给她,如何约她看电影她没去,如何回到宿舍狂摔脸盆⋯⋯当梦荷讲这些时,逸鸿差点笑出了眼泪,那时他对那个单纯可爱的小男生情敌,只有同情喜爱,甚至还有些歉意,并没有感到过威胁。在那之后,梦荷断断续续地告诉他与他同住在孤岛的那位电教室的吕老师也对她有好感,约过她几次,还在他自己生日那天写信请她出去"一起庆祝",她没有理会。自那以后,就再没见吕老师的任何信息了,可能是受伤了,也可能听到梦荷与逸鸿的传闻作罢了。

对于梦荷讲到的吕老师这第二桩"桃色事件",逸鸿曾有过烦恼,一则是不愿有人来觊觎他的至宝,一则是会对梦荷造成困扰。事后看这两件事都不过是小插曲而已,而眼前面对的却是严峻的现实威胁,它的能量和影响要大十倍百倍!逸鸿紧张地思考着如何面对这一新的威胁,他能做什么,结论是他什么也做不了,既不能去阻止,也不能去劝说,他惟一能依靠的是梦荷的坚贞。想到这些,逸鸿深切感到了自己的虚弱无助,自己的不堪一击。更让他不安的是在梦荷最需要帮助和支持的时候,他却似乎只能做一个局外人。

看到逸鸿眉头紧锁的样子,梦荷忙用力握了握他的手:"小猪,别担心,我已想好了,无论他们怎么做,你的小羊都会坚贞不屈,以不变应万变。别说他是局长的儿子,就是省长的儿子,在我眼里也没法跟你比。"

"假如因为我,让你错过了一次美满的婚姻,将来你会后悔的。那时再回头,怕不会风光依旧,你可要三思而行,好好想清楚!"逸鸿说。

"都到什么时候了,你还说这种话!不仅不鼓励我支持我,还说泄气话!我要真贪图享受,在家坐着不动就能找到比那家更有钱的,汽车别墅、穿金戴银,还不是太平常的事?我想要的是找到那个真诚、儒雅、才华横溢、真心爱我的人,与他轰轰烈烈地爱一场,恩恩爱爱地过一生。我不愿用一天去换那富贵荣华却空虚平庸的十年!这就是我的爱情观!现在我已经找到了那个可以让我痴迷、让我燃烧、让我不顾一切去爱的人,我心里的角角落落都已被他牢牢占据了,任何人也别想挤进去!"

逸鸿被梦荷这一番热烈坚贞的表白深深感动,情不自禁地将她紧紧拥入怀中。"这些年,由于对自己婚姻的绝望,由于对到处充满了铜臭的社会的鄙视和愤怒,我曾经认为爱情可能真的死了,因为现代社会已经没有了她可以生存的气候和发展的土壤,因此你的出现曾经让我疑惑,犹如在极端恶劣的沙漠里看到一朵迎风招展的野菊花,自然清新,美丽坚贞,超凡脱俗。无疑,这是一个奇迹。你,是上天给这个时代保留下来的爱情标本。假如这真的是上天的旨意,假如上天不想让爱情绝迹,相信他定会让她存活的!就像当初上帝不想让人类绝种而呵护诺亚方舟一样,好给这可怜的世界保存下一颗希望的种子!"

　　"谢谢班主任给我这么高的评价,我会当作老师对我的鼓励!"梦荷调皮地说,"毕竟现在不是梁祝生活的时代了,相信你我也绝不会成为第二个梁山伯与祝英台!不要学他们那样化蝶飞舞,而是要让我们的爱长出翅膀,在爱情海的上空比翼双飞,琴瑟和鸣,尽情欢舞!"

　　"真不愧是梁山伯和祝英台的小同乡!难不成你就是那祝英台再世吧!看来真的是一方水土养一方人啊,在梁祝的故乡遇见你这位爱的天使,真要深深地感激梁祝的遗风。"逸鸿用这句话总结他们这一次的周末怀古之旅。

第二十五章 唯一的爱

我终于知道，这世界不是
没有一个可以安抚我不安灵魂
的地方，而是我根本就是一个与这个
社会格格不入不愿妥协的人，我的所有坎
坷、失败、屈辱的根源全都在这里。只有你能
安抚我的灵魂，你是我的唯一的爱，唯一的安慰。

卓君，最心爱的：

与你在一起，常常感到自己是欢舞在银装素裹的冰雪世界，又像畅游在清澈见底的溪流之中，感到整个身心都是明净的清爽的，这都是拜你所赐。像贾宝玉说的，男人是泥做的骨肉，浑浊不堪，哪里比得上女儿家的清清爽爽。男人天生就缺少那么点清新的韵味，我在你面前就常常自惭形秽，故极渴望与你多相处，以便让你净化我，让我纯净一些，升华一些。我也是迷失在幽暗的森林里的迷途羔羊，需要你这灵秀的羚羊引路，让我的灵魂摆脱鄙俗的羁绊，升入天堂！你该当仁不让啊！

你问我为什么选择你，这就是答案了。

只有你才能对我产生这样的影响，不会再有别的人。你是唯一的，我坚信不疑。你是我唯一的了。你对此有所怀疑？你不信有唯一？你不信，反正我信。不错，许多人一生中有多次的爱，这从另一方面说正是因为他没有找到自己的那一位唯一的人。这样的唯一实在是可遇不可求的。只有极少洪福齐天的人有此福分！

大多数人都在稀里糊涂中耗费了自己的爱,忘却了自己的爱。对于唐明皇,杨贵妃是他的唯一,三千佳丽形同虚设,难道这不是唯一? 对于梁山伯,祝英台是他的唯一,失去了祝英台,他的身心也就枯萎了,对于祝英台也是一样,难道这不是唯一? 对于贾宝玉,林黛玉是其唯一,大观园中美女如云,却无人能牵住他出走的脚步,难道这不是唯一? 对于朱丽叶,罗密欧是她的唯一,为了和心爱的人在一起,生不能同寝死也要同穴,难道这不是唯一? 对于露丝,杰克是其唯一,她虽活了一百多岁,儿孙满堂,可直到白发苍苍,心中所爱的仍是杰克,这算不算得上唯一? 你不信,我信。

你是我的唯一。我信这一点。你不信? 你不认为我是你的唯一? 可能是这样。那样的话,让我埋葬掉这最后的爱的记忆和希望,让你义无反顾去寻找吧? 我们将从此成为路人。我的心也将严严地关闭。我将傲慢而冷酷,从此彻底地蔑视和怨恨女人,我也会痛恨苍天不公,他亲手毁掉这世间已为数不多的痴情男人,将他从崇高的山峰推下阴暗的山沟! 我将在怨恨和怀念中度过我的一生,我将念着你的芳名,结束我在尘世的旅行。

你如今是否已清楚地意识到你手里握着一个人的命运。对这个人来说,这掌握他命运的人便是他的主宰和上帝了! 曾经,在青少年时代,我的主宰和上帝是人间社会的公平、正义、理想和真善美。现在,所有这一切都已灰飞烟灭,到处所见的是贪婪、自私和虚伪。大学毕业后我曾抱着最初的善良和纯真的愿望踏入社会,结果却到处碰壁,被搞得面目全非。我想躲进家庭的角落去,远离这污浊的社会,结果这角落却整日硝烟四起,让我原本渴望安宁的心饱受摧残、伤痕累累。我想投入工作,可是到处是阿谀奉承者的天地,哪里有我的位置?! 天地之大,却没有我立身之地。

自大学毕业以来,我从外地到故乡,又从故乡到外地,从淮北到闽南,又从闽南到苏南,辗转漂泊,上下求索,就是想找到一处可以让我的灵魂安静下来的地方，可是，到处大同小异，都是一样。我终于知道，这世界不是没有一个可以安抚我不安灵魂的地方，而是我根本就是一个与这个社会格格不入不愿妥协的人，我的所有坎坷、失败、屈辱的根源全都在这里。我竭尽全力挣扎着来到晞州，本指望安下心来，好好修补我那残破不堪的家庭，从此好好地苟活在这世界上，可是，就连这一点可怜的愿望我也实现不了。我用了十五年的时间去挣扎奋斗，到头来却被净身出户，输得真是痛快啊！输到一无所有。一无所有的我，自然也万念俱灰，原以为自己天生就不配得到爱情、享有家庭，天生就只适合独身，因此离婚后打定主意要光棍到底。就在这时候，你像天使从天而降，站到我的面前，让我极度惶惑而又惊异，不相信对我一向冷酷的上苍会忽然大发慈悲。这让我想到天使贝雅德，她也是关键时刻突然降临在陷入绝望迷途的但丁面前，引导他走出幽暗的森林，到达光明的天界。你就是我的贝雅德，你也是上帝派来拯救我的仁慈的天使啊，卓君，你在我心目中的地位就是这样。

我也多么希望我在你心中能占有一个永恒不变的位置，这是我此生最强烈的愿望了。有了这个前提，我才能去充满信心地奋斗、创造！

亲爱的，你欠了我许多信了，等你考试后再还吧。不过，还不上也没关系，来日方长，何必着急？你着急倒会让我担心，仿佛急着还清了债，大家从此无关一样。这可不行，我宁愿我们的信债、情债永远还不清。

心爱的小羊，明天就能与你单独相恋相依一整天了。时刻期盼着那迷人的时光。

明天，我想听你说十遍："我爱你！"

为了保险，我先说十遍，免得你要赖：我爱你！我爱你！我爱你！我爱你！我爱你！我爱你！我爱你！我爱你！我爱你！我爱你！

　　我爱你，唯一的卓君！

你的小猪

　　就在逸鸿给梦荷写这封信的时候，梦荷也在阶梯教室的角落里给逸鸿写信：

我的小傻猪：

　　昨晚见你后回来，久久不能入眠，甜丝丝的，感觉沁人心脾，你能想象我又自顾自傻乎乎地笑起来。亲爱的，你的爱那么深，那么沉，那么缠绵悠长，那么重如泰山。何其幸运，能遇到这样一份痴爱。你写的每一个字，你说的每一句话，每一字每一句都刻入脑际，铭记于心。

　　如果真如你所说我是贝亚德引你入天堂，那我们定会身在美轮美奂的仙境，祥瑞云彩环绕四周，灿烂阳光铺满天地，纯洁漂亮的小天使飞翔于头顶，面带微笑撒着玫瑰，仙女们唱着赞美诗为我们的结合祝福。此情此景，连牛郎、织女都要羡慕得眼红，因为我们之间没有银河为界，没有天地分隔。执手相望，将多年的寻觅倾诉，深藏的柔情吐露，眼底溢出的温柔包围你我，让爱流光溢彩。多少拥抱亲吻也恋不够你，只愿此生此世永远做你可爱的小妻子。纯净的心灵无法再容纳其余浊物，我的眼里只有你了。不说什么地老天荒，海枯石烂，为什么要让大地苍老，上天荒寂，海洋枯竭，山石破烂？有了我们这一份挚情，它们会不忍心这样，而要和我们一起爱到长长久久……

　　我并非一个轻易打开心门的人，对一些看来优秀的人，都只会是作为一个旁观者静静在一边观赏他们的优点，搜寻他们的缺点。唯有你才让我忍不住驻足留恋，走上前去，细细欣赏，万般眷恋,不愿离去。越看越出神,越看越投入,沉醉其中不能自拔,并使我从怯懦犹豫变得勇敢坚决,这就是爱情的力量！何等炽热！何等伟大！昨晚和你说的确是真的。假如你不再做班主任,我不会忘了你,也不会向你表白,只会默默地思恋你,为你担忧,为你心疼,但最终毕业后,必会忍不住去探望你,偷偷地观望——如果你已有了幸福,我会默默走开,带着祝福与心伤。幸好月老并没让我们失之交臂,仅一步之差一切都会不同,真是万分感谢啊！

感觉我们的相恋就如这般:我与你沿着爱琴海两岸各自独行,海水碧蓝澄净,非常美丽,我们十分向往那诱人的湖心,在观望中我看见了彼岸的你,你发现了此岸的我。一股莫名的激动使我们迅速地跃入海中,尽着全力游啊游,这中间偶尔有浪头击来,但一次次化险为夷,终于我们在湖心相遇。小猪,愈发觉得在你深沉内敛的外表下也有一颗未泯的童心。常会笑想,也许我们两个傻瓜玩"过家家"还挺带劲的,你的时而坚强,时而脆弱,时而可爱如孩童,时而勇敢似英雄构成了多面的生动多彩的你,是一杯我永远品不完的茶,永远读不完的书,既是一本浪漫主义的代表作,又是一首雄壮感人的英雄诗,那样地令人向往,深入我心。"茫茫人海遇知音",我的知己情人,我的情人知己！

"你问我爱你有多深,我爱你有几分？我的情也真,我的爱也深,月亮代表我的心。"这是邓丽君情歌中的一段,最后一句我并不赞同,月亮不能代表我爱你的心,它有阴晴圆缺,预示着悲欢离合,而我的心并非月亮那般捉摸不透,认定了你,就会牢牢跟定你,让你无处可逃。你可要做好心理准备啊！宁愿你把我想得很坏,也不要把我想得太好,免得到时让你失望追悔,我劝了你的了,听不听随你啊！

你的荷儿

第二天两人交换过最新的信件后，梦荷又借着写作课时间写道：

我的爱人：

这些日子忙于作业和考试，已欠了你许多信，真是对不起，今天猛然醒悟，我这个小迷糊真是迷糊了，作业、考试与我的小猪的深情相比算得了什么？你是无与伦比的，没有了它们我可以照样活得有滋有味，而没有你却如久旱无雨般让我迅速枯萎，再怎么忙，也该给我心爱的小猪写上几笔，即使只字片语也能寄上我的相思。

一直认为世上根本就没有唯一，追求唯一会使自己陷入狭隘，走入误区。人往往会因为过分追求唯一而痛苦不堪，甚至走上绝路，因而也不甚相信爱情与婚姻。但现在我是多么希望你能说世上有唯一，因为，我想成为你的唯一，无可替代的唯一。终于，你说出了那个似乎让我等了一个世纪的答案，你说世上有唯一。是啊，对于我，你就是我的唯一，今生的唯一，来世的唯一。

和你在一起，真实地感受着自己原来也是一个饱含深情的人。你总是用博大的胸怀宽容着我的孩子气、小心眼。

看着讲台上的你，讲起课来旁征博引，头头是道，滔滔不绝的，挺能耐的，我的可爱的班主任！这和昨天的你是截然不同的，昨日你一改往日的严肃认真变得细腻温存，这才是你最真的一面，令我深深眷恋的一面。我爱你，不只是因为你的优秀，更因为你是你。正写到这儿，忽听到你在讲台上借作品中的人物说了一句："爱情常常会遭遇种种阻碍，就像小溪在奔流途中会被巨石阻挡，这倒能激起赏心悦目的灿烂水花，不会像池水那样永远是死水一潭。在阻碍面前，真心相爱的人常常会豪气万丈地说：谁也阻挡不了我前进的步伐！"忍不住想笑，你是个霸道的英雄，愈难不爱你。

不好意思，借用你的写作课写了这封信，以后给你写检讨。

你的爱人

逸鸿读到最后一句时会心一笑："鬼丫头！明知道在我的写作课上写这个是最不会受责备的还这样说,心里说不定想着要我奖励你呢!"

在清规戒律仅次于修道院的学校里,逸鸿和梦荷这一对离经叛道的恋人,借着这些书信进入到彼此的内心深处,由此将他们爱情的大树滋养得根深叶茂、繁花似锦。

第二部

梧桐细雨

第二十六章 明枪暗箭

他已看破，不想再多说什么，就让他们快意吧！梦已破，也已醒。他已面目全非，从刚来时的"明朝瓷器"，变成如今的"破罐子"。他知道，在中国，你的声誉一旦受损，挣扎是没用的，那就爱咋咋的吧！

晚自习时梦荷在宿舍补觉——因为昨晚躲在被窝里打着手电温习逸鸿给她的数十封情书，兴奋得失眠了。不知过了多久，隐约听到宿舍里有说话声，朦朦胧胧中听到分明是在说她。因她睡在上铺，蒙着被子，又挂着蚊帐，因此室友并未注意到她的存在，才如此公然说她的坏话。

"只不过是想在班主任身上试验一下自己的魅力，满足一下虚荣心，肯定长不了的。"梦荷听出是朱云霞的声音。梦荷不动声色，想听听她们在背后都是怎样谈论她的。

"那也说不定，也许人家是真心相爱的呢！"梦荷听出这是四班张姗的声音，她是朱云霞的老乡，经常来宿舍串门。

"怎么可能是真心！你就不想想跟着班主任她图个啥，是有房有车还是有权有钱？现在不图这些，仅仅为了短暂的爱情，搭进一生清贫日子的人还有吗?！这也太傻了吧！她林梦荷可不傻,精着呢！"

听了这些，梦荷想："好你个朱云霞，原来你就是个这样以小人之心度君子之腹的人，以为个个都和你一样精于算计。你跟萧思远好了四年，现在快毕业了跟他分手，原来是嫌跟他会受穷，想另攀高枝啊！"

"也许是想借助班主任弄个优秀毕业生，毕业分配进好学校。"张姗说。

朱云霞说："完全可能！毕竟现在分配竞争激烈得要死，有个优秀毕业生证就会高人一头！我说她很鬼嘛！"

听到这里，梦荷差点从床上蹦下来，但还是忍住了。过了一会两个嚼舌头的鬼丫头从宿舍出去了，梦荷躺在床上想着刚才的事，其实她何尝不知道，自从爱上逸鸿，她背后的流言蜚语已经太多了，这些话又算得了什么。算了，不要计较了，路遥知马力，日久见人心。可转而又有些感伤，这件事理解的人少，看好的人更少。除了好朋友江映雪，再没其他人了。看来自己真的是走上了一条孤独而又艰难的路了。像小猪一样，自己也成为不折不扣特立独行离经叛道的人了。想到这些日子以来，自己跨越世俗的禁区，拥有了自己梦寐以求的爱情，获得了无论多少金钱也买不到的至真至纯的爱恋，到达了超越世俗之上的迷人仙界，体验了生死相依，激情澎湃，无法言喻的幸福滋味，她的内心欢呼雀跃，得到莫大的安慰。想到这里，梦荷忽然感到有许多话想对逸鸿倾诉，于是匆匆走出宿舍，来到阶梯教室，找了个安静的角落，铺开信纸，奋笔疾书，快下晚自习时，不觉已写满四页。先去逸鸿办公室，人不在，又偷偷跑去他宿舍，见门开着，逸鸿却不在屋内，便把信放在桌上，匆匆下楼而去，她必须赶在熄灯铃响之前回到宿舍。

刚走到操场，隐约感到身后有人跟随。梦荷不觉紧张起来，加快脚步，但感觉那人也跟着她快起来。从操场北边走到南边路灯下时，身后跟随的人突然蹿上来挡在她面前。梦荷吃了一惊，见站在面前的是个骑着自行车面露凶光的女人。梦荷下意识地觉得她可能就是逸鸿的前妻，不觉心中一阵慌乱，却故作镇静地问："你干什么？"那人回答："没什么，就是想看看你。"感觉像遇到鬼似的,梦荷心中惶恐得扑通乱跳,扭身朝宿舍跑去。回到宿舍许久,怦怦乱跳的心才渐渐平静下来。回想刚才虽然只与那人短暂对视了几秒钟,但梦荷已强烈感觉到她的蛮横与强悍。

"我的小猪,可怜的小猪,过去十年里,你真的受苦了!"

就在梦荷想着这些的时候,曹慕荣正在院党委书记办公室里告状。刚才一路尾随梦荷到路灯下,"看看"她之后,见书记办公室亮着灯,便找去了。一进门便质问道:"吴书记我想问问你们学院对男老师勾引女学生的事管不管?"

书记对她并不陌生,知道她又是来告舒逸鸿状的。便请她坐下说,曹慕荣便添油加醋地说经常看见有女学生深更半夜鬼鬼祟祟到舒逸鸿宿舍去云云,要求学院调查处理。还扬言:"对这种忘恩负义、喜新厌旧、抛妻弃子、道德败坏的陈世美,如果你们不管,我就到教育局、妇联、法院、市委去告,绝不能让他逍遥法外!"

吴书记表示:"曹老师,你放心,舒老师是我们学院的老师,我们当然要管。对你反映的情况,我们一定会调查了解的。我们都是从事教育工作的,要注意影响,你所说的事情,不仅关系到舒老师个人,也关系到我们学院的声誉,请你就不要到别处去讲了,以免把事情复杂化。还有你们毕竟已经离婚了,彼此也应好聚好散,不要再产生新的冲突了。你们暂时还住在同一层宿舍楼里,吵闹不仅影响不好,也会伤害到孩子。"

书记的劝说并未能软化曹慕荣的态度,临走时曹慕荣硬生生抛下一句:"我等着你们的处理结果!"

送走曹慕荣,吴书记摇头苦笑:"这女人真是够厉害难缠的!可是这个舒逸鸿也不让人省心!唉!"

第二天上午一上班,校办主任杨平英找到舒逸鸿,说书记请他到办公室去一趟。逸鸿应约来到书记办公室,书记招呼他在沙发上坐下,去饮水机上取了一杯水递给他,随后面对他坐下来。逸鸿感到她不自然地微笑着,用有些忧虑的探询的目光盯着他,仿佛警察盯着一个威胁公共安全的嫌疑犯似的,想要立即从他脸上找出想要的答案来。逸鸿预感到书记大人这次如此紧张地找他来,必定有什么严重的事情要谈,就迎着她逼视的目光,等着她发问。

书记破例没有以往出于礼貌的寒暄,而是急切而突兀地问道:"听说你们在外面租房同居了,有这事吗?"逸鸿听了一愣,但很快冷静下来,知道那些政治上的积极分子们没闲着,他们从他这儿又得了一次向领导表忠心的机会。逸鸿冷冷一笑:"我,租房?同居?新鲜!我怎么都不知道呢!告诉你这消息的人真是干小报记者的天才!——他们还向你报告了我哪些罪状?不妨都说出来听听,让我看看我究竟有多坏!"看到逸鸿有些激动,书记笑笑,略带安抚地说:"你别太介意!大家都是关心你,没有就好,作为老大姐听到有这样的反映,能不提醒提醒你吗?你注意一点就行——学院对你还是很好的,你不要有什么偏激的想法。"

"我?偏激?"逸鸿本来压抑住的火气,经她这么一说,犹如被掀开了最后一道岩层,一时多少滚烫的烈焰喷涌而出:"我离乡背井,千里迢迢投奔贵校,真心实意地想在师范教育上做一番努力,有一些作为。可是一年多来,这所学校、这个学校的不少人是怎样对待我这个外乡人的呢?领导们还记得当初承诺的住房吗?住房事小,工作上又怎样呢?不错,刚来的时候,是很支持,政教处一再要求我在班主任会议上介绍经验,校长也在年终总结大会上用二十分钟替我的想法和做法做宣传,当时我真是受宠若惊,发自内心地感动。可是,紧接着就有一盆冷水迎面泼来,政教处竟以班组分管的卫生区地面没有打扫干净为由,剥夺了我们班评选先进集体的资格,全校评了十几个先进集体,其中还有市级、省级的先进集体。唯独我们这个刚刚被作为典型加以宣传的班级,连个校级的先进都不给,这是多大的一个讽刺！你能体会这给全班同学，给我这个班主任怎样的打击吗？这件事之前，校长曾找我帮办公室写一份报送省师范处的学校办学经验汇报材料，我阅读了大量材料，精心准备，据校长说初稿也得到了师范处领导的肯定和称赞。可是这篇稿子很快成了废纸，最终又由教科室写了一份报上去，教科室主任解释说我刚来不久，还不了解学校情况，我不明白，为什么一开始不让了解情况的人写？想让我了解情况，可以给我介绍嘛！怎么能这么不尊重别人的劳动？另一件事同样让人心中不平，这件事你是知道的。我的学生作文比赛得了奖，成绩却被别人据为己有。把现在的比赛成绩归功于他过去的辅导，岂不太牵强？按他的逻辑，奥运冠军的成绩都应该归功于他幼儿园老师才对。为什么国家在奖励运动员时没有那么做？那是因为现行的做法更符合实际，更客观公正。现在他于得贵不遵惯例，不顾脸面，巧取豪夺，又倒打一耙，不是太不够意思了吗？况且受了欺负的人连一句质疑的话都不能说，岂不是太霸道了吗？你们堂堂名校就这样对待外乡来的教师吗？这一系列的做法，是粗鲁的、冷酷的、不公平的，让我心灰意冷。我向校长反映文印室不再让打印余下的文集，校长竟说'也不能光是这一种教育方法'。校长的态度明显转变，说明一定有不少人不止一次向他说我的坏话，因为这并不是他本来的观点，他只是复述别人的话，他早就知道我们不是只有这一种办法……"

书记听了，只是打哈哈。

逸鸿一口气说了这么多待遇不平的事情，既是对书记所提偏激一语的反驳，也是他郁闷心情的一种宣泄。让他做梦也没想到的是，他跟书记提到的关于作文竞赛的话，很快就传到了于得贵的耳朵里。第二天逸鸿到系主任办公室谈开设选修课的事情，于得贵也在。与系主任说完事情正要告辞，于得贵忽然没头没脑地问他："你们班的周芳菲是不是很重名利？"

逸鸿觉得这话问得奇怪："一个小学生，哪里谈得上重不重名利。"逸鸿心想老家伙分明是指桑骂槐。果然随后发生的事证明了逸鸿的怀疑。先是在学院教师中出现逸鸿争名夺利的传言，后又因为他所兼的一个普师班在三校联考中低于平均分0.02分，于得贵便四处宣扬说这个班成绩丢了学校的脸，损害了学校的声誉，应该采取措施，加强教学管理云云。恰好教务处长蒋雅萍内心早已对逸鸿的班主任工作去年盖了她的风头心生不快，便"根据系领导的要求"找人取代了逸鸿的位置。逸鸿此时已是不愿多说了，这个班的课他才兼了一个月，况且0.02分的差距实在也是微不足道，仅凭这一点就让他难堪，无疑是他们的联合报复。可他又能怎样呢？他已看破，不想再说什么，就让他们快意吧！梦已破，也已醒。他已面目全非，从刚来时的"明朝瓷器"，变成如今的"破罐子"。逸鸿知道，在中国，你的声誉一旦受损，挣扎是没用的，那就爱咋咋的吧。

被书记找去谈话后，第二天下午，逸鸿又被院长张振兴叫去。招呼逸鸿坐下后，院长去饮水机上倒了一杯水给他。随后拿起桌上的一本杂志，翻到其中的一页，递给逸鸿，让他仔细看看。逸鸿接过来，见翻开的那一页杂志上刊登着一篇叫做《相爱容易相守难》的文章。逸鸿粗粗浏览了一下，无非是说恋爱时卿卿我我，新鲜而又简单，结婚后便要整天面对柴米油盐，还有种种的矛盾困难，因此相守很难。逸鸿想院长大人这是在提醒我告诫我不要头脑发热，而要知难而退。逸鸿心想院长大人真是费心了啊。内心笑话他逻辑混乱，观点难以成立，因为世间事不能因为难就放弃，积极的人生观是知难而进，克服困难，迎接胜利，校训"弘毅"不正是这样教导的吗？因为有困难就放弃，人类还能前进吗？自古以来，世世代代，地球人都在恋爱结婚，其中不乏困难重重、曲折艰辛但终成眷属的有情人，若院长此论能够成立，那大家岂不都成了孤男寡女？你院长大人不是也结婚了吗,不也相守了几十年了吗。你能相守,为什么我们就不能相守呢! 这些话逸鸿并没有说出来,他不想让院长太难堪,毕竟他也是以长辈的心情规劝他,终归还是为他好的。因此逸鸿只说文章说得很有道理,他会慎重考虑的。

第二十七章 地动山摇

再一次在宁静的傍晚来到蠡园，
他要召开他自己的政治局会议，
回顾总结前阶段的经历，作出严肃
的评判和结论，据此计划以后的生活。

就在逸鸿被张振兴找去谈话的同时，梦荷也被政教处叫去谈话。

梦荷忐忑不安地走进政教处副处长梁爱兰的办公室。梁爱兰一脸严肃地坐在桌前，目光威严地审视着她，一上来就问："实话告诉我，最近有没有到男教师宿舍去过？"

梦荷心中一惊，心想定是有人告状了，凭直觉判断就是逸鸿前妻，只好招认："去过。"

"去干什么？"

"还书。"

"什么还书？不能在教室还，非要晚上到宿舍去还？难道你不知道学院有规定，不许女生到男教师宿舍去吗?!"

梦荷不知该说什么，心里很紧张，生怕这事会连累到逸鸿。也许是发觉自己语气太过严厉了，梁爱兰改用规劝的语气说："你和舒老师的关系，最近常听到议论。学院领导已找舒老师谈了话，他态度很好。现在找你谈，是想提醒你要三思。舒老师是省教委师范处周仁公处长亲自推荐给我们学院的人才,又是我们学院前任党委书记、现在的教委主任李行健书记亲自给他办理的调动手续,因此我们学院领导对舒老师是很器重的,可以说他是很有前途的。可是前一段时间他闹离婚,已造成一些负面影响,现在又加上你们的关系,毫不夸张地说,很可能把他的前途彻底葬送掉!因此,既然你很崇拜舒老师,你就更应该为他的前途多考虑考虑。"

梁爱兰所说的这些话正是梦荷最担心的,因此她内心赞同梁爱兰的话,她发誓无论如何绝不能因为自己葬送了心爱之人的前程。她知道他的内心一直深受压抑,对怀才不遇充满怨愤,现在好不容易有了被器重的机会,自己不能帮到他什么已够不安,又怎能拖累他呢?想到这里,梦荷对梁爱兰说:"谢谢老师的提醒,我知道怎么做了。"

梁爱兰的脸上露出了满意的笑容:"这就好,这就好!"

梦荷被约去谈话的第三天,本来那天两人是约好中午要在校外见一面的,梦荷却没有来。这完全不是梦荷的风格,逸鸿心中很不安,担心梦荷出了什么事,便到教室查看。下午第一节课刚一下课,逸鸿就走进教室。让他不解的是,梦荷似乎在躲避他的目光。逸鸿不便叫她,正想叫江映雪出来问问情况,却被映雪叫住,走到教室外面门厅里时,映雪把一个折叠起来的信封塞在逸鸿手里。逸鸿即转身回到宿舍,打开映雪给他的那封信,那熟悉的秀美字迹展现眼前,只是字迹比往日潦草了些。

鸿:

这两天我想了很多,我们从此改了吧!

或许幸福来得太早反而使人不清醒起来。回想几个月来的接触,甜蜜满足溢满心房,点点滴滴令人难忘。听到你说等我一毕业我们就结婚,虽然我嘴上说你会害得我太早就没有自由,内心却兴奋不已。这段时间我一直被你感动着,你是一个极重感情、善解人意的恋人,总是能及时地送上温情和体贴,处处迁就、包容我的缺点，我无法不让自己死心塌地地爱你，当然这爱中亦饱含了欣赏与仰慕。有人说：人与人之间应该保持距离，因为一旦走近了，总是让人大失所望，可是对于你，愈走近了反而愈觉得可敬可爱可贵。

你是个很容易受到伤害的人，第一次不幸的婚姻让你心寒，你也总感叹自己生不逢时、怀才不遇，一肚子的不满与感叹。你说现在只要有我，其他什么都无所谓。可是冷静想想，这对吗？从我们的感情圈子里跳出来看看我，看一看这份爱，是不是真值得你说出这句话？我是一个过于感性的人，比较欠缺理性。你的阅历比我要丰富得多，请再理智地考虑考虑，现实不比得理想，或许我们两个都太理想主义了。你太容易满足了，也许比起你前妻，我的脾气会好些，可是世界这么大，我们两个只是亿万分之二，也许对于我比你前妻好的地方会生出些感慨，这无疑是坐井观天，我给你的是这世上多数女性都具有的温柔，这算不上什么，换成别人你也会同样拥有现在的快乐。

你来晡州经历了许多，而我是不是你仓促之下的决定？凭你的条件，文化层次高、能力水平强，与你更般配的绝对找得到，而我除了哭鼻子、孩子气，实在没有什么。因为我的缘故，给你惹了许多的麻烦：领导找你谈话，同学说你闲话，工作受到排挤，还有种种流言蜚语……我真是个专给你惹事的麻烦精。可因为你是老师，我是学生，人们都会把主要责任推到你头上。你说你不在乎，可是我会在乎，看到你受人攻击、诽谤、指责，我会心痛！

你真该再理智地考虑清楚，你不是一向自诩是半个思想家，是个很有野心很有抱负的人吗？你不是一向赞扬推崇理性吗？我只是个肤浅的傻傻的女生。好的前途是许多人梦寐以求的，如果没有了，你真的会不在乎？你可千万要想清楚了！巴望着快点毕业，快点离开这个没有人情味的学校，毕业了就会有个结果，成与不成也会有个交代。已经三天没有与你见面了，今天请原谅我的食言，没去与你见面，不是因为胆小，只是不想让有些暗中窥探着的人抓住你的把柄，惹你受累。学校毕竟不是谈恋爱的好地方，以后我们注意着尽量少接触，免得一些风言风语的麻烦。分开些时间可能并不是件坏事，如果我们彼此不悔，真心相爱，时空并不会拉开距离。这也是一种考验！虽然这会很痛苦，很折磨人，但我们必须忍耐，少安毋躁。

少见面！少接触！少联系！我会时刻想你！

你的梦荷

读完这封信，逸鸿感到一阵寒风扑面而来，冷彻骨髓，特别是信中"成与不成也会有个交代"之语，在他心中炸开一声惊雷。"她的爱已经降温，从夏季一下子到了冬季，她已经从爱中撤退，不用等到毕业，不用等到她父母的暴风雨。现在，我们的爱情之花已经开始枯萎凋零！"逸鸿嘲笑自己"真是个不可救药的蠢人！真是四十岁的年龄，十四岁的智商！经历过那么多的打击，竟还对爱情痴心妄想，你可真够顽固的啊！"

他心绪如麻、坐立不宁，连抽几支烟，把那封信又看了几遍，心中郁闷到极点，他想出去散散心，就下楼出了校门，又一次来到蠡园。

秋日的傍晚，蠡园内游人渐少，偌大的公园似乎只有他一人，显得格外幽静而空寂。落日的余晖洒在宽阔的湖面上，不时有归巢的鸟儿从湖面掠过。晚风轻拂，湖畔垂柳的枝条依然在风中起舞，只是已失去了先前的生机。

逸鸿仰靠在湖畔的一张长椅上，手指间香烟的迷雾不时笼罩着他迷惘而深思的眼睛。再一次在宁静的傍晚来到蠡园，他要召开他自己的政治局会议，回顾总结前阶段的经历，作出严肃的评判和结论，据此计划以后的生活。无须多想，他已悲观地感到当初想换个环境拯救家庭、发展事业、去锦绣江南过现代生活的梦想已经无可挽回地破碎了。前妻的胡闹、家庭的解体，造成了难以弥补的名誉损失。与女儿骨肉分离、咫尺天涯，让人心碎。另一方面政教处、教科室、教务处、中文系，似乎结成紧密的同盟，不择手段地想封杀他这匹来自异地的黑马。

封杀就封杀吧，大不了再换个地方，没什么大不了的。有了梦荷，纵然面对全世界的诽谤、打击，我也不把它放在心里。可是，她还只是个未经世事的孩子，她的命运暂时看来还不能由她自己作主。各种各样的人和事都可能动摇她的心意，因为梁爱兰找她谈了一次话，她便开始躲着我了。因为她爸爸已开始帮她联系毕业分配的学校，她便拒绝与我讨论留在这里的问题。如此看来，等她毕业后，离开了我，各种各样的人都会随时随地影响她的决定，那时我更是鞭长莫及。况且，我们两人的情况天上地下悬殊巨大，这种结合虽非惊世，也够骇俗。别人会怎么看暂且不去管它，她的父母肯定是坚决不同意的。退一万步说，即使他们同意了，我如此落魄，又有何能力能让她过上她本该轻松就能拥有的富足无忧的生活？她本该拥有那样的生活，与我在一起便注定要过上漂泊困顿的生活，她娇嫩的身心能经受那样的凄风苦雨吗？爱她，不能仅仅是为了拥有她，如果这种拥有对她是一种苦役，你自己也将会深陷地狱。与其将来彼此共入地狱，不如现在在地狱门口停住，让她回到她的天堂去过快乐的生活，让我继续在地狱的苦旅。孤独就是我的宿命，我还是坦然地接受它吧！

何况梦荷信里已写下盼着毕业、"成与不成"的话，表明她的内心并不坚定，遇到家庭的强烈反对，肯定是"不成"，与其那时受辱，不如现在退出！

回到学校宿舍，逸鸿立即给梦荷写下一封不足一页的短信，这是他们通信以来，他所写下的最短的一封信。信写好后，他把它装进信封，用胶水封好。

第二天上午上课前，逸鸿叫住江映雪，请她将信交给梦荷。映雪一回到教室即将信塞给了已坐在座位上准备上课的梦荷。梦荷朝这位热心的红娘感激地一笑,满怀喜悦和期待,急切地打开了信封——

梦荷:

无需等到毕业后再看"成与不成"的定数了,现在就让它一见分晓:我们到此为止吧!

谢谢你三个月前那么勇敢的暗示,她点燃了我心中将要熄灭的生命之火,使它整整燃烧了一百天,这一百天是我一生中最多彩最幸福的时光! 是你让我惊喜地发现我还能爱!

我不怪你的变化,只恨命运不济。此后,在我的记忆里,将会永远珍藏对你的一份感激之心。将来有一天,当我孤独地走完人生之路,即将向尘世告别时,我的内心定会默念着你的名字:"小羊,小羊,我的好女孩……"

谢谢你给了我三个月的爱,虽然太短暂了,可已够一生去回味了,这一生曾这样投入地爱过,没有白活,也该知足了。

虽然我曾多么狂妄而贪婪地想过要与你白头偕老、生生世世、永不分离,你的提醒多及时啊! 别太理想化了,还是现实点吧,现实说"不"!

面对现实,理智考虑,从此后你将会有更充分的机会去选择,你是阔太太的命,注定了我不可能让你有这么好的命,何况你的父母也绝无妥协的可能。适可而止,我也会有极好的名声、远大的前程和更理想的爱人。你为我想得多周到啊! 理性啊,理性万岁吧!

理性告诉我:认命吧! 你这孤独的旅人! 注定了一生将四海飘零、孤身一人!

理性告诉我:姑娘的心终究是春天的云。湖心岛、鹿鸣山,故地重游,终是一人。往事如烟,让它渐渐飘远……这伤心之地,我也将尽快对它说"再见"!

好好珍重啊,我的爱!

舒逸鸿

笑容早已从梦荷脸上消失,泪水不由自主地夺眶而出,她克制住自己,似乎不相信自己刚刚读过的内容,又读一遍,"不错,这是分手信,他要走了! 他要永远地离开我了!"

"不可以! 不可以! 不可以!"几乎未加思索,她倏地从座位上站起,对着刚刚站上讲台准备上课的古汉语老师说了声"对不起"就冲出了教室,她要去找他,马上找到他,质问他为什么要背弃誓言,逃避现实,去当爱情的叛徒和逃兵! 顾不得全班同学诧异的目光,梦荷手中握着那封可恨的信,沿着操场的跑道,一路奔向孤岛。住在逸鸿隔壁的老师见梦荷急切地在敲逸鸿的门,告诉她舒老师刚下楼去了。梦荷又跑下楼,准备去办公室寻找,刚巧与打完电话返回宿舍的逸鸿在操场南侧相遇。明媚的阳光下,梦荷泪流满面,万般哀怨地望着他,抽噎地问他:"你,什么意思?"逸鸿被梦荷这不顾一切的举动吓了一跳,听了她的问话,想了一下,说:"你先回去上课,有话晚上去茶坊再说吧。"

晚饭后,逸鸿来到玫瑰茶坊,进入他们平时喜欢坐的包间时,梦荷已点了两杯玫瑰花茶在等他。这个茶坊就在古运河边上,与晞州学院只一河之隔,是个安静优雅、谈情说爱的好去处,当初逸鸿带梦荷第一次来的时候,梦荷对逸鸿的这一发现大加赞赏,逸鸿说还不是被他们逼到这里来的。再一次坐到这里,气氛与往日截然不同,显得淡漠而拘谨。梦荷见逸鸿进来,就将一沓信递给他。逸鸿喝了两口茶,打开信——

舒老师:

看到这样的称呼感觉如何?

今天早上收到的这封信将成为我这一生中读过的最残酷的文

字。它让我知道什么是晴天霹雳，让我从人间坠入阴森的地狱。"梦荷"多么刺眼的两个字，多么陌生的称呼，多么冷漠的语气，多么遥远的距离！一下子把我从你身边推开十万八千里，第一次发现自己的名字竟会让我害怕。接着就看到了更让人触目惊心的"到此为止"。你真的够狠心，我的血正从心口滴落。多美的玫瑰园，多美的玫瑰梦，可叹那园里此时只剩下一片片泣血的玫瑰花瓣。"到此为止！""到此为止！"如特写镜头在我眼前放大、晃动！真的想不通，这几个字怎会从我痴爱的小猪口中说出！我的世界从此不再阳光明媚，有的只是如冰窖般的寒冷。

　　从小离开父母在外婆身边长大，缺乏父母关爱的我是个不自信的女孩，记不得多少次梦见你离开了我，不再爱我。一直以来我都在不安地挣扎。正是因为担心，才写出那封词不达意的信。我本该想到你的敏感、你的多虑。被梁爱兰叫去谈话后，我的态度是发生了一些变化，那是因为怕你将来会因为前程而变卦、怕因为我的缘故毁了你的前程、怕毕业分配他们不把我留在你身边。这封信也是对你的试探，想知道你是不是确定无疑、无怨无悔地爱我。没想到你却读出了完全相反的意思……

小羊

　　静静地等着逸鸿读完信，梦荷泪眼蒙眬地问他："你还要到此为止吗？"

　　尽管逸鸿心中的疑云并没有完全消散，面对梦荷的追问，他还是说出"不要了"三个字。

　　沉思了一会，逸鸿又叮嘱梦荷说："以后有什么事一定要跟我商量，不要再自作主张。"

　　梦荷撒娇说："哪还敢？有这一次教训就够记一辈子了！"

　　也许是为了弥补这次所犯的自以为是的过失，这几天梦荷给逸鸿狂写情书。为了让它早一点到达逸鸿手里,她似乎忘记了梁爱兰的警告,尽管提心吊胆怕被发现,可她还是不可救药地像做贼似地偷偷跑到孤岛去送信。

　　"可恶"的小猪:

　　　　昨晚怀揣着一页信笺等待了几个世纪,终究还是没盼到你的驾临,心里空空的,想着:如果十分钟后还不来就不理他了,而这个"他"却迟迟不见踪影,忍不住跑到跑道上逡巡了几圈,却不期然远远看到了刚刚归来的你。

　　　　看着人在楼梯拐角处消失,失望的心情更甚。你是"躲进小楼成一统"了,而我则是"天神窗外夜徘徊",一圈圈在跑道上走着,直到宿舍就寝铃声响起。什么时候才能陪着你一起外出,一起归来,不再让你形单影只?如今没有了香烟这位多年老友的陪伴,是否灯下更感寂寞?小羊现在不能陪你,就让桌上的小羊陪你吧,愿你能安然入眠。

　　　　今早起来,心境不是很好,两天没说上话了。笑自己的模样,两天就这样,那以后分别的日子该怎么办?一日不见如隔三秋,那两日岂不隔了六载?深知你是不愿打扰我的学习,可你不明白,不见了你,我又岂能静下心来?不知今日能否见到你。

　　　　　　　　　　　　　　　　　　　　　　　　　　你的小羊

　　最最亲爱的小猪:

　　　　又有几天没有捎去爱恋的心意了,但思念的心却丝毫不减。这一个月来发生了许多事,愉快的,不愉快的;悲伤的,快乐的;感动的,误会的;似乎是不顺利多于顺畅,其间有"分手",有"阴影",有"不现实",有"从此改过",有"到此为止",有领导的两次"关心",

幸好这些都已过去，而我们亦会愈挫愈勇。

知道你还对我的那一封不知所以、词不达意的信耿耿于怀，所以有必要向你作一次深刻的"检讨"。的确，在那次谈话回来后内心受了一些触动，最主要的还是梁老师的那句"舒老师的态度很好"让我受了刺激，以为你已妥协了，一时昏了头便写了气话，你可别再联系一些所谓的种种现实云里雾里地乱说了。

"分手"这两个字这辈子都别提了，好吗？你曾说过你所做的一切不只是因为爱我，也是因为"信仰"。同时，我之所以不顾一切地和你在一起，也是由于"信念"。情窦初开时便渴望着那种忠贞不渝、生死相依、不离不弃、现实中极难寻觅的爱情。所以忠诚、执著便是我对我们之间感情的承诺，不要怀疑，不要不安。不要把"姑娘的心是春天的云"总理解成变幻莫测、飘浮不定，而要想成她的心像白云那般纯洁无瑕。如果我是一片云，那你就是那片蓝天。

那次你问我，假如开始不是你而是别人，我会不会接受。傻瓜，连你这个情种都不明白爱并不是简单的一男一女的相加吗？如果这么简单，岂不是一个人要有几十颗心吗？今生认定你，便是你了。我答应你，一毕业我们就结婚，只要有你在身边，多大的风雨我也不怕。

　　　　　　　　　　　　　　　　　　你的忠贞不渝的爱人

第二十八章 雨过天晴

你是充满着力量与
勇气的大树，我就像一只
小鸟停在了它的肩上，最大的
希望便是能永远地住在它的心里。

　　周末，他们到蠡园游玩。相比晞山公园，这里是郊区，位置比较偏僻，游人更少，因此显得更加幽静，是恋人约会的好去处。他们在湖边长椅上坐下，逸鸿从背包里拿出一件粉红色线衣递给梦荷，梦荷高兴地穿上给逸鸿看。

　　"像雨后清新粉嫩的小荷花！美极啦！简直就是为你量身定做的。"逸鸿评论说。

　　梦荷甜蜜地说："谢谢你啦！我很喜欢！不过，以后别再给我买这么多东西，又是CD机、又是丝巾、又是鞋子、又是传呼机，现在又是毛衣，这会娇惯坏我的。"

　　逸鸿说："都是些小东西，见到了喜欢就买了，不足挂齿。教书先生比不上大款，可买不起别墅洋房、宝马香车，以后你可不要失望啊！"

　　梦荷说："你放心，我是绝不会失望的，因为我从来就不是那样的人。别墅洋房、宝马香车又怎样，什么东西也比不上人。不然我何不图轻松找个有钱人家，却要跟你谈这场千夫所指的师生恋？"

　　听了梦荷的话,逸鸿沉思了一会儿,缓缓地说:"我知道我们的这场千夫所指的师生恋,一定让你承受着巨大的压力,让我欣慰的是,这种压力不仅没有把你压垮,反而成了动力。这段时间,我也细细想过,觉得我们完全没必要给自己太多压力。我们又不是在做什么见不得人的事。国内外没有任何一部法律写有禁止师生恋爱的条款,既然这样,就不算违法。实际上师生恋早已有之,鲁迅与许广平、沈从文和张兆和、陶行知与吴树琴是很有名的几对。因是名人,即成佳话。更多非名人的师生恋则被指责为大逆不道的害群之马,而成为众矢之的。同样性质的一件事,对于名人和非名人显然用了两种不同的评判标准。似乎师生恋是奢侈品,只有名人才配拥有。世俗偏见,极难扭转。还是走自己的路,让别人去骂吧。骂人者或想要维护世俗秩序,或因为羡慕嫉妒恨好事没我的份,或因为对你怀有偏见早就对你看不顺眼,如今借这件事似乎找到了一个光明正大的由头,可以狠狠发泄一下那早已压抑着的怨愤之情。有些指责师生恋的人,其实内心羡慕得要死,悔青肠子了,为什么自己不是自由身,为什么自己没勇气离婚。看到家中的黄脸婆,比一比如花似玉的女学生,真是气不打一处来!愈想愈气,愈想愈恨,愈想愈恼,到头来只能借谩骂指责出一口恶气。你看周武那小子在班主任会上规定男班主任不准在办公室单独会见女学生,女学生不准单独去男教师宿舍。可是正是这个在会上大谈这不准、那不准的家伙,私下里却满怀羡慕地对我说你是上帝的礼物!上帝的礼物!你看看他有多羡慕!从这里你可以体会他的真实心情了吧?没办法,无论羡慕也好、嫉妒也好、恨也好、爱也好,也只好由着他们去了。一位中了千万大奖的人,是不会怎么关注别人对他的闲言碎语的,因为他已被巨大的快乐所淹没。对于婚恋来说,师生恋远比社会上那些说媒牵线、电视相亲或网恋更加亲切自然。老师对学生清纯可爱的喜爱和呵护,学生对老师学识人品的敬慕和热爱,很自然地会孕育出让心灵悸动的情感的小苗,进而开出娇艳的花朵,结出芳香的果实。只要不带世俗名利的杂质,就会比通常的婚恋更纯真、更热烈、更持久。至于张振兴所谓相爱容易相处难无疑是个伪命题,按照他的逻辑,是不是因为相守太难,所以干脆就不要相守? 他是在劝我因为太困难不如及早放弃吗? 如果这样,他自己为什么结婚这么多年还不离婚还在相守? 他能相守为什么别人就不能相守? 这样想过之后,我也就坦然了。所以,以后我们都不要因为别人的说东道西而烦恼了,只管你眼里只有我,你心里只装着我,我眼里只有你,我心里只装着你,其他都不要去多想!"

梦荷将头倚在逸鸿肩上,听了逸鸿的话,她用秀美的小手紧紧地握了握逸鸿的手,深情地说:"你刚才的每一句话都说到我心里去了,我会照你说的做,我的好老师!"

周末梦荷回了一趟竹海的家,回校当晚趁上晚自习的时候,她悄悄跑到办公室与逸鸿见了一面,离开办公室的时候,留下她在家写的信。

我的知心爱人:

回家那天,我在出租车上向你挥手,贪婪地盯住你微笑的脸庞以补偿两天分别的相思之苦。分别虽只有两天,却已经够折磨人的了,这将是多么难挨的两天! 现在就是一天见不到你都魂不守舍,更何况要两天呢?!

亲爱的,多笑笑吧,你的快乐鼓舞着我。常戏说你的笑很腼腆,的确是的,它让我快乐,似乎看到了灿烂的阳光,那么可爱! 可亲! 忍不住想亲一口,我的太阳神! 阴霾终究过去了,我们已相互信任。展开紧锁的眉头,不让阴云笼罩,郁结该解开了,让我为你努力地解开吧。希望将来有一天,你的心中只剩下快乐,你的脸上只洋溢着幸福。低头走路虽显出一种忧郁的让人怜惜的气质,但我更愿意看见你昂首挺胸,步伐自信,充满生机的身影。

　　我们以后会甜甜蜜蜜、相濡以沫地在一起,共同度过每一天的时光。每当看到一同买菜或一起晨练散步的老夫妻们,真是打心眼里羡慕。那么长的岁月他们一起走过,不一定顺当,却很一致、齐心。世事难料,热恋时海誓山盟、轰轰烈烈地相爱,过了些时候却可能劳燕分飞、各奔东西,甚至形同陌路,少夫少妻们可能有几年甜美时光,时间不长,最终分道扬镳、各奔前程。希望我们能信守诺言,珍惜缘分,白头偕老,永结同心。相信时间会为我们证明这一点。

　　现在的你在干什么呢? 快十点了,还在写文章吗? 妈妈来催我睡觉,看见了,问我在"写什么?"我说"是作业",你看,为了你,我把妈妈都骗了,有些过意不去。要知道,从小到大我可是个乖乖女,都是你这个"可恶"的小猪!

　　柔和的灯光照在信纸上,把你的面容也投射了下来,忍不住轻轻抚摸,真是热的,又傻兮兮地笑起来,我的脸上藏不住秘密,幸好夜里不说梦话,否则嘴里也藏不住秘密。

　　鸿,我想你,一直以来都视写信为伤神之事,如今却乐在其中,似在与你面对面地聊天,是你改变了我。

　　脑中常出现你孩童般的笑容,孩子气地抿着嘴唇,定定地看着我。你身上总有那么多与众不同的特质,让我甘愿拜倒在你的西装裤下。

　　在我看来,你是充满着力量与勇气的大树,我就像一只小鸟停在了它的肩上,最大的希望便是能永远地住在它的心里。在你的心里撒下芬芳,播下充满活力的种子,让你感受希望、阳光。好盼望你的生命能在遇到我之后奏出最美的旋律啊!

　　思念的心无处躲藏,相思毫无保留地写在我的脸上。你可看得真切? 要毕业实习了,真不知二十多天分别的日子怎么度过,人生为什么总有这么多的分离?

小猪,玫瑰园的门正待打开,小猪,谢谢你让我成为和你一起开启园门的人。只要你拥我入怀,深情地望我一眼,我便只愿长醉不愿醒了。我愿跟你去任何地方,做你一心一意的追随者,为爱走天涯!

你的痴心小爱人

第二十九章 何去何从

梦荷想：这个老夫子，还想学古人呢！人家都在追求一夜情，我们却在当君子淑女。这也算是标新立异吧！

　　离毕业还有三个月的时候，梦荷回怡城实验小学实习。实习开始一周后，逸鸿作为班主任随学院组织的实习巡视组到梦荷所在的学校去检查实习情况。本来逸鸿想在怡城住一晚，与梦荷聚一聚。可吴晓芙、梁爱兰她们似乎很紧张，以不要耽误明天的工作为由，坚持要他一同回晞州去。逸鸿本想问问她们明天要巡视哪里，他可以按时赶到，不会耽误的，最后还是忍住没问，跟她们上了车。

　　回到怡城，想到今天与梦荷相见，却没能好好说上话，就提笔写在信纸上。

　　小丫头：

　　　今天去实小匆匆见了一面，碍于人多眼杂，未及多叙，可是已引得吴晓芙、梁爱兰几个娘们谈虎色变！想想真是有趣，她们若是知道了我们半年来的秘密活动，岂不会急得去上吊！

　　　今天真是开心，见到了你，见了你的小羊窝，得到了四页宝贵的书信，昨晚又与你约好了周末见面的时间，这日子真让人千般珍重万般感激！

　　昨天第一次用给你的传呼机跟你联系，悄悄为自己所选的号码而得意。"67679"谐音"留妻留妻久"，表示我内心盼望天长地久爱无尽期地留下你。谢天谢地！老天竟还给我留着这个号码，又有意义又好记！

　　选择这个型号的呼机有几个考虑：一、同是"天堂鸟"，寓意我们可以比翼齐飞；二、同是一个寻呼台用起来方便又亲切；三、你已熟悉使用方法了，用起来更容易；四、号码都是"6"，象征顺利。这样以后我们就可以随时联系，用一根看不见的纽带把我们紧紧连在一起。美中不足的是它不是红色的。不过你可以贴点红色的符号，比如一颗红心，也给我这只贴上一个，这样两颗红心就连在一起了！

　　今天从怡城一回来我就兴冲冲地去买吃的，又想着回来给你写信——即便明天就见面了，可我今天还想给你写信！即使以后成了夫妻也还要抽空写上几句，因为读信的感觉很美，因而也就会不停地给你写下去，但愿你别读烦了才好！几十年后，我们的信要堆成山了，等我们成了"名人"，我们就编他个十几卷书信选，让千千万万的痴男信女拿去当范文抄！

　　小羊，我的小羊！一想到明天就能见你了，禁不住心潮激荡，恨不能现在就去见你。时空虽无情，却难以阻挡我们相会，无论千里万里，也隔不断你我相思相会！

　　小羊，离毕业还有三个月，那时我们就可以光明正大地约会了！让我们珍惜每一次的相会，让我们享受每一次的欢乐，在彼此的奉献中创造人间的至美！

　　晚安，宝贝！做个好梦！

你的鸿

　　写完了信，禁不住又因为梦荷即将毕业的事而烦恼。如同从前一样，每到人生的关键路口不知该往何处走的时候,逸鸿都会把自己藏起来,召开自己的政治局会议,分析形势,发现问题,寻找出路。现在又到了这样一个十字路口了,他该怎么办?

他首先想到的还是梦荷,看来她是毕业后铁了心要回怡城了。她说她父亲早在半年前就已开始为她的毕业分配操劳奔走了,而今已有了眉目。想要阻止也没有办法,总不能跑去跟她父亲说明他们恋爱的事吧,那样只会把事情弄糟,搞不好恐怕以后连见面都不行了。可是,如果就这样放任她回去,距离远了,环境变了,二十多岁的女孩也已到恋爱结婚的时候了,追求者、说媒者一定是前仆后继、络绎不绝,其中比我条件优越者一定大有人在,天长日久,谁又能保证她会不动摇、不变心呢? 即使她不变心,问题同样严峻,我们的事迟早会暴露,那时必会引起一场亲情的厮杀,结局不容乐观。作最好的打算,是先斩后奏,等梦荷一毕业就和她秘密结婚。可是在这样的气氛下梦荷能开心吗?

其次他想到自己,应该说到晞州来,开局是很好的,他的才华、他的表现,领导、同事和学生都是认可的。他又是周处长推荐、李书记亲自安排的。可是经过曹慕荣的胡闹破坏,经过离婚风波和师生恋的风波,不用想自己如今已是声名狼藉。再赖在此地也没有什么意义。唯一让他牵挂的是女儿,可女儿选择了母亲,在母亲的教唆误导下女儿对他不无误解和怨恨。这让他委屈而又无奈。况且曹慕荣也并未因离婚而罢休,按她的性格她的报复将无尽无休,除非有一天她嫁给了省长或中了几千万大奖,才有可能把报复的念头淡忘。

在做了这些分析后,逸鸿得出结论:晞州已非久留之地。

可是去哪里呢? 吴州、昌州、古京……他的脑海里闪过一长串城市的名字。一旦决定了,就去行动。利用每周没有课的那两天时间,他先去了吴州,独自去考察了吴州教育学院和吴州高等师范,又到吴州市教委有关部门咨询,两所学校都给予了否定的答复。一位处长说按规则办。问是什么规则?回答:"你们知道的。"逸鸿心想:"见鬼,我怎么会知道?是明规则还是潜规则。明规则可能就是人员调动的老一套规定,潜规则无非就是行贿喽。可目前这两个条件我都不具备。"

逸鸿总结吴州之行的经验教训,想到这样去跑是没用的,还是得有人介绍推荐才行。于是他又鼓足勇气给周仁公处长打了一个电话,要去古京见他,周处长说周末在家等他。周末逸鸿带着几件保健品找到周处长家。周处长就住在教委家属楼里,三室一厅的房子,简朴而雅致。接近退休的周处长,儒雅睿智,亲切而又慈祥。见到逸鸿,热情地为他斟茶,问他到晞州习不习惯。逸鸿再次感谢周处长的信任和推荐,接着扼要汇报了在晞州这一年的工作和生活情况,重点向他说明了目前面临的困境。他再三向周处长表达歉意,说自己辜负了他的期望。周处长表示可以理解,并没有丝毫怪他的意思,这让逸鸿心中对周处长宽厚仁慈的长者风范更增添了一份感激和敬意。最后逸鸿鼓起勇气,向周处长提出能不能请他再帮一次忙,帮他换个地方。周处长问他想到哪里去,逸鸿说想到古京行知学院去。周处长答应说周一上班就给行知学院的汪院长打电话。逸鸿很高兴,原本还担心周处长会推辞的,毕竟自己到晞州学院任教一年就要走。没想到周处长如此豁达大度!逸鸿心里充满感激和崇敬之情。真是贵人相助!没有周处长这位贵人,他舒逸鸿怎能从皖北县城的师范学校调到苏南名城的师范学院。恩人啊恩人,逸鸿不断默念着。隔了两天,逸鸿给周处长打电话,询问结果,周处长说已和汪院长说好了,近期可以直接去古京与汪院长面谈。

逸鸿将联系古京的情况告诉了梦荷,梦荷说:"嫁鸡随鸡,嫁猪随猪。一切由你作主,你去天涯,我跟你去天涯;你去海角,我跟你去海角;一生一世做你的小尾巴!"逸鸿想带梦荷一起去古京考察一下他们未来生活的地方。梦荷向学生处请了两天事假，悄悄随逸鸿去了古京。

到古京站下了车，他们在车站附近找了一家比较安静雅致的宾馆住下，休息了一会，出去吃了饭，便乘车去位于古京城北的行知学院。到了行知学院，在学院内走了一圈，感觉环境颇为朴素静雅。

出了行知学院，逸鸿与梦荷又到崇文湖游览。这里湖光山色，景色宜人。两人不必像在学校里那样拘谨了，在湖畔，在幽径，他们携手同行，情意绵绵，将一切烦恼、挑战，都抛诸九霄云外去了。逸鸿说："爱情有许多奇妙的作用，其中之一是可以忘忧。"

梦荷说："所以会忘忧，是因为太幸福！"

逸鸿点评说："精确！理解深刻，感悟独特！"

梦荷笑着说："名师出高徒嘛！"

逸鸿说："也可以叫做大情种遇到了小情种！因为从本质上说我们都不坏。从行为上说，站在不同的立场上，会有不同的评价。但是用坏来评价，那是封建时代的正统观念，即使在那种情况下，还是有张生与崔莺莺、柳梦梅与杜丽娘、许仙与白娘子、梁山伯与祝英台、贾宝玉与林黛玉，虽然都是文学形象，但是都是现实生活的反映，表现了历代有真性情的男男女女对心中那份真爱的至死不渝的追求。倒是当代，虽有许多人对于非世俗的爱恋的宽容心比古时候要大得多了，但是对爱情的态度也轻慢堕落多了。爱情被庸俗化物质化了，甚至被虚无化妖魔化，认为根本就不存在什么真正的爱情，在他们眼里所谓的爱情不过就是感官和物欲的满足而已。更有甚者认为爱情是有害的，让人头脑不清、顽固不化、六亲不认、一意孤行。"

梦荷说："这正是爱情的真正魔力所在！记得你提到过的一句名言，即使是神在所爱的人面前都难以自持，何况是肉身凡胎的人类呢！如果两个谈恋爱的人始终都很冷静，每句话每个举动都很符合社会的礼仪规范，那只能说明他们还根本没有相爱，没有进入角色。"

逸鸿说："像柏拉图论创作所说的诗人只有进入癫狂状态，才可以替神代言。同样相爱的人也只有'癫狂'一点，才能进入爱的境界。那境界是庸碌平常的生活中所没有的，它因此才显得那么珍贵难得，值得用多少平庸的岁月去换取那癫狂而珍贵的一刻半刻。"

梦荷若有所思地说："也许这就是古往今来多少才子佳人、富家千金，甚至一代帝王不爱江山爱美人，甘愿舍弃一切也要去守护这份爱情的真正原因吧。"

逸鸿对梦荷冰雪聪明的悟性赞赏不已，不由自主地用力将她娇美的身体拥得更紧，以致梦荷故意夸张地压低嗓音喊："救命！有人挟持我。"

逸鸿忙捂住她的嘴，吓唬她说："看，把警察招来了！"

梦荷推开逸鸿的手说："即使是警察，也不能不让人家在湖边散步吧。"

两人说笑了一会，梦荷说："把你刚才的话整理出来，可是一篇精彩的《湖畔论爱》！"

逸鸿说："这主意妙，也可以叫《崇文湖对话》，将来可以写进我们的作品中。"

说说笑笑中，不觉已到晚饭时候，他们在湖边一家雅洁的小餐馆吃了晚饭，便回到宾馆。

尽管梦荷害怕单独住，逸鸿也不放心，但是他们还是战胜了同居一室的诱惑，开了两间相邻的单间。虽然逸鸿知道梦荷早已将自己的一切交给他了，仿佛是自己口袋里的糖果，嘴馋了随时都可以吃到。对于相爱的人，彼此既已交心，肌肤之亲便是顺理成章的了。但逸鸿从一开始就给自己定了规矩：不到瓜熟蒂落时分，决不迈出这最后的一步，要对梦荷负责。逸鸿对自己的这个决定深感骄傲，从内心深处赞美自己超越了世俗，达到了崇高。这个决定来自于他大学时代从歌德对话录中所读到的一段话,歌德对他的秘书爱克曼说:遥远的东方古国中国的青年男女夜晚单独相处时,可以彬彬有礼,相安无事地度过整个夜晚。他对此敬佩不已。逸鸿想虽然与古人不同时代,但人类文明的一些规范还是有它的价值和生命力的。他又想到保尔·柯察金与丽达的爱情,他们因为都具备高尚的革命情操,因而尽管爱的纯真,却并没有跨出那最后的一步,虽然留下了巨大的遗憾,但保尔也并不后悔当初的选择。而今,早年从文学名著中读到过的这些美好的情节,激发了他内心崇高的情怀,他不由自主地在仿效他们,既为了他的崇高,也为了保护梦荷的清白。

梦荷并不了解逸鸿内心的这些念头,有几次用探询的目光望着他,他只当没看见,内心拼命挣扎,要成功做好一个现代版的老夫子。

两人免不了贪婪地拥吻,说了半夜的情话,才互道晚安。回到自己的房间,梦荷想:这个老夫子,还想学古人呢!谁都不会相信我们可能是这世上屈指可数最后的君子和淑女。人家都在追求一夜情,我们却在当君子淑女。这也算是标新立异吧!虽然没有人会相信我们俩至今还比较清白,暗地里早编排得不堪,但又有什么关系呢,我们做好自己就好了。

她不知道,逸鸿只是拼命克制自己。既有为梦荷着想的考虑,也有安全方面的担心。

第二天一早,逸鸿和梦荷便赶到了行知学院。梦荷留在校园内,逸鸿到院长办公室见了汪院长,其人五十来岁,矮胖身材,有点秃顶,面色红润,目光睿智而柔和。逸鸿先自我介绍,汪院长站起来与他握手,一边说着欢迎,一边起身为他泡茶。院长请逸鸿到靠窗的长沙发上就座,他也在逸鸿对面坐了下来,主动对逸鸿说,用人指标他已和古京市教育局有关部门协商好了,才通知他来见面的。逸鸿连忙表示感谢,并向院长表态调来后一定好好工作,报答院长和周处长的知遇之恩。

汪院长说:"周处长轻易不推荐人的,相信他热情推荐的人一定不会错。所以一接到他的电话,我就去跟市里协商调动指标的事了。"

接着院长又很贴心地说:"就你这种情况换一个环境好,在古京工作无论回家乡看父母,还是去晞州看女儿都比较方便。"

逸鸿忙说:"以后还要麻烦院长多关心帮助。"

汪院长爽快地说:"那是当然,工作上生活上有什么困难就提出来,我会尽力帮忙的。"

随后汪院长又说到正巧学院在建教工宿舍楼,已快竣工,他手里还有几套由院长掌握的机动房,可以分他一套。逸鸿十分感激。说完院长又亲自去找后勤主任询问房子贷款事宜。院长还指示后勤主任说以后舒老师来校,可以免费安排在学校的招待所住宿。

从院长办公室出来,逸鸿去校园内找到梦荷告诉了她刚才与院长见面的成果,梦荷很高兴。当天下午,他们乘火车回到了晞州学院。

第二天上午逸鸿到院长办公室递上了请调报告。逸鸿首先感谢张院长、李书记、吴书记等领导所给予的帮助和关照,接着向张院长陈述了自己目前面临的困境:离婚后的压抑心情,前妻胡闹造成的不良影响,与梦荷的恋情给学校带来的困扰以及同事的不良评价,等等。鉴于这些情况,希望换一个环境。逸鸿说这样无论对学院还是对他本人都更好。听了逸鸿的话,张院长面露不悦之色,逸鸿对此早有心理准备,觉得也是可以理解的。张院长也没说什么,只说目前如果放他走了,他的课没人代。下午,院党委吴书记又找逸鸿谈话,说按理应放他走,这样对他有好处,但请他也要体谅一下学院的困难云云。逸鸿表示可以等一段时间,等学院找到接替他的教师后再走。

第二天上午,逸鸿给行知学院汪院长打了个电话,告诉他已向晞州学院递交了请调报告,并告诉他学院目前缺教师,还要等一段时间。没想到汪院长说:"昨天张院长来过电话,坚决不同意你调走,都是兄弟学校,我也不好说什么。你就再作别的打算吧!"说完便挂了电话。逸鸿握着听筒发了半天呆,仅隔了几天,怎么汪院长的态度就判若两人了? 一定是张振兴搞的鬼! 逸鸿随即到张振兴办公室,说到刚才跟汪院长通话的情况,问他怎么跟汪院长说的? 出乎逸鸿意料,张振兴竟说:"我跟汪院长说你在这里谈了个女朋友,将来也需要他安排工作,问他能不能办得到?"逸鸿生气地说:"你怎能这么讲呢? 那是我们个人的事,再说我从没想过要汪院长安排什么工作!"

出了张振兴的办公室,逸鸿气愤不已,心里骂着张振兴太差劲、太阴险,竟不加掩饰地告诉我他是怎样破坏我的事的。不知他还对汪院长说了哪些我的坏话。他为什么这样做? 究竟是什么动机? 就是不愿放行,也没必要这么做吧! 真是人心难测! 此人坏我两次好事! 上次李书记要我到市教委去主编《晞州教育》,他不放行;这次我有幸联系好古京的学校,他又从中作梗! 你扣住我这个人干什么? 这是在珍惜人才吗? 狗屁! 既没有生活上的关心,也没有工作上的支持! 没来时满口答应来后解决住房问题,可已过了一年了,连最初答应的两间宿舍都没兑现,更不用说完全解决住房问题了。工作上也并没有真正让我充分发挥作用,从中文系先后提拔了一位教务副处长、一位副院长,都不过是平庸之辈。想到这里,逸鸿更觉待在这里一点意思也没有。可人生常常不自由,他不能像鸟儿那样想去哪就飞去哪,在这个国度里,种种人事关系早已将你死死拴住,走与留的命运更多的掌握在别人手里。想到这一切,舒逸鸿觉得自己就像笼中的困兽,恨不能一拳粉碎这牢笼,去争得属于自己的自由天地。可现实是残酷的,困住他的那个笼子始终不曾远离,而今他也只能在笼中愤怒地叹息思虑,同时不由自主地想到遥远的鹭岛,在那美丽的九天湖畔的润英校园,此时此刻他多么强烈地怀念她、向往她。唉,不知还有没有机会再次投奔她?

第三十章 毕业晚会

此时逸鸿凝视着还没有卸妆的小丫头，更觉得唇红齿白，面如桃花，一双美目顾盼生辉，不是天仙，胜似天仙，比那荧屏上的明星更加光艳照人，忙喜不自禁地把她抱在怀里，在那红润迷人的芳唇上印上深情的一吻。

　　调动的事没有办成，离别的脚步却悄悄走近。让逸鸿突然感到离别在即的一件事就是毕业晚会了。早在一个月前，文科班、理科班、电教班、艺术班的同学就都在积极准备各自的演出节目了。毕业离校前一周的一个晚上，能够容纳两千多人的学院大礼堂里灯光绚烂、乐声悠扬、座无虚席，甚至连走廊里都挤满了人。逸鸿坐在观众席上，与全校师生一起欣赏各班的精彩节目。逸鸿的班级除了由江映雪、夏燕、朱云霞、杨春蕾、林晓霞、胡雅君、杜喜梅、华英姿八位同学表演的舞蹈《春绿江南》，还有梦荷的独唱《雪中莲》。映雪她们的舞蹈柔美多姿，曼妙动人，赢得热烈掌声。随后在两千多名观众的注目下，梦荷身着淡紫色短袖长裙，从幕后款款登场，雍容华贵，温婉大气，宛若女神，引起观众席上一阵轻声的惊叹。逸鸿怀着紧张激动的心情凝视着她。舞台上的梦荷淡定从容、气场强大，逸鸿感到她天生属于舞台。伴奏音乐响起，梦荷那恍如天籁、空灵深情的歌声瞬间把观众征服——

雪花飘 飘起了多少爱恋

雪花飞 飞起了多少情缘

莲花开在雪中间

多少的希望 多少的心愿

默默等待有情人

但愿情意永不变

雪花片片飞 飞满天

雪花飘 飘起了多少爱恋

雪花飞 飞起了多少情缘

往事如梦似云烟

多少的甜蜜 多少的怀念

纵然相隔那么远

真情永驻在心田

雪花片片飞 飞满天

　　时而低回婉转，如鸳鸯依偎碧水上，时而热情缠绵，似春燕相恋柳丝间。声情并茂又仪态万方，营造出巨大而热烈的气场。逸鸿感到每一句都是为他而唱的，这首歌是梦荷特意挑选，借这次演出向他表达离别之情和坚贞之心的。唱到雪花飘时，但见梦荷用温润洁白的玉臂和纤纤玉手模拟雪花飘飞的形态而上下轻柔地抖动，真是美极妙极！以致当场就有无数只手臂轻轻举起，模拟那妙不可言的姿态，只是无一人能描摹出梦荷那样的韵味。

　　梦荷的节目一结束，逸鸿就回到宿舍，凭感觉梦荷马上会来。果然，逸鸿进门只几分钟，梦荷就推门而入。此时逸鸿凝视着还没有卸妆的小丫头，更觉得唇红齿白，面如桃花，一双美目顾盼生辉，不是天仙，胜似天仙，比那荧屏上的明星更加光艳照人，忙喜不自禁地把她抱在怀里，在那红润迷人的芳唇上印上深情的一吻。

"小丫头,今晚你真是太出色了!容貌仪态美极了,歌声舞姿妙极了!我的女王,今晚你不仅征服了我,也征服了全校!"逸鸿又问,"是谁给你画的这么好的妆?"

梦荷说:"我自己。"

逸鸿惊奇道:"什么时候学的,怎么能画得这么恰到好处,比你们教育学老师化得强多了,你看她给胡雅君她们几个化的妆,浓妆艳抹的,太吓人了,幸亏你没让她化!"

梦荷说:"我自己能化,才不要别人在我脸上瞎涂抹呢!"

"我的小丫头就是比别人聪明有能耐!"逸鸿骄傲地赞美道。

"不是说女为悦己者容吗,为了你,小女子能不用心美化自己吗?"

"只是让那么多人也跟着分享我的小丫头的美貌了,真是可气可恨!"

"这首歌我是只为你一个人唱的。"

"谢谢我的深情的小丫头! 当时我就强烈地感觉到了! 你是借这首歌,用这独特的方式,和我道别。"停了一下,逸鸿又说,"它也有示威的作用,可以让那些说三道四的家伙们看看我们林梦荷女神岂是他们用小人之心所揣度的那样! 有了这一次演出,你已把光彩照人的形象长久地留在晞州学院师生们的记忆里了。更永永远远地留在了我的记忆里! 如果你毕业飞走,一去不回头了,以后想你的时候,我就只想你今晚在舞台上的模样。"

也许是知道逸鸿此时的担心,料到他会这么说,梦荷没有反驳他,只在心里对自己说:"看来只有将来在一起的事实才会让他彻底打消顾虑,一切让事实说话吧!"

第三十一章　凄然吻别

望着她娇美的身影消失在走廊尽头，逸鸿恍惚觉得整个世界忽然幻化成云雾缥缈的苦海荒山。

　　尽管逸鸿竭尽全力，多方设法，也难以留住梦荷毕业远去的脚步。早在毕业前的几个月，她的父亲就已给她联系好了省重点小学怡城实验小学。现在又不是向家里摊牌的最佳时机，因此逸鸿只能眼睁睁地看着梦荷远去。

　　离校前的晚上，梦荷来逸鸿宿舍告别。也许感到现在已经毕业了，所以梦荷这次来比平时任何时候都更有底气。两人说了许多离别的话，逸鸿叮嘱梦荷万事开头难，刚工作的时候情况不熟，不要着急，过些日子会越来越好的。逸鸿与她约定每周彼此寄一次信，互诉一周的情况，同时跟她一起讨论工作中遇到的问题。梦荷要他放心，再三嘱咐他要注意身体，不要熬夜，尽量少抽烟。两人似有说不完的话，想要借这短暂的时刻把几辈子的话都讲完。可是晚自习下课的铃声还是无情地敲响了，梦荷不得不与逸鸿告别。离别的时候逸鸿将下午写下的一首小诗递给梦荷，神情凄然地再次拥她入怀，在她红润的芳唇上印上长久的绝望的热吻，望着她娇美的身影消失在走廊尽头，逸鸿恍惚觉得整个世界忽然幻化成云雾缥缈的苦海荒山。

　　回到寝室,梦荷草草洗漱了,便爬到自己的床铺上,打开逸鸿给她的那一页信纸——

致梦荷

往日喧闹的树林
如今已归于寂静
羽翼丰满的鸟儿
急匆匆飞向苍穹
寂寥长空留下你
永不磨灭的背影
祝愿你展翅高飞
一路顺风
我深深地爱着你
直到永恒

　　第二天上午,梦荷到逸鸿办公室去,说她爸爸过一会就来接她。临走时给逸鸿留下一封信——

和逸鸿

不要说留给你的只是我的背影
不要说孤单的灵魂只会独自哭泣
不要说这些伤感的话语
抛开这些伤神的愁绪

试飞的鸟儿终会羽翼丰满

把命运牢牢攥在手里

湖心岛之约并非儿戏

心爱的你定会在鹿鸣山下

等来你的妻

等我

等你的娇妮

相聚并非遥遥无期

你我相爱永无止息

逸鸿把这首赠别的小诗读了多遍,喃喃自语道:"没想到小丫头还挺有诗才呢! 希望如此! 只好如此了!"他感到了命运的不可控制的力量,在神秘的命运之神面前,人实在是太渺小太无力。"唉! 还是听天由命、顺其自然吧! 以后的事谁能预测!"

此时此刻，他感到了人世间至死
不渝的爱情，这爱情像绚烂辉煌的
太阳，为他照亮了崎岖昏暗的道路，
为他驱散了一直萦绕在他周围的阴沉的
雾霭，第一次他确定无疑地看到一条铺满
缤纷花朵的大道在他眼前尽情地向远方伸展。

黯然销魂者,唯别而已矣! 梦荷的毕业离去,使逸鸿的内心平添了无法弥补的空虚和忧虑。想想以前她在校的那些日子,尽管碍于校规,顾虑影响,常常为不能自由见面而烦恼,但实在太想念时,总还可以想方设法见上一面。现在,倒是不用考虑影响了,可人却在百里之外,又顾虑她刚刚走上工作岗位,万事开头难,不忍太让她分心。想见一面就真是奢望了。可是愈是见不到面,就愈加思念。真就坐卧不宁、茶饭不香,干什么都无精打采。何况,这两年来,经历了离婚和师生恋风波,他知道在学校许多人的眼里他早已是一个异类,再待下去也没有什么意思了。那些嫉恨他的人,恨不得早一天把他踢出去,他心知肚明,却没工夫去想那些。每天度日如年,只能靠写信寄托浓浓的相思。

小羊,我的亲爱的:

新学期开始了,你我的新生活也开始了,这便是分隔两地的生活。你在这里时,经常都能见到你,现在没有这种福分了。很怀念你没毕业的那段时光。可那时却盼着你早点毕业，可以不用再受校规的约束了。如今却又愿你永远不毕业！繁重的工作占去了你大部分的时间吧？一夜之间一切都改变了，你从学生变成了教师，我们从师生变成了同行，我们从同在一地变成了分隔两地。面对新的环境，你可能还不适应，这很正常，别着急，有个过程。我不在你身边，心有余力不足，也帮不上你，凡事要靠自己。你一向又是温柔从容优雅惯了的人，不似别人那样泼辣，我因此很为你担心。时常会不由自主地就想你，此时此刻你正在做什么？会不会又哭鼻子了？真想每天把你抱在怀里，为你擦鼻子抹眼泪、逗你开心、给你安慰。但命运就是这样，哪会样样称意。人生不如意十之八九，总是九苦一分甜。好在相距不是太远，还是可以经常见面。说不定以后真在一起了，又要怀念现在这一段相思时光了！生活就是这样，有变化所以多彩！

亲爱的！我从最近两次相聚中强烈感受到对你的思念是如此之深，可是又很怕见到你，因为见到时喜不自禁、得意忘形，觉得是世上最快乐的人。可是世上没有不散的筵席，有相聚就有分离。最不能承受离别时那满怀悲凄的滋味！最见不得将你一个人留在车站的情景！想到刚才还是形影不离、如胶似漆，现在却要各奔东西、形单影只，心中万般不忍！就想人活着真是太苦了，老天太吝啬，刚刚给了你一点甜头，马上又让你尝尽苦头！真希望能有孙悟空的本事，拔一根"猪毛"变成两个你的小猪，一个分秒不离地守护着你，另一个到学校上班去。

分别后每天傍晚打电话也是如此，每次收到你的传呼，总是立即丢下一切，跨上单车，用最快的速度去找电话。一旦拿起电话总是不愿放下。每次去回电话的那个校外小店的老板娘，有两次对我说："你打得好长啊，是联系业务吧。"我说是打给我爱人的。她脸上立刻露出好新奇好惊讶的表情。想到萧思远说的他与朱云霞从放暑假到现在才通过两次电话，一次面也没见过，一比较便不难看出我们是多么狂热了。

小丫头，是你点燃了我心中的爱火！而你也是属火山的。两座火山一齐喷发，还有不狂热的吗？

亲爱的，知道我打电话时最怕什么吗？最怕你哭鼻子！那时我最着急又最无奈，不知该怎么安慰你。毛主席说："我们的同志在困难的时候，要看到成绩，要看到光明，要提高我们的勇气。"我把这句话送给你，愿你从伟人的教导中获得力量和信心。要相信一切都会好起来的！

一千次地拥抱你，吻你！以最热切的心情，等着周末相会的时刻！

你的小猪

开学后的第三天，逸鸿收到梦荷的信。

鸿，我的主宰：

过几天就是你的生日了，今年的生日我要送你一份特别的礼物！为了给你惊喜，暂时保密。

还记得去年给你过生日吗？那时我们还是正常的师生关系，在全班同学为你举办的生日庆祝会上，我为你唱了《祝你平安》。那是一个暗恋你的女孩费了心思为你准备的，每一句都发自内心。一年后的今天，同样是这个女孩，不同的是她已经是与你情定三生的未婚妻，是要与你生死相依的人生伴侣。此时此刻，你的小妻子深情地祝愿你：我的夫君，永远平安！健康快乐！每一天每一年！

爱，就一个字，却要用一辈子去证明。不管是波折动荡的一辈子，还是顺顺利利的一辈子，只要你感到了幸福，我便幸福了。因为你的幸福就是我的幸福！

　　爱，就一个字，却包含着太多的内容。这个字不能靠说，更要靠行动去付出。你的小羊会跟随你到海角天涯，有你的地方便有我。全心全意地与你情相应，爱相依。此心坚定，重于泰山。守候你、照顾你、安慰你，用泪眼蒙眬、用炽热缠绵、用甜美歌声、用青春朝气环抱你，这是我此生最想做的事。

　　不要为你已至不惑之年而失落，这是你已在这世界平安度过的时间标志，四十年的风风雨雨、坎坎坷坷造就了小羊心中最完美的爱人！我感激这个数字！细想起来，假如你只有二十岁、三十岁，我们很可能就不会有这个缘分。我爱现在这个散发着稳重、深沉气息的你。当初也正是你这副沧桑的模样吸引了我，是你让我焕发了勃勃的生机，是你给了我内在的青春，因此我要把这青春献给你。你看，四十岁的你有这样致命的魔力。正是因为这四十年的经历，才让你更懂得爱，更珍惜爱，这也是我最最需要、最最珍视的。

　　谢谢你给了我如此丰富的爱——师长的爱、父亲的爱、兄长的爱、情人的爱、朋友的爱。这样一个充满了爱的你，我怎么舍得离开？怎么舍得放弃？怎么能不心甘情愿？怎么能不付出一切？

　　对你的爱已浓得化不开，它已经长在我的骨头里，长在我的血液里，长在我的心脏里！为你的快乐而微笑，为你的悲伤而哭泣，为你的失落而叹息。即使与你面对面，仍然在想你！

　　亲爱的，让我们满怀希望地等待朝夕相守的日子吧。我坚信真爱必会结出硕果，等待必会迎来黎明！

你的小羊

　　逸鸿生日在星期五，梦荷在电话里说她一下班就赶到晞州来。逸鸿一早就去超市买来一大堆梦荷爱吃的东西，有鳊鱼、盐焗鸡、酱排骨、咸水

鸭、大白兔奶糖、杨梅果脯等。下午一下班就忙着把饭菜做好,等着梦荷
到来。晚上七点多钟,梦荷左手拎着一盒大蛋糕,右手抱着一大束红玫
瑰,香汗淋漓地推门进来。逸鸿忙接过鲜花和蛋糕,把她拥在怀里,迫不
及待地缠绵热吻。梦荷从逸鸿怀里挣脱出来,娇嗔道:"我都渴死了,也不
给我点水喝。"逸鸿忙说:"对不起,对不起,茶早就泡好了,见了你只顾着
亲热却给忘了。"一边说着,一边端过茶杯喂给她喝。喝了几口茶,梦荷站
起来把娇艳欲滴的玫瑰花一枝枝插入花瓶里,又浇了一杯水。然后打开
蛋糕包装盒,插上生日蜡烛,逸鸿用打火机把蜡烛一根根点亮。梦荷让逸
鸿许愿。逸鸿心中默默许下希望他和梦荷的爱情有朝一日能有好结果的
愿望。然后吹灭生日蜡烛。梦荷轻轻唱起生日歌,唱完生日歌又唱了一
遍去年生日时她在教室里唱过的那首《祝你平安》。逸鸿有生以来第一次
感到心灵深处涌起无比温暖的幸福的春潮,禁不住再次深情热烈而缠绵
地拥吻了梦荷。

　　逸鸿又去厨房热了一下饭菜,然后打开一瓶红酒,给梦荷和自己的杯
子斟了酒,两人一起碰杯。梦荷祝逸鸿生日快乐、天天开心,逸鸿祝梦荷
平平安安、快乐顺利。刚喝了两杯,梦荷就满面红晕,貌若桃花了。

　　吃过饭,逸鸿问梦荷上次信里说的要给他的是什么惊喜。梦荷要逸
鸿猜猜看。

　　逸鸿说:"送给我一盒你的歌带?"

　　梦荷摇头,说:"再猜。"

　　"今天晚上把自己当生日礼物送给我?"

　　梦荷脸一红,忙说:"不是,不是,想得美。再猜。"

　　"猜不着了。"逸鸿为难地说。

　　梦荷便不再要逸鸿猜,她拉开随身的挎包,从包里拿出她的户口本和
身份证,说:"星期一一上班我们就去登记,把我彻彻底底地交给你! 这样

无论谁反对也没用了。你也就可以彻底放心了！"

梦荷的话让逸鸿感到心底发生了九级地震，一瞬间把他彻底震撼和征服！此时此刻，他感受到了人世间至死不渝的爱情，这爱情像绚烂辉煌的太阳，为他照亮了崎岖昏暗的道路，为他驱散了一直萦绕在他周围的阴沉的雾霭，第一次他确定无疑地看到一条铺满缤纷花朵的大道在他眼前尽情地向远方伸展。

"你在想什么呢，怎么不说话？"

"太激动了，都不知道说什么好了。小丫头，你怎么这么好呢，你怎么对我这么好呀，你让我怎么报答你呢？"

"你的爱就是最好的报答！"

逸鸿一边深情拥抱着梦荷，一边好奇地欣赏着她的身份证和户口本。忽然他好像想起什么，便问梦荷："还应该有一份单位开的结婚介绍信吧？"

"啊，怎么还要开介绍信？"梦荷吃了一惊，随后担心地说，"那没有介绍信还能办得成吗？"

逸鸿安慰她说："亲爱的，别着急，星期一我去问问再说。即使暂时办不成也没关系，你的心比那张纸可靠一万倍。"

梦荷撅起小嘴说："真扫兴，人家就是想喜上加喜，送你个特殊的生日礼物，好让你惊喜，不是要让你失望嘛。"

"好事总要多磨的，也许真的是一切都有定数。不经过九九八十一难，总是取不到真经的。"

看看天色已晚，逸鸿让梦荷就在他房里歇息，他自己则到学校小招待所里去住。

第三十三章　领导意见

我们正像飞雪迎春的寒梅，傲立在悬崖峭壁，独自面对寒风与雪雨。可是，因为心中充满了希望，也就有了无穷无尽的力量。

利用周末的两天时间，逸鸿和梦荷去吴市玩了一趟。星期一一上班逸鸿就到学院办公室去开结婚介绍信，梦荷则留在逸鸿宿舍等消息，她为了要跟逸鸿办理结婚登记，特地请了一天事假。逸鸿找到学院办公室主任杨平英，跟她说要开介绍信，她似乎有些吃惊，想了一下，说要请示领导。

过了十来分钟，杨平英从院长办公室回到她自己的办公室，对逸鸿说："刚才请示领导了，领导的意见是再等等。"

逸鸿问为什么。

杨平英说："这件事林梦荷家长知道吗，他们同意了吗？如果他们知道了来质问我们怎么办？"

逸鸿不满地说："哪个婚姻法规定的结婚登记一定要父母同意才行，这不是故意刁难吗?！没见过这样的!"说完气呼呼地走到张振兴办公室，要找他讲理，老滑头却不在，明明是躲出去了。

回到宿舍，梦荷忙问怎么样？逸鸿把经过说了一遍，梦荷也很气愤：

"他们凭什么这样,恋爱自由,婚姻自主,连爹娘干涉都违法,他们凭什么干涉我们?!"

"因为他们手里有权,他们想干涉就能干涉,不管用什么理由。"逸鸿想了想又说,"抽时间我到教委找李书记说去,我就不信他们可以一直干涉下去。"

下午,逸鸿到车站把梦荷送回怡城,从车站回来,逸鸿去教委找李行健书记,办公室的人说他出国考察去了,要过一段时间才能回来。

逸鸿闷闷不乐地回到宿舍,看到梦荷送的玫瑰花心情才好起来。"周围人的冷漠敌视,更显出梦荷的温暖和宝贵。"想到这,他又习惯性地坐下来给梦荷写信,以倾诉衷肠。与梦荷分别之后,生活一下子变得暗淡乏味之至,只有借助于频繁的通信、通话和周末的约会,才能给逸鸿带来快乐和安慰。

在分别的日子里,唯有借助不断地写信才能寄托斩不断理还乱的离愁别绪。

娇妮,心爱的:

长时间凝视着生日时你送我的红玫瑰,她们在我眼前楚楚动人地绽放,已经十一天了,竟还没有枯萎,真可算得上一个奇迹,这不能不让我有点惊奇。我的印象中,一般情况下,玫瑰花三五天便要枯了,这几枝何以如此多情呢?这该不会是玫瑰仙子下凡吧?或者她就是你的化身?玫瑰本是娇嫩之花,却也这么有旺盛的生命力了,让我感到你的韧劲,你是嫩嫩的娇娇的玫瑰,又像耐得住寂寞经得起风雨的寒梅。

我们正像飞雪迎春的寒梅,傲立在悬崖峭壁,独自面对寒风与雪雨。可是,因为心中充满了希望,也就有了无穷无尽的力量,不会觉得孤独,也不会感到寒冷。这便是梅花独有的个性。我从你

身上感受到寒梅的风采,这是你不会屈服于环境压力的最可靠的
保证!让我们像毛主席《卜算子·咏梅》所写的那样:"俏也不争春,
只把春来报。待到山花烂漫时,她在丛中笑。"

晚安!我的爱!

深爱你的鸿

第三十四章 梅园欢聚

在经历了漫长的人生后，我只把爱作为我的宗教，现在你便是我的主。我因为有了你，才觉得活得快乐幸福，生命充满期待和感动。

梦荷毕业回怡城后，逸鸿又接着教新的一批学生，这批新生尽管更活泼，却也显得更幼稚缺少内涵。因为心境不同，他的教学因而比以往少了许多激情与精彩。课余时间，他或去图书馆埋头看书，或躲在宿舍里写点什么，偶尔去书店逛逛，或去运河边走走。一天之中最盼望的是晚饭后与梦荷的通话，往往一拿起话筒就放不下。一周之内最盼的就是周末的约会。

他们约定每周六在城西郊的梅园见面。那里环境清新幽静，树木茂盛、四季花开，园内大路平坦、小径蜿蜒，有山有湖，有洞有塔有禅院，因不是赏梅时节，又是城郊，所以游人寥寥，却因此也成为情人幽会的绝佳所在。

梅园离怡城一小时的车程，逸鸿每每在梦荷约定到达前一小时就在那里等候，有时梦荷晚到一会，逸鸿便焦躁不安，猜想是否发生某种变故。有时逸鸿在大门口等待，而梦荷从另一门进入梅园，害得两人互相寻找，白白浪费难得的见面时间。终于见到梦荷婉约多姿的身影，逸鸿的心情便由阴云密布瞬间变成晴空万里,兴冲冲地奔过去,把她拥进怀里,将多少相思、多少爱恋、多少牵挂尽付与热烈如火又柔情似水的长吻中。

"看你,都快把人家的嘴唇弄破了",梦荷娇嗔地瞪了逸鸿一眼,"平时看着那么温文尔雅、风度翩翩的,想不到会这么霸道呢!"

逸鸿傻笑着辩护说:"你不是知道有位哲人说过的:就是神在爱人面前都无法自持。何况在下离神的境界还有十万八千里呢! 这都是爱情惹的祸。细想来古今中外不顾一切爱上不该爱的人的名人也不少呀:孙中山爱上了好朋友的女儿宋庆龄;陶行知爱上了自己的学生吴树琴;鲁迅爱上了自己的学生许广平……"

梦荷插话道:"还有个舒逸鸿爱上了自己的学生林梦荷!"

逸鸿说:"我可不敢和他们比,他们是名人,名人惊世骇俗那是风流佳话,凡人惊世骇俗便是千夫所指,因此我是做好了千夫所指的准备的,从目前情况看至少也是百夫所指啦。这倒好,干脆就让它破罐子破摔吧! 早就横下心来,和尚打伞,无法无天,走自己的路,让别人恨去吧!"

说了一会儿闲话,逸鸿很关切地问梦荷:"工作顺心吗? 别着急,万事开头难,过段时间就会适应的。"

梦荷说:"没什么大不了的,你别担这个心了。好容易见一面,还是别说这些了。"

逸鸿紧握梦荷的小手,沿着幽静的林间小路登上山顶。那里可以俯瞰梅园周围的风光,北面林木茂盛、竹海葱茏,隐约可以望见远山的轮廓。东面错落有致的新楼旧舍、亭台拱桥,掩映在青山绿树中,别具风韵趣味。晞山张开双臂,深情拥抱着这座江南名城,古运河波光粼粼、帆影点点,像慈祥的老人迎来送往。云淡风轻、沃野千里,这里那里点缀着红砖绿瓦的小楼,真是田园画的绝妙题材。再看那西面便是梅园,上万棵梅树,虽未开花,却蔚为壮观。公园西北角耸立着一座十多层高的白色砖塔,往东数百米便是公园里最幽静空灵的所在——仙湖和禅院。看到这里,逸鸿拉着梦荷的手,指着禅院说:"走,我们到那里去。"

他们沿着湖畔小路走到禅院门口,见门额上书写着"好了禅院"四个字。这使逸鸿想到《红楼梦》中的《好了歌》。于是信口诵道:

> 世人都晓神仙好,惟有功名忘不了!
>
> 古今将相在何方? 荒冢一堆草没了。
>
> 世人都晓神仙好,只有金银忘不了!
>
> 终朝只恨聚无多,及到多时眼闭了。
>
> 世人都晓神仙好,只有娇妻忘不了!
>
> 君生日日说恩情,君死又随人去了。
>
> 世人都晓神仙好,只有儿孙忘不了!
>
> 痴心父母古来多,孝顺儿孙谁见了?

诵毕,拉着梦荷对着那四个字伫立良久,他问梦荷:"对这个《好了歌》,你怎么看?"

梦荷说:"说得很透彻。说出了人生残酷的真相!"

逸鸿又问:"那你认为宝玉出家是正确的选择了?"

梦荷说:"如果站在宝玉的立场上,他的出家就再自然不过了。"

逸鸿再问:"你曾想过出家吗?"

梦荷说:"想过。"

逸鸿追问:"什么时候?"

梦荷说:"认识你之后。"

逸鸿吃了一惊:"为什么? 怎么认识我倒让你有了出家的念头? 那我不是太罪了?"

梦荷审视着他的眼睛,态度严肃地说:"上次你说'到此为止'的时候,我想了一夜,如果第二天见面你坚持要到此为止,我就出家!"

逸鸿心中着实吓了一跳,他双手合十,说了一声:"阿弥陀佛! 幸亏当初没坚持,不然晛州学院可真的就培养出尼姑来了!"

梦荷说:"看你以后还敢不敢再说'到此为止'?!"

逸鸿说:"哪里还敢,都被你吓到心里去了!"

梦荷要逸鸿说说他对《好了歌》的感悟。逸鸿若有所思地说:"《好了歌》看破了红尘中的荣华富贵、爱情、亲情,在它那里万事皆空,一切到头来都不过是一场春梦。这固然揭示出生活的某些消极方面,但是它却忽视了生活的积极方面。从根本上说,所有人都是人生的过客,但不能因为有这样消极的终点就放弃整个积极的过程。澳大利亚有位未来学家说过这样富有哲理的话:未来不是我们要去的地方,而是我们要创造的地方。走向它的道路不是人找到的,而是人走出来的。走出这条道路的过程,既改变了走出道路的人,也改变着目的地本身。这段话给我的启示是:用积极的态度去对待人生,追求梦想,既可以塑造一个全新的自我,又可以创造一个全新的未来。尽管没有人能改变人类最终的结局,但是热爱生活、努力追求的人们,却可以比那些消极厌世的人拥有更美好更无悔的人生!"

逸鸿说完,梦荷踮起脚尖,给了逸鸿深情的一吻:"说得太好了! 我的思想家!"

随后他们踱入禅院。这禅院与其他禅院的布局并无不同,正堂居中面南,偏房位居东西两侧。院内几棵百年的银杏树高大繁茂,愈发衬得这禅院幽深肃穆。他们去大厅里看了一回,从西面的侧门出来,到湖边的石椅上坐下。

梦荷望着禅院感叹道:"好宁静的地方啊! 真想就在这住下,不用管人与人之间的虚情假意、尔虞我诈。"

逸鸿说:"那我怎么办?"

梦荷说:"你也住下不就得了。"

"噢,我们俩都在这住下,一个和尚,一个尼姑,每天在水一方,你望我,我望你,大眼瞪小眼,还不把人急死! 这一年多的地下工作,躲躲藏藏的日子你还没过够,还要换一种方式继续吗? 学校和禅院里在男女授受不亲,清规戒律这一点上是一样的。这两个地方都是人性受压抑被扭曲的地方,特别不适合性情中人居住,不能畅快地生活,不能畅所欲言。你我是这两个地方的害群之马,所以我们还是自己走吧,不要等到被人家扫地出门。"

梦荷笑起来:"你说奇怪不奇怪,从小到大我都是乖乖女,怎么一见你,就成了不可救药的害群之马了呢?"

"我还不是一样,每天清高孤傲,一见了你就原形毕露了,抛下了师道尊严,阿弥陀佛,真是罪过! 仁慈的主啊,饶恕我吧。"

梦荷被他逗笑了:"别做梦了,再祈祷都没用,谁都不会饶恕你的,除了一个人——"梦荷故意拖长声调,然后调皮地指向自己,"我们互相饶恕吧,要不然真没人会原谅我们了"。

逸鸿说:"爱是一种信仰,情感可能淡漠、消失,信仰却不会,因为它是你的灵魂。灵魂一旦丧失了,你便不再是你了。所以,在经历了漫长的人生后,我只把爱作为我的宗教,现在你便是我的主。我因为有了你,才觉得活得快乐幸福,生命充满期待和感动。"

"我也是",梦荷依偎在逸鸿胸前,"就让我们今生来世,来世今生,永远忠于我们的信仰,永远相爱。无论有多少艰难曲折,就算会有争吵,会有别扭,但我们的信仰不变,永远爱对方,不离不弃,好不好?"

逸鸿说:"那我们一言为定,说到做到!"二人说着像孩子一样一边郑重地拉钩盖印,一边念着"五百年不许变"。

梦荷说："少则两年,多则五年,我一定会成为你的妻子,你记住我们的约定,千万忍耐,相信我!"

看着梦荷坚定的眼神,逸鸿说："我相信你,我会一直等下去,别说五年,哪怕要等一辈子,我也会等,直到生命的最后一刻。"说完他们紧紧拥抱在一起,心中充满了甜蜜。

时间对于恋人似乎总是吝啬的,因而格外金贵。不知不觉已过中午,他们才觉得肚子饿,便手拉手到公园大门旁的小饭店吃饭。逸鸿为梦荷点了她最爱吃的红烧牛肉、香菇青菜和鲫鱼汤,又要了一瓶干红,梦荷喝了点红酒,脸上罩上一层迷人的红晕。

逸鸿痴痴地看着她,说："刚才的你像雨后的荷花,现在变成了娇艳的桃花了。"

梦荷不好意思起来,用手蒙住脸："都是你这老师不好,教唆学生喝酒。"

逸鸿辩解："我可要纠正你:第一,现在我们是同行,不再是师生了,顶多只能说曾是师生;第二,是你主动跟我干杯的,不是我强迫的;第三,我们的林老师已满二十岁了,在法律上已经是成人了。因此法庭判决:原告的指控不成立,法庭不予支持。还要判处原告赔偿被告的精神损失,在适当时机适当场合给被告不少于十分钟的长吻。"

梦荷故作无奈地说："法官大人! 我可是守法的好公民,小女子只能受罚啦。"

说笑了一会,又喝了点茶,他们知道又到分别的时候了,两人都感到心情一下子沉重起来,梦荷又快忍不住泪水了,逸鸿故作轻松,安慰她说:"海内存知己,天涯若比邻。无为在歧路,儿女共沾巾。我们两人还未天涯海角,每周都能见面的,比古人幸运多了。别难过了,很快又会相聚的,我还等着那十分钟的香吻呢!"

　　他们打的到汽车西站,逸鸿买了票,将梦荷送上车,又回去买了瓶葡萄汁让她带着车上喝。还有几分钟才发车,逸鸿便坐在梦荷旁边的座位上,嘱咐她到怡城后就打电话过来。乘客陆续上车,快发车了,梦荷让逸鸿下车。逸鸿怜爱地摸着梦荷的头发,说了句"一路平安",起身下了车,又绕过车头,走到梦荷一侧,梦荷忙从窗口探出头来,眼泪早已溢满眼眶。车子开动的一瞬,逸鸿伸手拉住梦荷的手,跟着车向前跑了几米,直到车子加速才不舍地放开,向梦荷挥着手,梦荷却已泣不成声,一直从车窗探出头来,看着逸鸿。车子开出百米远了,梦荷还在向车外的人群中张望寻找,后座有位男士目睹了这个情景,不无幽默地对梦荷说:"别找了,走远了。"

　　逸鸿伫立在车站门前的大路旁,目送梦荷乘坐的客车渐渐远去,直到看不见了,才转过身慢慢往回走。与相爱的人在一起,就是在天堂福地,与爱人分别,无疑是陷入苦海。

　　"黯然销魂者,唯别而已矣!"他又吟诵起江淹《别赋》中的名句,心中立即又充满了离愁别绪。

第三十五章　风雨兼程

车子迎着风雨向前疾驰，
逸鸿却仍嫌它像蜗牛般缓慢。

　　梦荷毕业后的三个月里，逸鸿一直都在为她担心，怕她一下子承受不住分开两地的压力，除了忍受相思之苦，还要面临随时可能到来的父母的震怒，再者工作必然也极为繁重，这些一定会像大山一样压在她的心头。尽管见面时她轻描淡写，故作轻松，可是严峻的现实摆在面前，需要时时刻刻去面对，这可不是轻松的事啊！这三个月来，尽管逸鸿在书信和电话里没少鼓励，可是这些又能帮她解决多少现实问题呢？这让逸鸿的内心充满了焦虑。

　　逸鸿的担心很快被证实了，傍晚通话时梦荷在电话里没说几句就抽泣起来，逸鸿知道这小丫头定是压抑到极致了。"让深爱的人承受着她本不该承受的压力，都是我造成的呀。"想到梦荷此时难过的样子，逸鸿恨不能立刻生出双翅飞到她身边！在难分难舍的倾诉中，磁卡上的话费很快用完了，他们不得不说再见。可是放下电话，逸鸿的心里更觉不安，于是不顾正下着雨，冲出校门，拦下一辆出租车直奔汽车站。可是最后一班去怡城的车已经开走。逸鸿在路边辗转徘徊，希望能碰到一辆去怡城的车辆。皇天不负有心人,过了二十分钟,终于等到一辆车牌是怡城的中型货车,这辆车因出了故障在路边修车店停下检修,逸鸿忙凑过去,边帮师傅打伞递工具,边跟师傅说有急事要到怡城去,央求师傅带上他,他会付车费的。师傅瞄了他两眼,没有说话。不一会车修好了,司机坐到了驾驶的位子上,发动了车子,逸鸿正要失望地离开,忽听师傅喊他:"上来吧。"逸鸿连声说着谢谢,急忙坐到了副司机位子上。车子迎着风雨向前疾驰,逸鸿却仍嫌它像蜗牛般缓慢。一个多小时后,终于来到了怡城,与师傅告别并付了他三十元车费。之后打的来到梦荷所在学校的门口,在门前的电话亭给梦荷打了个传呼。梦荷正和室友在宿舍备课,听到传呼机响了,忙拿过来看,见屏幕上显示"我在你们校门口"。梦荷一边对室友说:"逸鸿来了!"一边抓起门旁的雨伞冲下楼去,飞跑到校门口,一眼望见她的逸鸿,雕塑般伫立在滂沱的大雨中,正深情地望着她。

梦荷飞奔过去,扑进逸鸿怀里,什么话也没说出来,过了许久,才仰起满是泪痕的脸说:"下这么大的雨,你怎么来了。你明天还要上课,怎么这么傻,这么晚了还大老远地过来。"

"我要和我的小丫头风雨同舟,别说下雨,就是下刀子我也要来!"听到逸鸿这句话,梦荷把头埋进逸鸿怀里,紧紧地抱住他,久久不愿松开。

逸鸿打着伞,拥着梦荷,到附近找了一家旅馆。到旅馆房间里坐下,逸鸿忙问:"快告诉我为什么哭得这么伤心?谁欺负你了?"

"你。"

"我?"

"不是你还有谁?是你占据了我的整个身心,让我从早到晚想着你,无法静下来。连梦里都与你在一起,你已是我的灵魂,我的一切,没有你在身边,每天都度日如年!每一天都是那么漫长,从周一开始就盼着周末!工作太累太烦,两个班,一百多学生,还要做班主任。大多数学生调皮厌学,很难管理,总担心他们会出事,在学校出了事班主任首先要负责任。每周二十多节课,除了主科,还要带一门副科,每天备课改作业管学生,只能睡四五个小时的觉。又见不到你,连个诉苦的人都没有,觉得自己就快支撑不下去了!"

"可怜的小丫头,让你受苦了!都是我不好,你说得对。"

"我要和你在一起,一分一秒也不分开!"

"傻丫头,你还叫我要忍耐呢,自己却坚持不住了。真要是一分一秒都不分离,连上厕所都跟着,要不了三个月,你肯定会厌烦的,距离产生美不是没有道理的。将来我们真在一起了,你肯定巴不得跟我分开几小时呢!"

"不,只分开三分钟,让你上厕所。"

"好,那就说定了,不然上厕所时旁边站个你,我这棵风景树就变成歪脖子树了,只顾歪头看你了。"

梦荷终于破涕为笑:"只要你还是你,无论你变丑了、变老了,在我心里永远都是最美的风景。"

"刚才还怪我惹你了呢,现在又夸我。"

"还大作家呢,人家说的反话都听不出来。你明明知道你对我意味着什么。没有你,我的人生将一片黯淡,孤独、遗憾会陪伴我一生。也许不和你在一起,我会嫁到一个有钱人家,过富裕的生活,可是失去了真心爱着的人,再多的钱又有什么用?那样的生活又有什么意义?!我只想和自己真爱的人在一起,哪怕生活艰辛、路途坎坷,也会满怀感恩之心地去生活。妈妈说我一直活在梦里,可能我真的是活在不切实际的梦里,可我宁愿一辈子活在这梦里,世人皆醒我独醉,又有何妨呢?自从遇见了你,与你相恋,让我拥有了世间最珍贵的感情,品尝了世界上最美的滋味,你的孤独、你的深沉、你的清高、你的儒雅、你的才华、你的正直、你的执著、你的勇气,一切的一切在我眼里都是那么出类拔萃、与众不同。知道我们两个在一起,绝大多数的人会不理解、不认可、不看好、不喜欢,可我还是想和你在一起。假如你没有离婚,我会把这秘密一辈子埋在心里,我不愿去充当第三者,去破坏另一个女人的幸福,那样太不道德了。可是世事变幻,你离婚了,我们相爱了,为什么我们不能在一起?我们真诚相爱,彼此真心,我们应该在一起。从我们相爱的那一刻起我们的命运就已紧紧地连在一起了。"

梦荷一口气说了这么多柔情万种的话,说完撒娇地将头枕在逸鸿的肩上,任由逸鸿温存地抚弄着她秀美的长发,亲吻着她娇嫩的脸颊和温润的红唇。逸鸿轻轻拍着梦荷的背,像慈爱的妈妈抚慰着婴儿。两人就这样静静地拥抱着、依偎着,享受着这美妙的时光。

停了一会,逸鸿仔细询问了梦荷工作上遇到的困难,听梦荷说完后,逸鸿沉思着说:"卓别林在自传里说过'无论穷人也好,富人也好,都必须为生活而斗争'。我们都要斗争,不斗争怎么能克服困难?要斗争胜利,不仅需要勇气,也需要智慧。可惜我不能像孙悟空那样有分身法,只能给你一点建议。首先关于学生管理,要分两步走:第一步用非常手段,进行分类管理。当前最关键的是管住那些调皮捣蛋的学生。你可以先把全班学生分成守纪律的和不守纪律的两类。然后,用点心思招安一两个最调皮捣蛋的学生,要他去管理一般调皮捣蛋的学生。用好学生去管调皮捣蛋的学生,往往管不住。可是用捣蛋的管捣蛋的,以毒攻毒却容易见效。选几个有管理能力的捣蛋包,让他们做班干部,他们会很兴奋。什么纪律班长、体育班长、卫生班长、安全班长的头衔尽可以给他们。管得好的要随时随地地大力表扬。同时对他们要严格要求,让他们少惹祸不惹祸。另一方面在好学生中也要注意发现和培养得力干部,让他们去管一般的好学生。这些好学生品学兼优,能力又强,一般的好学生会比较佩服他们,也就愿意服从他们的管理。第二步,优化干部,提高成绩。等到品学兼优的干部有能力管理了,要让他们出来大胆管理,要特别注意树立他们的威信,然后选拔品学兼优又有管理能力的学生组成新的班干部队伍,将重点从抓纪律转到抓学习和全面发展上。这样坚持下去,相信不久的将来对自我教育有深入理解的林老师一定会让人刮目相看的!"

梦荷显然受到了鼓舞,信心满满地说:"真不愧是舒逸鸿!就是比别人有办法!我都照你说的做。那其次呢?"

"其次,就是如何对付那些为老不尊的同事了。两步走,第一步人格平等,不卑不亢。其次,端正自己的心态,捍卫自己的尊严。老教师多一些教学经验,这些经验中并不全是好的,实在没什么好骄傲的,无非干的年头长一点,经验多一点而已,实在没理由在年轻教师面前盛气凌人。年轻教师精力旺盛,头脑灵活,敢想敢干,敢于探索创新,新思维新方法更多,这一点是老教师应该学习的。所以新老教师应该互相学习、取长补短、共学共进。凡以不平等态度待我者,必将丧失我对他们的尊重。这是第一点,要有立场态度。第二步,敢于斗争,讲究方法。常言说林子大了,什么鸟都有。遇到益鸟,是你的幸运;遇到害鸟,是你的挑战。我很赞赏毛主席说的'人不犯我,我不犯人;人若犯我,我必犯人'。与人为善,不侵犯别人的利益。但是别人侵犯了你的利益,你也不能一味地妥协退让,不然他会视你为软弱可欺,并得寸进尺,这样将会后患无穷。所以,还是得斗争。斗争并不等于简单地吵架骂人,在学校里这样斗,再有理也不被认可。所以要动脑子、想办法。比如说如果她们互相勾结,出题时对你隐瞒考试重点和范围,你可在开会时以建议的形式,提出为了让学生做到既全面复习,又突出重点,建议每次考试前由备课组集体讨论决定考试范围和重点。这样做她们想反对也没有理由,只能暗暗叫苦,同时会知道你的厉害,对你刮目相看,不敢再像以前那样放肆。如果她们在改卷时做手脚做得太过分,可以将所有被压分的试卷集中到教务处去反映情况。比较稳妥的办法是悄悄动员若干家长,说说自己的苦衷,赢得他们的同情、理解和支持。让他们出面向学校反映老师改卷不认真的问题,对于家长的意见,学校往往会很重视去解决的。这样既解决了问题,又保护了自己。究竟如何做,你可以具体问题具体分析,灵活变通妥善处理。相信凭你聪明的小脑袋,一定可以胜任这个职业的。"

"谢谢我的大教育家!你让小女子怎么能不崇拜你、一辈子追随你,做你的小尾巴、小跟班呢?"

"好吧,小尾巴,我们该走了。再不走,要翻墙而入了。"

看到梦荷舍不得离开,又要哭鼻子,逸鸿笑着捏了捏她的鼻子:"看你,都是老师了还哭鼻子,要是被你的小朋友们看到他们的林老师哭成这副形象,他们可就要笑话你了。"

仿佛怕逸鸿飞掉,梦荷更紧紧地抱住他。两人再次激情长吻,万般不舍地离开旅馆,回到怡城实验小学去。来到学校大门口,互道了晚安后,逸鸿目送梦荷一步三回头地走入校园深处,才转身走回旅馆。

室友崔海英正准备入睡,见梦荷回来,很是惊讶:"你怎么舍得回来?真是!你们也太不珍惜这大好时光了吧!"

梦荷笑了:"你还不知道他可是个现代老夫子呢!要是换作你和男友,是不是就会非常非常非常地珍惜了?"

海英感慨地说:"当然会非常珍惜,可惜还没有遇见值得我珍惜的人,如果我也有舒逸鸿这样的人冒着大雨,赶了一百多里路来看我,我才不会把他一个人孤零零地丢在旅馆里呢!"

海英的话说得梦荷内疚起来,但是想到逸鸿的态度,她随即又释然了,于是对海英说:"是他不要,又不是我不给,是他自己要在旅馆里独守空房的,怨不得别人。"

海英叹了口气,说:"还真是个有性格的人,不是我等凡夫俗子可比啊!"

梦荷说:"我知道他的心思,他是怕将来有一天,一旦我们成不了,而我却成了残花,会给我带来困扰。"

海英连说:"绝世好男人!绝对的绝世好男人!换成别人早挖空心思变着法子把你拿下了,哪里还会送到嘴边都不吃呢?!古时候有柳下惠坐怀不乱,可那是传说,现在有舒逸鸿坐怀不乱,这可是千真万确的!臭丫头,你怎么这样好命,竟能遇见如此痴情之人,这才是真正的爱情啊!"

听了海英的话,梦荷更觉得自己的选择是对的,可是一想到父母的态度,她若有所思地说:"也许比起同龄人,我和他将来的路可能会艰难得多。"

海英说:"没必要太担心,两个大活人,都受过高等教育,总不会饿死吧?!何况舒逸鸿可是个大才子,你又是个小美人,放心吧,老天绝不会太为难你们这对旷世之恋的才子佳人的!加油!"

室友的理解和鼓励让梦荷感到很温暖,也很珍贵,毕竟对这件事非议的人太多,赞成的人很少。

逸鸿因为明天上午有课,所以把梦荷送回学校回来就睡了,第二天五点多钟赶第一班客车按时回到了晞州学院。

逸鸿人是回到晞州了,可是心却留在了怡城,担心她常常备课到深夜,时间长了会熬坏身体,又担心她性情恬静,不像别人那样泼辣,因而会被欺负。

晚上,一个人孤单地在古运河边散步,想到梦荷没毕业时,他是那样幸福,每一天都能够跟心爱的人见面,怀着惊喜的心情,欣赏她那艳光闪烁夺人心魄的一双美目,亲吻那无需装扮自然红润的两片芳唇,聆听那柔情似水甜美动人的吴侬软语,拥抱那娇美酥软芳香醉人的纤纤玉体,可是现在想见一面都不易,让人好不烦恼!

　　走到运河桥头的电话亭时,忽然觉得心中似有千言万语想对她说,于是拨通传呼电话,央求传呼小姐帮他发一首小诗给远方的爱人。传呼小姐可能感到这样的请求相比她平日里传出的信息实在太稀奇太浪漫了,迫不及待就答应了。于是,在逸鸿的口述和解释下,传呼小姐将这首即兴小诗传送到梦荷的中文传呼机上:

致荷儿

荷儿

你看

当风儿吹起

柳丝翩翩

那是我向你召唤

荷儿

你看

当月儿高悬

情意缠绵

那是我把你期盼

我深深地爱着你

在分别的每一天

我痴痴地恋着你

在生命的每一天

　　刚刚读完第一遍,梦荷就已泪流满面,恨不能身生双翼,立刻飞到情人怀抱,向他献上炽情如火的长吻。

第
三
十
六
章

晴
天
霹
雳

他感到了极度的孤独、自卑和凄凉。

此时此刻，假如梦荷有一点点的犹豫动摇，凭他的傲气，他都会远去。是梦荷坚贞不渝的爱，给了他无穷的动力和希望。

星期六中午，梦荷正在逸鸿房间里津津有味地品尝着逸鸿为她做的拿手菜——红烧鲈鱼。忽然传呼机响了，是她家里打来的。梦荷立刻紧张起来，下楼跑去学校电话亭回电话。逸鸿陪着她，让她别紧张。刚拨通电话，没说上两句，梦荷就哭出声来。

逸鸿忙问："怎么啦？出什么事啦？"

"是我妈妈打来的，我爸出车祸了！"

"情况严重吗？"

梦荷哭着说："只说在医院。"

逸鸿陪着梦荷赶紧打的去了长途车站。一路上梦荷哭个不停，逸鸿百般劝慰。车到竹海镇街中心停下，梦荷对逸鸿说："你先回去吧，我会给你打电话。"说完就跳下车，向家里跑去。

逸鸿放心不下，就在街头电话亭里给教务主任打电话谎称身体不适，请了两天假。然后去附近的旅馆住下，焦急不安地等着梦荷的电话。

下午四点多，逸鸿的传呼机响起，屏幕显示是梦荷家的电话。逸鸿忙跑到服务台回电话。电话一接通逸鸿就急切地问："情况怎么样？"

梦荷说："是他们骗我的——我们的事他们知道了。"

逸鸿心里咯噔一下，心想该来的还是来了，不知道他们是怎么知道的。只是太突然，没什么心理准备。

"他们怎么说的？"

"我爸快气死了，问我是不是缺少父爱，找了个跟父亲年龄差不多的，真是丢死人了。还说只有那些打工妹才会找一个40岁、离过婚、又有孩子的人。他是在气头上，你别怪他。"

逸鸿说："他没说错，这都是实情。我一直觉得很对不起他们，让他们难堪了。你妈是什么态度？"

"我妈一直哭个不停，说我从小到大都很听话，怎么突然闯这么大的祸！她和爸爸也吵架了，爸爸怪她没管教好我。两人还说要离婚。爸爸又说要再生一个。亏得亲戚们劝解才好一点。"

"那你是怎么跟他们说的？"

"我一直为你辩护，说你好。可他们不听，我就干脆什么都不说了，不吃不喝。"

"对不起，让你受苦了！你不吃饭怎么行？千万别饿坏身体。记着晚上等你爸妈睡了，我去你家屋后给你送吃的。"

"不用，我实在是吃不下，你别太担心我了，我没事的……传呼机被我爸藏起来了，你别打传呼了。我妈回来了，我找机会再打给你。"那一头梦荷匆匆挂了电话。

放下电话，逸鸿心乱如麻，一方面担心梦荷受不了家庭的压力而屈服；另一方面又担心梦荷会出什么意外。晚上，逸鸿悄悄打听到梦荷家的地址，便在她家街对面徘徊张望。梦荷家大门紧闭，二楼两个房间还亮着灯。不知等了多长时间，见楼上陆续熄灯了，逸鸿才悄悄绕到屋后，提心吊胆地潜伏着,生怕被人发现了当小偷对待。幸好没等多大会,梦荷悄悄出现在二楼阳台上。逸鸿要把食品袋递上去,梦荷不让。两人压低嗓音说了几句话,梦荷安慰他不要担心,催他快回去休息。

逸鸿回到旅馆,怎么也睡不着。焦虑了一夜,决定明天上门与梦荷父母谈谈。第二天一早逸鸿就把电话打到梦荷家里,是梦荷妈妈接的电话,她只是委婉地说梦荷还小,应以工作为重,对于他上门拜访的请求,她没有拒绝。忽然电话里传来梦荷爸爸雷霆般怒吼的声音:"你不要来,我跟你没什么好谈的! 要谈我跟你们校长谈,跟教育局长谈! 班主任跟学生谈恋爱,这像什么话!"

没等逸鸿答话,电话就被挂掉了。逸鸿被当作不受欢迎的人,而拒之于门外了。他感到了极度的孤独、自卑和凄凉。此时此刻,假如梦荷有一点点的犹豫动摇,凭他的傲气,他都会远去。是梦荷坚贞不渝的爱,给了他无穷的动力和希望。

第二天上午十点多钟,逸鸿又接到了梦荷的电话:"刚刚我爸妈请外婆来劝,但外婆倒没说什么,只是让我别不吃饭。"因为梦荷自小由外婆一手带大,和外婆感情很深。老人家阅历更多,也更了解外孙女的心情和脾气,因此并没有给她什么压力。梦荷内心很感激外婆。

逸鸿心中对梦荷的外婆也很感激,他又自责道:"也许我真是耽误你了!"

"不许说这样的话,都什么时候了,你是不是想当逃兵啊?"

逸鸿想了想说:"也许我们该作别的准备了,你先把所有证件收集好。"

"我知道,也只能这样了。"

原本他是打算等梦荷工作一两年后,再找机会跟她父母说这件事。真是应了那句话:计划赶不上变化! 是哪个多嘴多舌的家伙告的密? 逸鸿罗列了一长串嫌疑人的名单,都无法证实。

事情过了两年后,逸鸿才从姜利民和梦荷口中大致了解了事情的原委。原来那个告密者是逸鸿在晞州学院同一个办公室的同事姜利民。凑巧他跟梦荷的爸爸是好朋友。那是星期六的上午,姜与两位朋友开车到梦荷家附近的水库钓鱼,打电话约梦荷爸爸去水库。中午梦荷爸爸作为东道主,在水库旁的饭店招待他们。席间姜利民喝了几杯酒有些兴奋,就以玩笑的口吻对梦荷爸爸说:"林经理,你有女婿了,恐怕你还不知道吧?"

梦荷爸爸听后一怔:"你说什么? 什么女婿?"

姜利民说:"是晞州学院的教师,教中文的,跟我一个办公室。以前是梦荷的班主任。"

他之前曾听梦荷大致讲过班主任的基本情况,他也看过班主任两年来给梦荷所写的评语,当时还对梦荷说评语写得很有水平。现在一听这情况,急得忽地站起来,问:"他不是结婚了吗?"

"半年前离了。"

梦荷爸爸再也坐不住了,急忙回到家中,没进门就心急火燎地对梦荷妈妈吼道:"你教的好女儿!"

梦荷妈妈忙问怎么回事,待知道事情后,也感到了问题的严重性,马上哭出声来:"我就觉得这半年她周末很少回家,问她她说刚开始工作,要多用心备课。"

"赶快把她给我叫回来! 问清楚到底是怎么回事。就说我出车祸了,让她立刻回来!"

第三十七章 我心永恒

就算真的是万丈深渊,她也会心甘情愿地跳下去,这就是爱,这就是恋爱的人,不是身在其中的人哪里会明白其中奥秘。

已是零时,逸鸿刚从梦荷家回到宾馆房间。刚才他在梦荷家房前屋后转悠了四十多分钟,像个偷儿一样胆怯,生怕被人误会是图谋不轨之人。想到她被关禁闭,在她最需要帮助的时候,他却一筹莫展,一丝一毫都帮不上她,他真想在大街上喊叫哭泣。没有人知道当时他的心中是多么黑暗和绝望!他满腹辛酸!觉得自己是这个世界上最可怜最渺小的人。想到自己这一生似乎要经历永无止境的磨难!为什么一生都这样,永无称心如愿之日!为什么混得如此悲惨!是不该挣扎吗?不该追求吗?还是在追求不该追求的东西吗?是在强求和妄想才会这么累这么苦的吗?

脑海里各种思绪无休无止,互相纠缠,让他心力交瘁。只有短短的两天时间,他却仿佛已度过了两个世纪,让他身心疲惫,形容枯槁。凌晨两点,才沉沉睡去。

他不知道前天傍晚在竹海镇街口匆匆告别后,梦荷所经历的煎熬丝毫不比他少。那天梦荷跳下车便向百米远的家中跑去。院子的铁门像平时一样没有上锁，梦荷跑进院子，推开房门，猛然看见父母都好端端坐在客厅里，父亲抽着烟，客厅内烟味呛人。梦荷疑惑地望着父母，急于想得到答案，父母像不认识她一样，盯得她心中愈加慌乱。冰雪聪明的她凭直觉感到该来的终于来了，她竭力让自己冷静下来，凭本能尽力掩饰，像一只小鸟在暴风雨来临时身不由己地想去保护自己脆弱的小巢，最低限度地减轻暴风雨对它的打击。于是故意问妈妈：“出什么事了？要用那种吓人的话把我骗回来。”

“不那样说你会舍得回来吗?!”母亲满面泪痕地说。

母亲还想说什么，早已被按捺不住暴怒的父亲打断，他声色俱厉地问女儿：“周末不回来，留在学校干什么?! 跟谁在一起?!”

“不是说了要备课嘛。”之前梦荷确实是以这个借口争取到周末不回家的机会的。

“备什么课？还在瞒我们！你要瞒到什么时候？要谈恋爱，也要挑个合适的，怎么能跟一个大你二十岁，离过婚又有孩子的谈，这成什么体统?! 别人会怎么看，让我们怎么见人?!”父亲连珠炮一样发泄着心中的愤怒。

果然是知道了，梦荷想这也是迟早的事。也好，省得我开口了。想到这儿，心里反倒平静了些。

“有什么不能见人的？他是比我大，离过婚，那又怎样，又不是他的错。他人很好，正直善良，才华横溢。”

“你还说，作为班主任他就不应该跟女学生谈恋爱，就这一点就说明他师德有问题。养了你二十年，难道就比不上你们几个月的感情?!”

“这根本就是两回事，怎么能放在一起比较呢？再说这事根本就怪不得他，是我主动的。他也根本就不是你们想象的那样坏、没人要，之前还有小学校长追求他呢。”

母亲听出些名堂,不无嘲讽地对女儿说:"你还跟人家争呢!"

"管你说什么,这件事太丢人、太荒唐。我跟你妈坚决不同意!你要是还认父母,就马上跟他断绝来往。比他强的人多的是,你为什么要这样轻贱自己?你真是要气死我啊!"父亲的话说得很重,看到自己视如掌上明珠的女儿做出这样的事,他感到痛心疾首,寒彻骨髓!

梦荷心中充满了愧疚,为了不再火上浇油,尽早让父亲冷静下来,她不再做任何辩解,毕竟她确实深深地伤害了最爱她的父母。

晚上梦荷没有吃饭,母亲把饭端到楼上她的房间里,她也没吃一口,她实在吃不下。

母亲坐在床沿上,看着蒙着头躺在床上的女儿,温婉地劝说着:"别怪你爸爸冲你发脾气,你也不想想你给他出了个多大的难题!如果女婿只比他小五六岁,你让他怎么跟人说?你爸说了哪怕找个穷得一无所有的人,只要你喜欢,他也能接受。我和你爸都是穷日子过来的,从来也不会嫌贫爱富。我们在乎的是你以后能不能幸福。"

梦荷没敢对母亲说逸鸿那个家伙离婚时净身出户,就差没光屁股出门了。唉!我的小猪也真够倒霉的,怎么就混得这么惨!你就是有套房或有点存款,我也可以让我的父母稍微宽心些。可你就是这么一无所有,不仅如此,还得把每月三分之一的工资作为抚育费养女儿!要是我这次再向父母妥协,离开他,可能他出家的心都有。可以肯定的是他也许从此再也不会相信爱情和女人了。

梦荷想着心事,母亲在旁继续说:"你有没有想过,他都四十岁了。男女年龄相差个十岁、八岁,问题还不太大,相差二十岁,会出很多问题的。"

听了母亲的这些话,梦荷感叹母亲真是为自己的事想了很多。可她也不知道该如何劝说母亲,只能继续沉默。

她不是不明白,按照世俗观念,她的所作所为不只是离谱,简直就是荒唐至极。可是,这样荒唐至极的事情还就发生了,并且就真真切切发生在自己身上,让她心甘情愿、心醉神迷、不顾一切。她知道以后的生活即使她闭着眼睛什么都不用想,父母也会尽全力帮她操心到最好。在她们这富庶的江南,凭着她的条件,只要她愿意,安安逸逸地做个阔太太,就是一件水到渠成、再自然不过的事情。几年前,从她上中师的时候起,直接或间接跟她父母提亲的断断续续就有四五家,每一家无一例外的都是非富即贵的家庭。也正是因为这样,现在她的选择才让父母心中格外地不平衡。他们无疑深感女儿这是跳进火坑里去了,而且还不是一般的火坑,简直就是万丈深渊!就算真的是万丈深渊,她也会心甘情愿地跳下去,这就是爱,这就是恋爱的人,不是身在其中的人哪里会明白其中的奥秘。她知道这一生一世她是注定要与他生死相依了,没有任何力量能把他们分开。时至今日,难道她能够忘记内心多年的少女春梦、忘记睎州课堂的怦然心动、忘记湖心岛上的海誓山盟、忘记梅园小径的携手同行、忘记睎山深处的缠绵相拥、忘记数十万字的情书寄情、忘记假期分别的思如潮涌,抛下他心安理得地去做个阔太太吗?!若是那样,即使生活在黄金宫殿里,她也心神难安,她会一辈子在愧疚、羞耻和自责中受着煎熬,她的生命之花也必将在悔恨中早早地枯萎凋谢。一旦失去了她,她的小猪会怎样百倍千百地愤世嫉俗、自暴自弃!他将永远挣扎在沉沦中。而她即使端着最名贵的红酒,饮下去的也只会是他苦涩的眼泪。想到这些,她的内心更加坚定而强大。

母亲压根不知道女儿心中的这些想法,又劝解了许久,也不知女儿听进去了多少,她知道女儿从小性子就倔,绝不是几天就能扭过来的,就叹着气下楼了。

第二天,众亲戚都来了,大家七嘴八舌,列出能够想到的各种理由和古今中外的各种事例,主题只有一个,无非是百般劝说她及早放弃这种不明智的做法。

　　梦荷也知道母亲和亲戚说的并非没有道理，这些道理她懂得丝毫不比他们少。只是情根深种，早已与生命连为一体，即使懂再多的道理，又有什么用呢？只有一个信念，就是不能离开她的小猪，她的可怜可爱的小猪。梦荷心想，即使你们说得天花乱坠，说破天去，我就只是以不变应万变，绝不动摇，绝不做对不起小猪的事情。心中怀着这样的信念，她不辩解也不吃饭地坚持了两天。

第三部 ／ 彼岸花开

第
三
十
八
章
　
远
走
高
飞

"她已把自己完全托付给我
了!"他感到了生死不渝的
爱情和无比重大的责任。晨风
中神情凄美的梦荷,像一幅旷世
杰作,深深铭刻进舒逸鸿的内心。

荷儿:

　　现在是十四日零时十六分,我刚从你家那边回到锦程酒店的
房间。口袋里揣着给你的信,手里拎着给你的食品,我在你家房前
屋后转悠了四十多分钟,像个偷儿一样胆怯,生怕被人误会是图谋
不轨之人。多想见你一面,就看一眼也好,可是你没有露面,我想
在大街上喊叫哭泣! 我一点办法也没有。十二点刚过,你房间的
灯熄了,你知道我当时心中是多么黑暗和绝望啊! 心寒透了! 满
腹辛酸! 怀着无限的失望回到了房间,只想放声痛哭一场! 哭出
我的悲哀、我的辛酸、我的可怜、我的渺小、我的永无止境的磨难!
为什么一生都这样,永无称心如愿之日,为什么混得如此悲惨,是
不该挣扎、不该追求、心存妄想才这么累这么苦这么委屈吗?

　　当我从你家屋后绕到屋前,见你房间灯光已熄,一片黑暗,我
感到自己被整个世界彻底抛弃! 你不再爱我了! 你怕他们,你已
把我淡忘了,两天时间就淡忘了吗?!

从梦荷家回到酒店房间,逸鸿将满腹委屈胡乱写在笔记本上,然后和衣颓然躺到床上。

凌晨四点钟,逸鸿刚入睡不久就被呼机惊醒。他翻身坐起:"一定是梦荷!"急切地从枕边抓起呼机,跑去服务台回电话。果然是梦荷!

"你在哪里?"逸鸿急切地问。

"我从家里出来了,现在在明溪车站门前。"

"你注意安全,我马上就到!"扔下电话,回房间拎起背包,逸鸿飞奔到小镇街上,在路边上了一辆等客的小巴,直奔明溪车站。

凌晨路上无人,车子开得很快,不到二十分钟就到了目的地。逸鸿跳下车,往街上张望,在朦胧的晨雾里,看见梦荷那娇小苗条的身子站在对面街边的公用电话亭旁。逸鸿跑过去,见梦荷左臂弯里揽着他送给她的那件乳白色长风衣,右肩上挎着她平时用的玫瑰红小背包,神情凄美地立于晨风中,显得是那样孤单无助,让人心疼。"她已把自己完全托付给我了!"他感到了生死不渝的爱情和无比重大的责任,他发誓今生今世要用全部的爱去守护她、报答她!晨风中神情凄美的梦荷,像一幅旷世杰作,深深铭刻进舒逸鸿的内心。他跑上前抱住梦荷:"你怎么这么早就出来了?"

"昨晚爸妈让我今天回学校上班。规定以后每个星期五一下班我就要回家,他们安排小姨夫到学校接我。"

"他们这是想先把我们隔离开,最后让我们彻底分开。"逸鸿分析说。

"没有人能把我们分开。为了早点见到你,凌晨三点我就起床了。"梦荷深情地望着逸鸿说。

恍如隔世的逸鸿被梦荷的这份痴情深深地震撼了,更用力地拥抱着她:"这两天漫长得像两万年!终于又见到你了!走吧,车来了,上车再说。"

他们上了开往怡城最早的班车,车子沿着太湖边急驰。晨雾渐渐消散,天已放白!一路上两人很少说话,也无心去欣赏那美丽的湖上风光,只是紧紧依偎着,似乎在给对方力量。眼下的当务之急是对未来作出选择。是去是留?虽然之前两人也考虑过走,但能不走还是不走更好。相比梦荷,逸鸿更知道在家千日好,出门一时难的滋味。他是在苦难中长大的,再大的苦都能受,可是梦荷能受得了那份漂泊之苦吗?即使受得了,又怎能忍心让她去受呢?于是逸鸿说:"你先去上班,看来这件事要慢慢来了,只要你不变心,无论多久我都会等。"

"真的可以吗?你能等,我不能等。我怕我等不了多久就会被煎熬死的!"梦荷的话让逸鸿吃了一惊!梦荷说得对,留下来分明意味着她从此失去身心的自由,陷入孤独无助的境地,每时每刻都要独自面对父母和亲戚无休止的劝说、干涉和威逼利诱,这无疑是一场亲情的折磨和煎熬,这让梦荷情何以堪!梦荷顾虑得对,逸鸿深责自己没有设身处地为她着想。

"走,看来也只有这一条路了,三十六计走为上计!"逸鸿想。

梦荷将头倚在逸鸿肩上,柔声说:"带我走吧,走得远远的,走到一个没人认识的地方。最多五年,爸妈会原谅我的,尽管我是这么不孝,让他们伤心难过,可毕竟我是他们唯一的女儿!"

逸鸿再次对梦荷刮目相看,关键时刻,小丫头比他这个大男人更坚决果断,这让他对梦荷除了深深的爱恋外,又多了一份敬佩。

他们商量了一下,决定先到逸鸿先前工作过的鹭岛润英学校,看看能不能再进去任教。

车子到了怡城车站,下车过马路时,逸鸿莫名其妙地被绊了个跟跄,差点摔倒。逸鸿心中隐约有前途坎坷的预感。

梦荷在车站等候,让逸鸿去她学校的宿舍取回她的一些衣物。逸鸿敲开崔海英的房门,谎称梦荷犯肠胃炎住院了,特来取些用品,并拜托她代请一周的病假。海英问在哪家医院,逸鸿推说回头再打电话告诉她。

逸鸿提着梦荷的小旅行箱赶到车站,两人上了开往晞州的班车。一个半小时后他们到达晞州车站,马上打的到晞州学院附近他们平时约会的那个巷口停下,梦荷在车内等候,逸鸿匆匆赶回宿舍,以最快的速度将需要带的证件和衣物等装进旅行箱。从操场跑道往校门口走时,遇到陶敏跟他打招呼,他只说有事要回老家一趟。他先到校门对面的中国银行将存折上所有的存款全部取出来,清点一下,总共还剩六千六百余元,这便是他们两人今后赖以生存的全部家当了。来不及多想,逸鸿忙去与梦荷会合。因为心中一直在担心梦荷家人若发现她没到学校上班会立刻追过来,所以急急如漏网之鱼,一分一秒也不敢耽搁,生怕中间出什么纰漏,会毁掉他们的出走计划。逸鸿与梦荷会合后立即让司机开车,直接赶到晞州火车站。乘车到达上海火车站后,立即去买了一小时后去往鹭岛的火车票。上车前逸鸿特意给晞州学院办公室打了请假电话,但院长、书记、主任都还没到办公室,办事员小胡接了电话,逸鸿谎称奶奶病危,请假一周,请她务必告知张院长安排人帮他代课。逸鸿想先把这一周对付过去,过几天再跟院长说明原委,请他们安排接替他的人。没想到小胡竟把此事丢到了九霄云外,给逸鸿平添了擅离职守、不辞而别的一大罪状,这是后话了。

到鹭岛的列车开动时,逸鸿和梦荷悬着的心才放下来,两人不约而同地长出了一口气。两个苦命而又幸福的有缘人,从此将同舟共济、生死相依、浪迹天涯了。想到这里,逸鸿无限怜爱地将梦荷娇柔的身体紧紧地拥入怀里。

第
三
十
九
章

大
海
作
证

这里，只有他们，相知相
恋、相依为命的自由的灵魂和燃
烧的生命！谜底已经揭晓，林梦荷终
于和舒逸鸿一起比翼齐飞在蓝天碧海间！

　　第二天凌晨，列车准点到达了他们的目的地鹭岛。下车后，逸鸿带梦
荷乘渡轮到碧浪屿，找了一家靠海的宾馆住下。房间面朝大海，光线充
足，整洁而雅致。拉开窗帘，可以看到南方骄阳下的碧海蓝天和海天之间
成群自由翱翔的白鹭。他们相拥窗前欣赏了一会诗情画意的美景，心情
也变得纯净、毫无杂念，如同那自由自在的鹭鸟，在飞翔、在欢叫！终于自
由了！学校的约束、前妻的跟踪、家庭的阻挠、世俗的眼睛此刻都远在天
边。这里，只有他们，相知相恋、相依为命的自由的灵魂和燃烧的生命！
谜底已经揭晓，林梦荷终于和舒逸鸿一起比翼齐飞在蓝天碧海间！

　　两人在窗前站了一会，便沐浴休息。因为没有买到卧铺，两人坐了一
天一夜的火车都很疲惫，现在可以放松身心好好睡一觉了。

　　不觉到了中午，起床后，他们到宾馆旁的饭店吃饭，饭后两人携手漫
步在碧浪屿浪漫诗意的海滨小巷。内地已是初冬，可这里却依然温暖如
春、鲜花盛开，随处可见人家房前窗台上一簇簇开得正艳的三角梅。逸鸿
说他很喜欢作为鹭岛市花的三角梅，她艳而不俗，娴静淡定而又浪漫，像

一位气质优雅、举止从容的美少女。逸鸿对梦荷说："这花在气质的优雅从容上有些像你，不过只能代表你的一部分，也许要它与牡丹、芙蓉、玫瑰和梅花合起来，才足够代表你的形象。用牡丹代表你的雍容华贵，用芙蓉衬托你的清新脱俗，用玫瑰表现你的热烈娇艳，用梅花象征你的纯洁坚贞。"

"我哪有你说得这么好！不过我会把你说的这些作为努力的方向的"，梦荷说完冲逸鸿调皮地一笑："你以花喻我，那我就以动物喻你吧。这些动物没有花儿那么漂亮，可它们都是好样的！我要拿鸿鹄比喻你，因为你自幼就有它那样高远的志向，正是有了这样的志向你才能不断追求奋斗，不像大多数人那样不思进取、甘于平庸。我要拿良马来比喻你，因为你知识渊博、才华横溢，像它那样可以一日千里。我要拿仙鹤来比喻你，因为你举止优雅、风度翩翩、文质彬彬。我要拿老虎来比喻你，因为你勇敢坚强、很有魄力，敢于蔑视世俗势力。我还要拿大雁比喻你，因为你很有责任心，从不会丢下负伤掉队的伙伴，你是一个难得的情种，是可以放心托付终身的好情人……"

逸鸿被梦荷夸得不好意思起来，但心里美滋滋的："这张小嘴太会说话了，再说下去我可就飘飘欲仙了——我也把你的话作为对我的勉励吧！无则有之，有则光大！"

两人说笑着来到海滨浴场，此时沙滩上已没有了夏日的热闹，显得宁静而空旷，只有几个勇敢的人还在海中嬉戏冲浪。

夕晖正一点点地向海面降临，异常灿烂辉煌地洒在波浪上，似将绚丽无比的锦缎铺在海面上。或单飞或双飞的白鹭从远处飞来，又很快消失，它们都飞回到各自温暖的小巢去了。晚风从大海深处吹来，带来浓郁的海香味。风中的棕榈树显得高大而朦胧，不远处来往的轮渡闪烁着彩灯，不时传来的一两声汽笛打破了夜晚的宁静。对面的市区已是华灯齐上，碧浪屿上也已灯火辉煌。

逸鸿拥着梦荷坐在离岸不远的一块礁石上，静听着脚下有节奏的海浪声，沉浸在无边的爱恋中。为了这一天，为了这一刻，他们曾经经历过多少非议、多少阻碍、多少考验！由于他们彼此的真诚与忠贞、坚持与抗争，再付出了巨大的代价后才拥有了此刻的一切。

从海边回宾馆时，逸鸿从超市买了一瓶红酒、几根红烛、一些水果和一束花，又向饭店订了几个梦荷喜欢吃的菜，嘱咐他们送到房间里去。摆好酒菜，逸鸿和梦荷点亮了红烛，熄灭了电灯，在烛光闪烁的朦胧温馨而激动的气氛中，逸鸿无限深情地拥吻着梦荷，许久、许久。梦荷轻轻推开他，娇嗔地说："你总是这么贪婪，每一次都恨不能吃了人家！"逸鸿说："那是因为这只小肥羊太娇嫩太鲜美了！"

逸鸿将那束娇艳芳香的玫瑰双手献给梦荷："小羊，这束花里，一朵百合花，象征我对你的爱一心一意，象征我们的爱纯洁忠贞不染杂质；九朵红玫瑰，象征我们的爱天长地久！十朵康乃馨，象征平安吉祥，希望我们的未来幸福美满，也祝愿亲人健康平安！加起来二十枝，正是你年龄的数字。献给你，永远感激你抛弃富足安康的生活，伴我浪迹天涯！"

"谢谢夫君，从此你可多了一条甩不掉的小尾巴了！"梦荷调皮而又娇羞地说着接过花。逸鸿听到梦荷叫他夫君，觉得美妙犹如神仙。虽然梦荷早就在信里这样叫他，可是亲口称呼他还是第一次。忽然逸鸿假装严肃地说："不许叫我夫君！"

梦荷用探寻的目光望着他，不解地问："为什么呀？你不喜欢？"逸鸿说："现在还名不副实，过一会再叫才对。"

梦荷羞红了脸，要从他怀里挣脱，逸鸿忙哄她说："好好好，我的小娘子，你叫得对！其实我在心里早已一千遍一万遍地叫过你小娘子了！知道你的心早就属于我了。"

　　梦荷用洁白如玉的双臂环抱着逸鸿的脖子,似为他不平地说:"不知道别人怎样诋毁我们,把你说得多么不堪呢! 只有我知道你是个怎样的人。"

　　逸鸿说:"我只想尽可能地做个真实的自己,至于别人怎么说,那也是仁者见仁、智者见智的事,由他们去吧。中国人臆想别人私生活的能力恐怕在世界上首屈一指,在中国如果太在意流言必定会扭曲自我,一事无成。好了,可不能把我的洞房花烛夜浪费在讲闲话上了! 让我们干杯吧!"

　　梦荷在两人的酒杯里各斟上红酒,逸鸿祝愿梦荷永远清新脱俗,懂得真爱,快乐幸福! 梦荷祝愿逸鸿壮心不已,得遂所愿,平安快乐! 逸鸿又祝他们的未来充满希望、越来越好,梦荷又祝他们的爱情地久天长、幸福美满! 两人喝了交杯酒,又喝了几杯,梦荷不胜酒力,早已醉眼蒙胧,面如桃花了,娇躯温软,好一副贵妃醉酒的模样。逸鸿把她抱起来,轻轻放到床上。

第四十章 时过境迁

也许因为董事长对逸鸿当初的不辞而别不肯原谅，也许因为正值学期中间没有多余的职位，逸鸿不远千里前来投奔的润英学校并没有给他希望得到的职位。

第二天，一缕明媚的阳光透过窗帘的缝隙照进他们的新房。梦荷早已醒来，把头枕在逸鸿的臂弯里，紧紧依偎在他的胸前，千般慵懒，万般娇柔。逸鸿入迷地看着她，小丫头时而甜美地微笑，时而又若有所思。逸鸿知道她此刻一定在想着什么，从昨夜到今晨，对于她，是二十年来最不同寻常的时刻，她一定无数次怀着美好的憧憬向往着这一刻，而今这一时刻终于来临了。以前笼罩在她面前的层层迷雾，顿时消散了。眼前一片清新明净、美轮美奂、令人陶醉。昨夜今晨，她已完成人生中重要的蜕变，对她来说，这变化似乎有些太早太快了。

"怎么，后悔了吗?"逸鸿有些紧张不安地看她。

"是有点后悔——后悔没有早点嫁给你!"梦荷调皮地说。

逸鸿吁出一口气，"看我怎么惩罚你"，说着便去挠梦荷的脖子和肚子，梦荷一边护着身体，一边叫着"不敢了，不敢了"。两人闹了一回见时间不早了，也都有点饿了，便起床吃饭。然后乘渡轮来到市区。

逸鸿带梦荷在海边商场转了转，给她买了一条围巾，一只拎包，又去柜员机上取了些钱。随后便携手到万石植物园游玩了一趟,拍了一些照片。吃过午饭后,他们买了些水果,来到鹭岛大学蔡秀清老师的家里。蔡老师的爱人唐老师是鹭岛大学的历史系教授,去年刚刚退休。唐教授是个十分慈祥风趣的人,让逸鸿想到晞州学院那位亲切的厦门老头。夫妻二人拿出水果,泡上功夫茶,热情接待了这两位私奔的人。逸鸿大致介绍了他离开润英学校以后的情况,以及他与梦荷的情况与处境,并谈了他想重返润英学校的意愿,征求蔡老师的意见。蔡老师建议先要求得何董事长对他当年不辞而别的谅解,再谈工作方面的事。她要逸鸿对董事长说因为当初受顾荣华排挤,万般无奈才决定离开,为了怕给她添麻烦,才没有告诉她。逸鸿觉得蔡老师说得很合情理,便接受了建议,决定明天去润英学校见到董事长时就这样说。凭着当初在润英学校时董事长对他的了解,相信她应该能够谅解。与蔡、唐二位老师告辞后,逸鸿又带梦荷就近去南普陀和鹭岛大学海边走了走。天色已晚,二人便回到了碧浪屿宾馆,早早休息,准备明天去润英学校办要紧的事。抓紧找到工作安顿下来,一直是逸鸿心头的一件迫在眉睫事关生存和尊严的大事。不能让梦荷太受委屈,更不能失败了再跑回去,所以找到工作是当务之急。

第二天一早,逸鸿和梦荷就乘车来到润英学校,逸鸿来到老同事周伯雅家里,大致谈了分别后这两年的经历和这次来的目的。周伯雅说:"很怀念当初咱们在一起共事的日子,你离开润英后,经常听到老师和同学提起你,大家都对你两年前离开润英学校感到很惋惜。现在如果你能再回润英,那是最好不过的事情。"说着周伯雅站起身来,要带逸鸿去见新校长。二人来到坐落于太阳广场的办公大楼,校长办公室位于三楼。校长五十多岁,中等身材,老成持重,听口音是当地人。周伯雅向校长热情介绍了逸鸿当年在润英的表现,以及离开的原因。校长也很客气地向逸鸿了解他在晞州学院工作的情况,以及对民办教育的看法。逸鸿一一作了回答。校长不住点头,表示赞许,并称赞他教育理论造诣深厚。周伯雅不失时机地称赞当年逸鸿主编的《培华润英》如何深受师生和家长好评。与校长谈了大约半个小时,校长说民办学校很需要他这样能教能研能写的优秀教师,他让逸鸿等消息,他还要跟董事长商量一下。逸鸿感谢校长的肯定。

也许因为董事长对逸鸿当初的不辞而别不肯原谅,也许因为正值学期中间没有多余的职位,逸鸿不远千里前来投奔的润英学校并没有给他希望得到的职位。

当晚逸鸿给远在安城、合城和海城等地的几位学兄打电话寻求帮助。在安城担任教育局副局长的学兄方仁华推荐他去鹏城,并帮他联系了现在鹏城实验学校高中部的周文,叫他到鹏城后直接去学校找周文。

第四十一章　鹏城奔走

"要拥有大海般的胸怀和精神，永远也不要向困难低头！要像海明威所说的那样：人生来不是要给打败的，你可以消灭他，可就是打不败他！"告别大梅沙时，逸鸿怀着这样的感慨，向大海挥手。

　　决定离开鹭岛的那一天，逸鸿与梦荷先去润英学校与周伯雅夫妇告别，对他们的帮助表示感谢。他们夫妻为未能帮他办成事情感到惭愧，祝愿他们到鹏城能有好机会。与他们告别后，逸鸿又带梦荷在集美学村、鳌园和陈嘉庚故居游玩了一回。下午四点，他们从集美车站登上了去鹏城的长途客车。

　　寄予厚望的鹭岛之行就这样结束了，又要开始新的征程，此去鹏城前景又会怎样？真如仁华兄所说机会会比鹭岛更多吗？假如鹏城之行不济，下一步又该作何打算呢？逸鸿一路上想着心事。

　　车子在早上七点钟到达鹏城车站，逸鸿与梦荷在车站附近的小饭店吃了早饭，便乘车来到周文所在的鹏城实验学校。通过门卫的帮助，很快在校门口见到了周文。他中等身材，温文尔雅，面带微笑，一望便让人有遇到老大哥的感觉。逸鸿作了自我介绍，又说："给你添麻烦了。""不客气，情况仁华都跟我说了。你们进来吧。"周文把他们带到办公楼三楼的一处露天平台上，这里是一处安静的所在，周围绿化得很好，平台上摆放了五六套桌椅,还有遮阳伞,显然是供老师休闲用的。此时正是上课时间,没有什么人,显得很清静。他们在一张圆桌前坐下,周文对逸鸿说:"上午你们就在这里休息一下,你可以带上应聘材料去科研处、教学处联系一下。注意不要说到我,这里人际关系复杂,说了效果可能相反。"又交代了几句便去上课了。

逸鸿让梦荷在那里休息,自己带上应聘材料去找科研处和教务处。科研处负责人翻阅了逸鸿厚实的材料夹,让他在一张求职登记表上填上个人有关信息,然后签上请教务处安排试教的意见,嘱他去找教务处办理。教务处又签了意见,请语文组安排试教。到了语文科组办公室找组长,有老师说出去开会了,下午才能回来。逸鸿只好回到露天平台处去找梦荷,正说着话,见周文来了。逸鸿把情况大致介绍了一下,此时已是中午休息时间,周文便带他们去餐厅吃饭。吃了饭,周文又带他们到学校礼堂,那里正为午休的师生放映一部外国电影《偷天陷阱》。

下午一上课,逸鸿便找到语文组长,简单说明来意,并把那张签有科研处、教务处意见的表格给他,又将自己的文凭、获奖证书、发表的文章和出版的著作一一呈上。组长矮胖身材,其貌不扬,随便翻了一下逸鸿的材料,便打发说:"我们这里需要的是能够熟练教高中的人手,你是教师范的,所以建议你还是去师范学院或专科学校比较好。"逸鸿没想到刚到鹏城的第一天就碰了壁。

"这混蛋!这是什么逻辑?教师范的就教不了高中了!"下午放学时,一见到周文,逸鸿便愤愤不平地说。

"这家伙自己是平庸之辈,一向忌惮有才能的人。一定被你的材料震住了,就找了个借口来打发你,他这样做已经不是第一次了。"周文也面露怒色地说。

"我不明白,你们这学校的科组长怎么可以不听教务处的,教务处要他安排试教，他怎么可以置之不理，自作主张？"

"这里面的事情一言难尽。"周文叹气说，"连一次试教的机会都不给，试过了再说行不行嘛！"

到达鹏城的第一次求职的经历大大颠覆了逸鸿往日对鹏城的印象，给他的热情浇了一盆冷水。以前在内地看小说和电视剧，主人公似乎无一例外地最终都去了鹏城，并在那里找到了大展宏图的机会，就像水浒英雄历尽磨难最终都在梁山施展抱负一样。现在来看，那只不过是文艺作品的理想主义描写罢了，与现实完全不是一回事。在文学作品里，鹏城已然成为作家笔下理想境界的一个象征符号，如果没有这个鹏城，他们也会构想出鹰城、燕城，或者雀城来，然后把在现实世界里无处安身立命的主人公打发到那里去。

一路这样想着，不觉跟着周文到了他所在的住宅小区临湖一村。乘电梯到达八楼，周文取钥匙打开房门，请他们进屋。厅很宽敞，左边是餐厅，摆着冰箱和餐桌，右边是客厅，摆放着红色牛皮三人沙发，四十七寸彩电。里边靠左的一间是主人卧室，右边是小孩房兼书房。逸鸿和梦荷进门时，见女主人正忙着做饭，还有一个十分聪明可爱的七八岁的小男孩正坐在沙发上开心地看着动画片。周文对妻子介绍了客人，又介绍了妻子宁梅和儿子晓晓。之前逸鸿听方仁华介绍说宁梅跟周文同校，是校医。宁梅嫂子秀气俊美，说话带着明显的家乡安城口音，像在表演黄梅戏。"晓晓，吃饭喽。"她唤儿子吃饭时的吆喝，似能一下子把人带到山明水秀的江南田野去。周文夫妇招待逸鸿和梦荷吃饭，宁梅说："今天没来得及准备，明天再给你们接风洗尘。"逸鸿和梦荷忙说："这就已经够给你们添麻烦了，可别再张罗了。"边吃饭，逸鸿边介绍了自己与梦荷的情况，主人表示理解。周文说自己当年从家乡出来，也是逼上梁山。先去海南待了几年，后来才到了鹏城。夫妇二人要他们就把这里当自己的家，不用客气。饭后,给他们在晓晓房里铺了地铺,晓晓则跟着爸爸妈妈睡。

晚上逸鸿和梦荷二人睡不着觉,先说了会周文夫妇的厚道,后来又商议明天的计划,直到后半夜才沉沉睡去。

第二天一早,周文夫妇赶着去上班,逸鸿和梦荷也早早出了门,按照昨晚的计划,去找学校。他们简单吃了点早饭,便去街边的报亭买了一张最新版的鹏城交通图,然后在一家商场门前的长椅上坐下,从西到东,把地图上的学校都一一圈下来。接着他们便去了附近的两所学校。第一所学校的门卫说现在是学期中间,没听说缺老师,叫他们去别处看看。后一所学校的门卫听说他们是来求职的,便问有没有与校长预约,得知没有,告诉他们明天预约了才能进校。梦荷分析说:"这样没准备地跑没用,没听那门卫说要预约吗,我们最好先把这些学校校长的电话查出来,再打电话联系,有眉目了再到学校去。既省得车费也省得力气。"逸鸿抚弄了一下梦荷秀发,称赞说:"小丫头够聪明,就这么办。"接下来他们在街头的电话亭向114查号台连着查询了二十多所学校的电话号码,从初中到高中到大学都有,也有职业技术学校和民办学校。只要是现在能给他们提供一个代课教师职位和落脚之处的任何学校,他们都会很高兴很感激地投奔它。对逸鸿来说,有生以来,生存的压力从来没有像现在这么大。眼见银行卡里的数字越来越小,逸鸿内心的焦虑也一天天地强烈起来。"带着心爱的人儿闯天下,大言不惭地向她宣誓要给她幸福,结果却食不果腹,流浪街头,不要等到世人的嘲笑,你自己还有何面目活下去!"爱情固然美好,却也要有面包。"舒逸鸿,你的面包在哪里啊?"尽管内心焦躁,可是却还要故作镇静。但是,他的一举一动、一颦一笑,难道会逃过梦荷冰雪聪明的眼睛?况且他从来都是一个把喜怒哀乐写在脸上的性情中人。要洞悉他的内心还不容易?"亲爱的,别太着急了,不才走了三所学校吗?你看,还有好几十所呢? 这里面总有一所学校的大门是对我们开放的,只不过我们还没走到它门前而已。再说，我们不是已经讨论过了吗，就算找不到，我们还可以先到你父母那里去，等下学期开学前再来，那时一定会有更多机会。做最坏的打算，就算这里一个机会都不给我们，我们还可以去别处，公办学校不行，还可以去民办学校，民办学校不行，我们还可以调回你的老家去。相信凭着我家小猪的实力，肯定能拱出一片肥沃的草地的！"关键时刻梦荷发挥她开心果的调皮逗笑的才能，让逸鸿忍俊不禁，心头又多了一份对小丫头的爱怜和拱出一片草地的干劲。苦中作乐的患难夫妻啊！笑过之后逸鸿心中又禁不住叹息。

下午照着查询到的电话号码一一打过去，不是电话无人接听，就是不缺教师。到傍晚，两人疲惫地回到临湖一村周文的家里，没想到主人已将酒菜摆上了餐桌，正式为他们接风洗尘，还将家里的钥匙给了他们一把。周文和宁梅夫妇的真诚热情和周到的招待，让他们两个落难蒙尘的人倍感温暖和感激。趁着吃饭时，逸鸿和梦荷说了这一天求职的经历。周文说让他们自己先联系着，他也在帮他们打听，一有消息就会告诉他们。周文的话给逸鸿和梦荷莫大的鼓励。

第二天晚上回来，周文告诉逸鸿，他已经联系好了，叫他明天去找荔林区荔山中学的张恩云，他是那所学校的副校长，在鹏城语文界颇有影响，又说他也是安城人，是皖江大学中文系七七届的。听说是学兄，让逸鸿心中又平添了一份信心和亲切感。

到达鹏城的第三天上午，逸鸿到荔山中学找到了张恩云校长。他个子不高，瘦瘦的，皮肤黝黑，态度温和，举止儒雅，双目炯炯有神。与仁华、周文一样，都是老大哥型的，逸鸿感到这次来鹏城能得到这三位仁兄的关照和帮助，实在是幸运。在家靠父母，出门靠朋友，真是至理名言。逸鸿向张恩云作了简单的自我介绍，又讲了这几天求职的情况，希望能得到学兄的帮助。张恩云请逸鸿到办公室，他坐到桌前分别给东港区语文教研员和东港中学校长各写了一封推荐信，让逸鸿明天去那里看看。并说他会帮他留心有关招聘教师的信息。

　　到达鹏城的第四天上午，逸鸿和梦荷一早就到了东港区，这里环境雅致，凭海临风，比市区更多了一份难得的清爽和宁静。这不由得令逸鸿想起鹭岛的杏林，心想若能到这里是很开心的。走过几条街，到了东港区教育局，找到那位姓王的教研员，向他呈上张恩云的推荐信。王教研员看罢信，面露为难之色。稍稍沉吟了一下，说："你们来得很不凑巧，因为目前东港全区正在进行机构改革，东港区是全市的试点区，目前情况下人员进出处于冻结状态，所以想帮忙也帮不上。"

　　出了东港教育局，逸鸿想：再去东港中学找校长也是白找，没必要再去碰这个钉子了。到海边去走一走，放松一下心情吧。不一会，两人乘车来到不远处的大梅沙。细软的沙滩一直绵延到海边，蔚蓝的大海在阳光下涌动着巨大的波浪，在岸边激起冲天而起的白色浪花，那气势何等壮观、何等浪漫！逸鸿拉着梦荷赤脚走在海边，兴致极高地与海浪嬉戏、追逐，多少烦恼都随风飘散。"要拥有大海般的胸怀和精神，永远也不要向困难低头！要像海明威所说的那样：人生来不是要给打败的，你可以消灭他，可就是打不败他！"告别大梅沙时，逸鸿怀着这样的感悟，向大海挥手。

第四十二章 柳暗花明

在我们前进的道路上，有坦途也有坎坷，有成功也有挫折，衷心希望当你在前进的道路上遇到坎坷和挫折时，一定要点亮那盏属于你的希望之灯，让她照亮你的万里前程！

接下来的几天，他们又一一拜访了行知学校、华侨中学、滨海中学和鹏城大学等学校，都一无所获。这让逸鸿的情绪又低落下来。

到达鹏城的第九天的上午，逸鸿又去荔山中学找张恩云，想向他报告一下去东港教育局的应聘情况。一见面张恩云就说："来得正好，我正愁着没法通知你呢。现在碧湖中学有一个机会，初三的一个女教师要生孩子了，急需一位代课教师。现在她的课由备课组的同事兼着，学校最近找了几个人，试教的结果都不理想。因为是初三，业务不过硬的人，他们不敢把学生交给他。现在我们就到那边去。"

荔山中学与碧湖中学相距不远，步行十多分钟便到了。一路上张恩云边走边向逸鸿介绍碧湖中学的情况：该校是鹏城重点学校，有三十个初中班和二十四个高中班，近三千名学生，校长姓蒋。在校长办公室，逸鸿将自己的材料呈给蒋校长，校长没有看材料，只是微笑着问张恩云："从师范学院来的，没教过初三，行吗？""行！水平很高，一点问题也没有。"张恩云毫不含糊地打了包票。校长拨通电话，叫来教导处康主任，康主任进门时,张恩云向逸鸿介绍说:"这是教导处的康主任。"逸鸿忙站起来与他握手问好。蒋校长指示康主任明天安排一堂课让逸鸿试讲。康主任将逸鸿带到他的办公室,打电话叫来语文科组长卢老师,一同商量明天试教的事。最后决定明天第一节课在卢老师的高一(1)班试教,试教内容是巴金的散文《灯》。卢老师带逸鸿去他办公室取来课本,嘱他回去备课,明天八点钟之前到校上课。从语文组办公室出来,逸鸿又去校长办公室向校长简单汇报了一下明天试教的安排,并与二位校长告别。张恩云祝他明天马到成功。

成功或者失败?这是关系生存和尊严的问题。逸鸿觉得这一次的考验,无疑是他有生以来最严峻的一次,只许成功,不许失败!他没有失败的资格。出来时仅有的六千多元钱已经花掉大半,再找不到工作后果严重。这样想着,逸鸿以最快的速度回到周文家,立即坐下来研究课文,构思教案。快到中午,也顾不上吃饭,梦荷下楼买来一些食物当午餐。赶在下午放学前,逸鸿写出了教案初稿,想等周文下班后让他看看,提提意见。周文看了,说可以,要他就照自己的构想放开了去讲就可以了。晚上,逸鸿又把课文反复研究了几遍,把教案改了又改,并在教案上标明每个环节要用的时间,直到凌晨两点才上床休息。

第二天,这已是逸鸿和梦荷到达鹏城的第十天,也是年底的最后一天,明天就是元旦了。早上七点半逸鸿和梦荷就到了碧湖中学,等待那决定命运的时刻。逸鸿去上课,梦荷看他有些紧张,没有多说什么,只说:"加油,祝你猪到成功!"逸鸿把教学过程各个环节又在脑海里过了一遍,心中念着:"只许成功,不许失败!"伴着上课铃声,逸鸿走进教室,他注意到后排坐着教导处康主任、语文科组长卢老师和其他几位老师。

师生问好后,逸鸿说:

学习课文之前，让我还是先给同学们讲一个古代读书人的故事吧。古时候有位到京城去赶考的读书人，在一条僻静的街上租了一间小屋，日夜苦读。由于晚上要用功，他每天傍晚都会到斜对面的小杂货铺去买一支蜡烛。后来有一天，杂货铺的老板发现连着两天那位读书人都没有再去他店里买蜡烛，便拿上一支蜡烛，推开读书人的房门，给他点上了那支蜡烛。一下子光明充满了整个小屋，当小店老板得知读书人已经没钱再买蜡烛时，便回到店里拿了一小笔钱给他。过了几年，有一天忽然有人来找这位杂货铺老板，仔细一看，才发现来人正是当年的那位读书人。他如今已是一位有钱的商人，这次特来答谢当年的恩人。这位当年的读书人对小店老板说：几年前的那个晚上，当你拿着蜡烛推开我房门的时候，我正准备自寻短见。那时我进京赶考，名落孙山，盘缠也已用完，连买一根蜡烛的钱都没有了，觉得无脸回家见家人，小屋里一片漆黑，我也是万念俱灰，正想一死了之。你推门进来，点亮了那支蜡烛，让我的心里一下子亮堂起来，于是打消了寻短见的念头。后来我用你送我的那一小笔钱开始做小生意，生意越做越好。这一切都多亏了您当年给我的那支蜡烛啊！

请同学们根据老师所讲的这个故事，再联系我们今天将要学习的课文《灯》，以及同学们的观察感悟，课后写一篇以《蜡烛》为题的作文。

在完成第一个环节的导入任务后，逸鸿立即引导同学们进入第二个环节。他先用潇洒飘逸的字体板书课题《灯》和作者巴金的名字。按照备课时设计的步骤，简介巴金的生平与创作情况，以及课文《灯》的写作背景，教读课文中重点词语的语义和读音。完成了这些基础知识的教学之后，教学进入赏析课文这个关键环节。逸鸿用深沉抒情的语调示范朗读了第一段课文。然后指导同学们用齐读与个别读的方式，读一部分赏析

一部分,随着赏读活动的进行,黑板上也逐渐出现精练完整的板书:

巴金《灯》:希望之灯——爱情之灯——信念之灯

在教学进行的过程中,逸鸿趁学生朗读课文时,用眼睛的余光注意时间,当全部课文赏析完成时,正好还有五分钟。此时逸鸿已觉成竹在胸,最后的五分钟他用饱满的情绪和强烈的激情发表了这一课的结束语:

同学们! 每当夜幕降临,整个鹏城华灯齐上、灯火辉煌。回到家里,坐在桌前,打开台灯,房间里一下子充满了光明! 这有形的灯对于我们的生活学习是多么重要。可是,在漫长的人生之路上,我们还需要有一盏属于自己的希望之灯! 曾经有一个孤身的行人,夜晚赶路时,不慎跌入一口废弃的矿井中,靠着井壁上渗出的小小的水珠和自己的尿液,他坚持了七天七夜,最终获救,那是因为他有一盏属于自己的希望之灯! 美国作家海明威在《老人与海》中塑造了古巴老渔民桑提哥亚的硬汉形象,他在凶险的大海上与鲨鱼进行了殊死搏斗,虽然最终打到的那条大马林鱼被鲨鱼吃个精光,使得他出海八十三天依然两手空空,但他仍骄傲地说:人生来不是要给打败的,你可以消灭他,可就是打不败他! 那是因为他的心中有一盏属于自己的希望之灯! 俄罗斯文豪列夫·托尔斯泰晚年曾经产生过严重的信仰危机,但是他从一只乌鸦身上得到启示:人应该有一双心灵的翅膀,当心灵就要堕入万丈深渊时,你要扇起你心灵的翅膀,飞起来,飞到空中! 那也是因为他的心中有一盏属于自己的希望之灯! 同学们,在我们前进的道路上,有坦途也有坎坷,有成功也有挫折,衷心希望当你在前进的道路上遇到坎坷和挫折时,一定要点亮那盏属于你的希望之灯,让她照亮你的万里前程! 谢谢你们!

逸鸿满怀激情、一气呵成,发表了这篇感情真挚、文采飞扬的结束语。每当他讲到"那是因为他的心中有一盏属于自己的希望之灯！"这句话时，全班同学都激情澎湃地跟他一起高声说出这句话。他的话音刚落，教室里响起长时间的热烈的掌声。随着掌声的响起，此时下课的铃声也正好敲响。康主任激动地走到讲台上，与逸鸿动情地握手，连声说："很精彩，很成功！把我这个门外汉都给征服了。"语文组长也附和说："激情难得！激情难得！"接着康主任对逸鸿说："明天是元旦，放假一天，元月二日你就来上班吧，到时候找卢老师就行了。"康主任和卢老师一起回到他们的办公室去了，逸鸿携着授课资料缓步走下楼梯，在操场旁草坪的长椅上找到在那里等着他的梦荷。梦荷有些紧张地望着逸鸿，想要从他脸上找到答案，逸鸿故意一脸凝重，停了一会，梦荷安慰说："没关系，我们再想别的办法。"逸鸿说："不用啦，你家老猪刚刚拱出了一片属于我们的草地！"梦荷恨不能扑过来给他一个热烈的香吻，但这是学校啊，于是含情脉脉地说："走吧，我的英雄！晚上好好犒劳你吧！"

出了碧湖中学，他们开心地到街上逛了一会儿，到下午，又到商场给晓晓买了一套衣服、一件玩具和一些水果。在周文家吃了最后一顿晚饭，他们收拾了行李，千恩万谢地离开了周文家。两人来到离碧湖中学不远处的红豆宾馆住下，准备迎接新年的曙光和他们在鹏城的新生活。

第四十三章 碧湖落脚

想到在这座城市
暂时有了一方立足之地，
有了只属于他们两个人的自由
小天地，逸鸿和梦荷心里倍感欣慰。

元旦过后，逸鸿到碧湖中学上班。按原计划接替那位生孩子的老师代初三的五、六班。安排好教学上的事，逸鸿去找总务处安排住宿，总务处把他安排在教工宿舍，与一位来自安徽桐城的代课教师康安民住一个房间。将梦荷安排在隔壁的女工宿舍。逸鸿带梦荷去看那个房间，里面住着四五位做保洁工作的女工，房间却既脏又乱。梦荷在门口只待了几秒钟就转身离开，面露不悦之色。逸鸿也不愿让梦荷住在这里，于是就去找康安民商量。康安民与逸鸿年龄相仿，是上学期应聘到这里代课的，目前教高三语文。他也是通过张恩云介绍来的，又与逸鸿是老乡、同事和室友，也算缘分，逸鸿跟他说："我爱人能不能跟我一起住这里？"

康安民说："行，那边都是什么人，怎么住得了！"

开学第二周，升旗仪式结束后，逸鸿正准备回科组办公室，学校党总支的陶书记走过来叫他去她的办公室。这位五十多岁的女书记挺亲切随和，这使他想起晞州学院的吴晓芙。到了办公室，陶书记用询问的眼神看着他："听说你有一位比你小二十岁的爱人？"逸鸿说："是。"书记又问："你们是不是跟康老师同住一个宿舍?"逸鸿答:"是。"书记说:"这样不大好,别人听了会怎么说?"逸鸿说:"我们也不想这样,可是能有什么办法?"书记便不再说什么了。

回到办公室,逸鸿坐在办公桌前,回想刚才与书记的对话,分析是什么人到书记那里告了他一状,他初来乍到,可没有一个敌人。可能是"有正义感"的人因为看不惯的缘故才去告状的吧?他又想到上周五午餐时,曾有两人到宿舍去找康安民,却又不像有什么事,分明是去暗访"男女混住"的真相。可能是他们!可是他们又是怎么知道的呢?康安民!一定是他了。这个大嘴巴!

中午下班回到宿舍,趁康安民去食堂了,逸鸿提醒梦荷注意康安民这个大嘴巴。星期二第一节课,逸鸿刚走上讲台宣布上课,忽见陶书记手中拎个听课专用的小凳子从后门进来,坐到了后门靠墙的地方,并随手翻开了听课本。这一课逸鸿按授课计划讲的是语法知识。下了课,书记也没说什么,只与就近的学生聊了几句,就到别的班继续听课去了。星期四上午第二节上课时,逸鸿惊见那位陶书记又来听课了!这次还有年级组长陪同,逸鸿觉得奇怪,一般领导听课,听一次也就算了,哪见过隔天又来的?逸鸿判断一定是上次因为讲的是语法,书记没听明白,无法对他这位新来的代课老师作出准确判断,所以杀了个回马枪。逸鸿觉得既好笑又紧张,忙调整心态,抖擞精神,要给书记大人一个好印象。可能因为这一课教的是《葫芦僧判断葫芦案》,课文本身就有趣,加上逸鸿讲得生动,书记大人很满意,一下课就走到讲台来,称赞他讲得很精彩,有味道。可是真正让逸鸿惊喜的是书记接着说的一句话:"学校马上给你们解决住宿问题。"逸鸿忙不迭地说:"多谢书记关心!多谢书记关心!"年级组长朱锦波也对书记说:"看得出舒老师是教学的一把好手!很有内涵!很有特色!"书记连声说:"不错!不错!"

　　第三周,周一刚上班,书记就打电话给逸鸿,说已与一位老师谈过话,让她腾出一间房给他,让他去找那位老师拿钥匙。逸鸿兴冲冲地去初三化学备课组找到那位女老师,态度谦恭地作了自我介绍,说明了来意。那位老师满脸不高兴,说她还没收拾好,让他耐心等几天。三天后,眼见快到周末了,逸鸿打算趁周末空闲时,将那房间打扫一下,就又去了化学组,那女人竟没好气地说:"没见过这么催逼人的,像地主逼债似的!你总得等我有时间吧!我没时间,你催也没用!"逸鸿忍住气问:"那请问你什么时候有时间?""那可没准!"逸鸿扭头就去找陶书记,将两次交涉的情况如实汇报。陶书记说:"真不像话!明明说好的嘛,怎么想变卦?那间屋子她平时也不怎么去的,她家离得不远,中午多半回去休息的。让她退出来,如果中午不回去,可以去女教师集体宿舍休息。没道理!我再找她。"

　　第二天下午快放学时,陶书记让年级组长朱锦波将钥匙交到逸鸿手中。逸鸿拿着钥匙,像是中了大奖似的,赶紧回到那间为他惹出风波的混合宿舍,把消息告诉了梦荷。随后两人忙来到教工宿舍楼六楼找到位于最西边的那间单身宿舍。打开门,见这间房不过十平方米,靠东墙放了一个双层铁架床,跟大学宿舍里用的一样。北墙有一扇窗,窗下放了一张破旧的桌子,一把暂时还能坐的靠背椅。屋内地上一片狼藉,见证着那女人撤离时的愤怒与不满。

　　逸鸿不明白:"这间小屋对她毫无用处,对我们却是雪中送炭,她又不用,霸着这么间小屋究竟是为什么?"

　　梦荷说:"有些人就是这样,占着茅坑不拉屎都觉得舒服。"

　　逸鸿说:"她有政府分的福利房住着,却要来与我们这样一无所有的人争这间小破屋,这世上真是什么人都有!"

　　一边说着一边开始打扫起来,上上下下、里里外外、角角落落都扫了个遍。到鹏城一个月了，先是在周文家住了一个多星期，又在旅馆住了两个晚上，又在混合宿舍住了两个星期，现在终于有了一间属于自己的小屋。

梦荷很开心，拥着逸鸿："谢谢你，我的小猪，又拱出一片草地！"

"这与竹海家里你的那个宽敞雅致的闺房可没法比，让你受苦了！"逸鸿心疼地说。

"不是你说的，只要与心爱的人在一起，就是在尘世的天堂！我现在可是在天堂里，还有什么不满足的。"梦荷调皮地说，"舒同志，面包会有的，房子会有的，一切都会有的。"

自从与梦荷在一起，逸鸿一直被她的乐观从容所感染，更为她淡漠物质享受，一心专注于精神世界的富足而感动。他知道，没有这一点，他们无论如何也不可能在一起。有钱人家踏破门槛去提亲，她却义无反顾地与他这个落魄书生在一起，除了爱情还能有什么理由?!

收拾好房间，当天晚上他们便搬了过来，去与康安民告别时，他分明有些不舍，情动时说出了他令人心酸的家事：他之所以从老家出来，是因为家庭原因。他妻子与单位领导相好，要与他离婚。他不同意，没想到老丈人竟闹到他学校，百般数落他的不是。老家待不下去了，只好跑到这儿来，如今正读初中的儿子也与他疏远了，而他还时时惦记着儿子，每月都把辛苦代课挣得的工资寄回去给儿子。初来鹏城时，好久找不到工作，甚至萌生扮盲人按摩的念头。

回到六楼的那间小屋，逸鸿对梦荷感叹："唉！这世上还有多少不幸的人！与康安民相比，我已经非常幸福了！因为有一位温柔娴静、纯洁美丽的爱人与我朝夕相伴，这是多么美的事啊！我真不该再抱怨命运不公了！"

梦荷说："那么容易满足？这可不像你。我知道你有一颗远大的不安的心，只不过暂时被环境压抑住了，才会这么想。一旦情况好转，你一定会眺望远方，你是永远不会满足于现状的。"

逸鸿承认梦荷分析得对："知我者小羊也，不过人生有时真是该知足，该感恩的，也该知道对坏事不应太抗拒。比如这间小屋的事吧，其实它是由坏事送过来的，不是好事者去告状，书记不会关心一个代课教师的住宿问题，也就不会一再去听课考查，验证这家伙是否值得操心，也就不会用心去说服那位霸道的女教师，也就不会有我们的这间小房子了。这不是坏事变好事了吗？所以说到底，我们还是得感谢那两位好事之徒呢。"

想到在这座城市暂时有了一方立足之地，有了只属于他们两个人的自由小天地，逸鸿和梦荷心里倍感欣慰。

代课满一个月时，发了第一个月的工资一千六百元，其中一千五百元是拥有高级职称代课教师的标准工资，另一百元是监考补助。有了这一笔收入，逸鸿和梦荷很是兴奋，他们去买了一罐液化气，一个煤气灶，两只锅，和其他一些炊具，然后去超市买回一些蔬菜、肉和水饺之类，又给梦荷买了一盒她爱吃的冰激凌。他们把煤气灶放在门口走廊上，梦荷下厨，逸鸿当助手，终于吃到了自己想吃的饭菜，再也不用去买学校食堂的饭菜了。

每天晚上，他们提着两瓶热水，到七楼楼顶的一个小浴室洗浴。洗完澡，便坐在天台上，眺望满城灯火。梦荷说："什么时候这万家灯火中能有一家是属于我们的，那该多好啊！"逸鸿学着梦荷的腔调："面包会有的，房子也会有的！"在这座城市虽然他们还只是个外来打工者，没有正式的工作，也没有自己的房子，但是因为有了爱情，他们比很多有房有车有高薪的人过得都开心。

第四十四章 相濡以沫

因为有了你，我的生活开始有滋有味，我的人生变得五彩缤纷。你是我此生最爱的人，我永是你一个人的爱人，我为你将把热情耗尽。

日子过得真快，转眼过了一个多月，寒假将至，两人做好了在鹏城过春节的打算。为了能让梦荷看上春晚，逸鸿想买台电视机，可是资金有限。逸鸿想起康安民曾说过他把自己原来的一台十四寸彩电寄放在某位老师家了，他一直想要回来。逸鸿便去找康安民，说："你去把那台电视要回来吧，我买你的。"康安民正巴不得，很积极地答应去要回电视，可过了几天都没动静。逸鸿又去问，没想到康安民说那位老师说他家小孩看惯了，让康安民就当送给他，反正也不值什么钱的。逸鸿很气愤："怎么净碰到这类不明事理的人！寄放的东西怎么能据为己有呢！"康安民也颇着急，可能是怕逸鸿不买他的了，就打包票说今晚就拿过来。这一次还真是说到做到了，他果然把那电视机抱到逸鸿小屋里来了。逸鸿按事先说好的二百元买下，打开后屏幕模糊一片，原来天线没有了。康安民忙说可以插一截铁丝代替，于是逸鸿找来铁丝插上，果然能看到图像了，但是信号极不稳定，要时不时地把铁丝转上一转。不管怎样，总算能让梦荷看上春晚了，逸鸿和梦荷就这样度过了到鹏城的第一个春节。

　　寒假过后,逸鸿被调去教高二年级的七班和八班。开会时,他没有听到康安民的名字,散会后向同事打听,说他被解聘了。过了两个星期,他突然来敲门,向梦荷借了一百元钱,说过几天就还,却并没有来还。又过了十多天,逸鸿与梦荷去超市买菜回来,刚走到校门口,就听见有人叫他,转身远远地看见康安民跑过来。逸鸿问他现在在哪里,他说还在找工作,接着便向他借五十元。逸鸿把口袋里买菜剩下的七八十元都掏给了他。他又说过几天去张恩云那里借了钱就还他。逸鸿与梦荷每提起他,便似见他喝着那三元多一瓶的白酒,抽着四元钱一包的香烟时的落魄沉默的样子和神情恍惚的眼神。"一个现代的孔乙己。"逸鸿叹息着对梦荷说。也不知他到底是否找到新的工作单位,还是真的去做盲人按摩了,或者已回故乡。

　　学期结束前,校办主任通知逸鸿办理调干考试手续。考前的一周,有好心同事提醒逸鸿去招考办主任家表示一下,并告诉他招考办主任的爱人是我们学校的校医,可以找她拉拉关系。逸鸿想没这个必要,特区不是讲究靠实力吗?

　　逸鸿又一次犯了书呆子病,呆在哪里,呆在不懂得有实力是一回事,有权的人承不承认你有实力是另一回事。在鹏城要想成功,第一步自己先要有实力,第二步要设法让掌握你命运的人承认你有实力,两样缺一都混不下去。舒逸鸿就千不该万不该省掉了第二步,所以在椰林区调干考试最关键的面试环节,在如何评价他这一课时,多数评委认为他所设计讲授的《荷花淀》一课很有新意,很有实力,可打高分,可是招考办主任却横加指责,极力贬低,让他最终的成绩明显低于平均分。这让他愤愤不平,却又无可奈何。

　　这件事让他颇受刺激,认识到自己骨子里潜藏着的清高孤傲难免不让他在现实面前屡屡碰壁。想到自己又一次出走异乡,又一次被逼上梁山,这是因为性格还是因为命运,或者兼而有之? 有人说性格决定命运,可是性格又是怎样造成的,是环境和天性吗? 环境滋养着天性,天性演绎成性格,性格促成了行动。正是永远不向庸俗生活低头的性格,促使他不断地去追求更高洁更理想的境界,也因此让他比别人遭遇更多的坎坷、挫折和艰辛。

这一次他以破釜沉舟的决心带着梦荷一路狂奔,远远逃出晞州那片是非之地。这一路过来,披荆斩棘,杀开一条血路,硬是在这座拥挤的城市抢得了一处立足之地,尽管还是代课教师这个临时职位,但是他会以此为据点,渐渐开辟成一片属于自己的牢固的根据地。

逸鸿清楚现在是他一生中最具挑战性的时刻,不仅因为丢掉了在晞州学院的正式工作,使前途变得很不确定,更因为如今艰辛漂泊的不只是他一个人。也许因为快要承受不了对于父母的那份愧疚之情,也许自以为如今成了逸鸿的累赘,那天晚上吃过饭到操场散步的时候,梦荷忽然幽幽地说:"也许没有我的拖累,你会更容易成功。"逸鸿说:"没有了你,再大的成功又有什么意义?"停了一下逸鸿又说:"该不是你撑不下去了想要离开吧?"梦荷说:"只是担心太委屈你了。"逸鸿说:"我可没那么娇贵,要说委屈的是你这位娇小姐啊! 对不起,让你从理想的彩云间跌落到现实的火坑中了!"

散步回来,想到刚才与梦荷的对话,感觉意犹未尽,逸鸿提起笔来,又写起久违的情书来。

荷儿:

　　今晚,你的一句话,好似撩开人生舞台幕布的一角,使我窥见了幕布后那烟霭缭绕的旅程,隐约看见我们俩人在岔路口洒泪而别。我孤独而悲壮地伫立在风雨凄迷的旷野,望见你孤单娇小的身躯渐渐走向那迷茫的未来。风雨无情地撕扯着你的长发,挟裹着你向那无边的天际渐行渐远。那远方有什么在等待你？是灿烂的阳光、娇媚的玫瑰、阴晦的长冬还是凄凉的苦旅？我感到了震撼灵魂的悲凄和骨肉分离的创痛。是涓生与子君故事的重演？是宝黛悲剧的再现？若是前者，只能让人可怜——竟不如那先前的一对勇敢；若是后者，并没有死神将我们分开。谁人还能与我同行，风雨兼程？谁人还能怜你宠你，甘苦与共？湖心岛、鹿鸣山再也不能携手同行。梅园幽会、蠡园荡舟永成追忆之梦！我的小羊将成为别人的新娘，这致命的一击，将使我堕入万劫不复的深渊。

我的爱，让我们重新振作，挣脱这泥潭困境，去开拓一条属于我们心灵的人生之路，任坎坷多艰，荆棘丛丛，你我水乳交融，甘苦与共，携手同行，终不负这一场千载难逢的玫瑰缘，让此生生死与共、荣辱与共、爱无止境！

要向着未来，看到光明，走出困境，迎接黎明！不信你我久居此地，不信未来此路不通！海阔凭鱼跃，天高任鸟飞。我们该扇起心灵的翅膀，去搏击人生的风雨。而不是贪图安逸，躲避困难，只会唉声叹气。人生不稀罕叹息！鹏城不相信眼泪！拼争才是硬道理！我爱你！永不止息！

给我力量！给我安慰！给我信心！给我勇气！

你是我的贝亚德！

小猪

梦荷看罢，既笑逸鸿太敏感，又觉得有些抱歉："我不该说那句话，让你有这么多忧思！"

正是初夏季节，南国的海风洋溢着浪漫多情的气息。为了给梦荷过生日，逸鸿特地在周末陪梦荷到东梅沙海滨游玩。他们先在海边走了一会，拍了不少照片，接着换上泳衣下海游泳。换上泳衣的梦荷很是性感靓丽，以至于当她穿过海滩走向海边的时候，吸引了周围所有男人的目光。

逸鸿听到有人低声说:"快看,那边来了个超级性感的女明星!"

傍晚从东梅沙回家后,逸鸿和梦荷一道去学校附近的万佳超市买来生日蛋糕和梦荷爱吃的鳊鱼、虾还有一些熟菜,两人一起做了来鹏城后最丰盛的一顿晚餐。吃饭前,逸鸿取出藏在被子下的生日礼物,一件玫瑰红的丝绸唐装。梦荷高兴地穿上,瞬间变成一位高贵娴雅的古典美人。

吃完饭,逸鸿又把一封生日贺信递到梦荷手上,梦荷说:"啊,好久没收到情书了,这真是及时雨啊!"边说着边展开信纸。

小羊,最亲爱的妻:

亲爱的!许久没给你写信了,只顾着工作,忙忙碌碌的,忽视了这一项我们彼此珍爱的谈心的事儿。趁今天你生日的机会,给你写这封信,往日鸿雁往返的情意又一次溢满全身。之前我们写下的几十万字的情书,随着岁月的流逝,会日益显得珍贵。

亲爱的!这一天特别值得记着。一是因为这是我们比翼双飞后你过的第一个生日;二是因为这是在远离故土几千里的鹏城;三是因为这是我们的爱情获得完全自由后你过的第一个生日。所以特别值得祝贺!

此时此刻禁不住想起去年的今日,在晞州学院的那间小屋里,我为你献上你最爱的娇艳的红玫瑰,点上温馨的生日蜡烛,把戒指戴在你的小手上,在辉煌朦胧的烛光里,为你的生日共同举杯。你又一次不胜酒力,娇憨地喝醉,以至第二天的你依然那般娇媚。我也很难忘记,去年我生日的那个晚上,你从怡城赶到晞州,带来一大束玫瑰和一大盒蛋糕。特别是送来了你这个上帝的礼物——可爱的小美人。那是我有生以来最华贵最幸福的一个生日之夜,我将终生不会忘记。

亲爱的,昨天我去万佳买回了那件丝绸上衣,把它藏起来了,想给你一个小小的惊喜,别怪我不能给你买更多更贵重的礼物,因为我暂时还没有能力。时常对你抱愧，觉得没能给你什么安慰，带着你忧愁带着你受罪。可是你始终无怨无悔。我从内心深处深深地感激你！

因为有了你，我的人生和心灵发生了翻天覆地的变化，你的聪慧、你的柔媚、你的忠贞、你的深情，一天天地融化我原本冰冷的心，你化冰山为春水。

因为有了你，我的生活开始有滋有味，我的人生变得五彩缤纷。你是我此生中最爱的人，我永是你一个人的爱人，我为你将把热情耗尽。

亲爱的，生日快乐，永远快乐！你的快乐就是我的快乐！

让我们像自由鸟一样飞翔在快乐浪漫的玫瑰园的上空。

千万次地吻你。

你的小猪

第四十五章　寸草春晖

谁言寸草心，

报得三春晖。

　　从鹭岛到鹏城这段时间，逸鸿全身心地为生存奔波，完全无暇他想，将近一个月了也没有跟父母联系。由于到这里之后把原来的传呼号换成鹏城的号码了，因此这一个月没有得到父母和亲友的任何信息。

　　等到在碧湖中学初步安定下来后，逸鸿才有心情给父母去电话。母亲在电话里听出了儿子的声音，又是惊喜又是着急，差点没哭出声来："你跑到哪里去了？这么长时间也不来个电话，我跟你爸都快急死了！你们校长打电话找你，林梦荷的爸爸一天几次电话过来问，再三说既然已经这样了，女儿的名声也坏了，再找人家也不好找了，就随你们去了。不会再为难你们了，只想叫你们快些回来。"

　　逸鸿说："我们回不回去，以后再说。我们在这都挺好的，你们不用担心。很多人到这儿，发展得都不错。"

　　电话里又传来父亲大嗓门的教训："你都多大了，什么时候能安定下来，不让你妈担心？！"

　　逸鸿对父亲从小到大都有一种逆反心理，总觉得父亲不像母亲那样充满关切，设身处地为他着想，而是一说话就是训斥，因此总是本能地排斥，可是此时此刻他也不想辩解什么，只说："你们不用担心，好好保重身体。过两天再打电话给你们。"

回到宿舍，逸鸿把电话内容详细告诉了梦荷，梦荷听到父亲不再难为他们，希望他们早点回去的消息后，忽然哭了起来。逸鸿忙把她搂在怀里，"看样子你爸爸已经原谅我们了，应该高兴才是。"

梦荷哭着说："我真是个不孝的女儿！从小到大，爸爸都把我当掌上明珠，只要是为我，付出再多都无一句怨言。我比谁都清楚这次出走对他的伤害有多大，本来想怎么也得过个几年才能得到他的原谅，这才几天他就原谅了?! 他为什么这么快就原谅我?! 他怎么那么容易就原谅了深深伤害他的人？我宁愿他骂我不理我，那样我心里会更好受些！"

"这就是父爱！父爱如山，静默而深沉，"逸鸿说，"谁言寸草心，报得三春晖。虽然儿女永远报答不了父母的大恩，但是也要努力报答。以后我们好好努力，用行动去报答他们，尽量弥补吧！"

第二天傍晚，逸鸿母亲又来电话询问逸鸿现在的通讯地址，并说今天已把他的传呼号码告诉了梦荷的爸爸。逸鸿估计梦荷家会有电话打来，果然刚跟母亲通完话，呼机就响了起来，一看正是梦荷家的电话。

"是你家的电话，肯定是你爸爸。"逸鸿把呼机给梦荷看，梦荷本能地躲闪，仿佛那是一枚炸弹，逸鸿知道梦荷此时还完全处于愧疚和自责中，不可能去回这个电话，他只好硬着头皮到楼下，鼓足勇气拨通那个电话，不知该怎么称呼，只好用"喂"来代替。

"是舒逸鸿吗?"电话里传来那早已并不陌生的男高音，只不过这次已没有上次那样的雷霆之怒了，隐约还能感到一点善意，这让逸鸿紧张的心情稍微放松了一些。

"是，你好。"逸鸿说。

"这些天两个学校的领导都在找你们,希望你们早点回去上班。"梦荷爸爸劝说道。

"回去也不是个事,既出来了就只能做出来的打算了。"

"做了这么多年,什么都不要了?"

"没办法,只能顾一头了。"

"在外面人地生疏,还是回来好……你既然要和我女儿在一起,只要你们好,我们都没意见。"

逸鸿说:"谢谢你们!我跟梦荷商量一下吧。再见!"

挂断电话,逸鸿回到宿舍将刚才通话的内容向梦荷复述了一遍。逸鸿说:"在你爸那句'你既然要和我女儿在一起'之后是不是省略掉了'就是我的女婿'或'我们就是一家人'之类的话?不然有点前后不连贯。"

梦荷说:"他就是有那样的意思,也不好说出口。反正他们是已经原谅我们了呗。"

"怎么答复回不回去的问题呢?我答应要跟你商量这件事的。"

"写封信,把我们的想法如实告诉他们吧。"

"好主意!写信更好,你先写,我也附些话在后面,再寄一张我们的合影给他们,让他们看看拐走他们女儿的家伙究竟是长什么样的。"

梦荷马上坐在桌前写信。

亲爱的爸爸妈妈:

你们好!

这些日子让你们伤心难过着急担心,这都是女儿的不孝!虽然做父母的已原谅了女儿,可是女儿心里充满了深深的愧疚!

也许爸爸妈妈至今也不明白从小到大一直都乖巧的女儿怎么这一次这么不听话,就像爸爸说的"养了你二十年,难道就比不上你们几个月的感情",不是比不上,而是这是两种不一样的感情,就像爸爸对奶奶和对妈妈的感情也是不一样的。无论到什么时候，无论在哪里，女儿对爸爸妈妈的爱都是不会改变的。可是我也无法抛弃对他的感情。虽然他无权无钱，离过婚，又比我大了二十岁，在世人眼里我们根本不般配，可在我眼里，他正直、善良、儒雅、才华横溢，却饱受磨难和委屈，认识了他，了解了他，不由得同情他、崇拜他、爱慕他、信赖他，跟他在一起再苦再难也开心。这些都不是钱和地位能换来的。

至于说在哪里生活的事，出来前我们就想过了，出来后就更加明白了：出来更适合我们，这里不像内地那么保守，生活比较自由。虽然暂时比较困难些，但将来会越来越好。许多人都是这样过来的。在这里我们会好好努力的，爸爸妈妈不用太过担心了。

逸鸿接下去写道：

我深知我们的行为给你们造成了很大的伤害和困扰，虽然出于无奈，却也不能不深感愧疚和不安！我只能更用心地呵护梦荷，为她创造幸福的未来，去报答你们的宽容和谅解！

写毕，他们挑选了一张在梅园的合照，照片上的逸鸿沉静儒雅、目光坚毅，很显年轻，看起来不过三十来岁；梦荷笑容甜美、小鸟依人，脸上绽放着幸福满足的笑容。逸鸿的左手紧握着梦荷的右手，右手爱抚地揽住梦荷的纤纤细腰，梦荷的左手也爱恋地揽在逸鸿的腰间。照片给人的感觉是郎才女貌、亲密无间、幸福甜蜜，好一对情投意合、如胶似漆的亲密爱人！两人想之前梦荷的父母没有见过逸鸿，又听到别人说的梦荷"跟着一个有钱的老头子跑了"之类的传言，一定倍感忧虑和难堪，看到照片后，知道情况并不像传说中的那样，心里一定会好受些。逸鸿和梦荷相信这张照片一定会起到很大的安抚作用，让父母知道他们是多么相爱，并能让他们对逸鸿增加些感性的了解。

第二天一早梦荷就出门去给父母寄信，因为担心平信不保险，特意跑到邮局寄了挂号信。下午逸鸿在办公室接到传达室的电话，通知他去拿汇款单。逸鸿心中疑惑，忙跑去，拿到汇款单一看，是爸爸寄来的一千元钱！捧着这张薄薄的汇款单，逸鸿觉得像捧着一座山。"这可是父母节衣缩食省下的退休金啊！"想到自己工作这么多年并没有给父母多少安慰，反倒时常让他们烦恼担心，如今还要接受父母的资助，不禁百感交集，潸然泪下。过了两天逸鸿又收到梦荷妈妈寄来的六千元汇款。这些钱真是雪中送炭，让逸鸿和梦荷特别强烈地感受到这世上至高无上弥足珍贵的骨肉亲情。"谁言寸草心，报得三春晖！"逸鸿不禁深情吟出这千古名句。

逸鸿和梦荷出走的这些日子里，两家父母每天都寝食难安，担心他们会失去稳定的工作，在异地他乡难以生存；担心他们举目无亲、无人照应；担心他们的未来会居无定所、四处漂泊。

为了减轻父母的忧虑，他们除了写信、打电话，介绍现在的工作和生活情况外，还告诉他们正在努力争取早点调到鹏城。也许上次寄去的照片起到了安抚的作用，临近放暑假的时候，梦荷的妈妈要他们回家，说父母已经原谅了他们，亲友们也很想念他们。半年前出来时，梦荷做梦也没想到这么快就可以回家了。这让她既高兴又惶恐，若回去吧，心中羞愧难当，实在没勇气面对他们；若不回去，岂不更让父母伤心失望！左右为难。逸鸿说："反正早晚都得见一面，见就见吧，我们就用负荆请罪的心情去见他们吧！"梦荷表示赞同。于是便开始准备。白天梦荷把两人回去要用的衣物等一一收拾好，晚上又一同到天虹商场给梦荷的爸爸买了两条中华烟，给梦荷的妈妈买了一套进口化妆品和一件时装，又给外婆买了件衣服。第二天他们预订了三天后的火车票。做完这一切，两人心中才稍微安定些。

第四十六章　重回故里

"都是缘分。"岳母很平静的一句话给了逸鸿很大的震动，心想："缘分！说得太好了！一切都是命中注定的缘分，无须指责埋怨，无须惭愧道歉。"

　　放暑假的第二天，逸鸿和梦荷踏上归途，坐在火车上，凭窗远眺，各自想着心事。这次回去，与半年前从老家出来到鹭岛去，心情迥异。那次出来的心情是既有久困樊笼的鸟儿终获自由展翅蓝天的喜悦，又有对前途未明的淡淡忧虑。而这次回去的心情既有对得到父母谅解的感激和宽慰，又有怕见父母的惶恐和羞愧。一路上设想着到家后的种种场面和见面后要说的第一句话，逸鸿还有另一个难题，就是怎样称呼梦荷的父母，毕竟他们仅仅相差五岁，基本上属于同时代人，要张口叫爸妈，本就不易，况且逸鸿的性格天生腼腆。梦荷也担心父母不能接受逸鸿，怕谈不拢，会把他赶出去。

　　上午十点多钟，在晞州火车站下车后，两人在附近找了家宾馆先住下来。逸鸿与梦荷约好，梦荷在宾馆先休息一下，再去街上转转，他去看望女儿，下午再一起回竹海的家。

　　这天正是周末，逸鸿打电话与女儿约好到她现在所住的城西的家中见面。逸鸿先到商场给女儿买了一箱可口可乐、一件裙子和一个书包。

几经打听，终于找到女儿所住的小区。见到女儿时，逸鸿马上把她紧紧抱在怀里。十岁的女儿比半年前分别时长高了一些，却明显消瘦了不少，也没有原来那样活泼。逸鸿问了女儿一些学习上的事情，鼓励她要学会坚强，嘱咐她常常给爸爸写信，告诉她爸爸会常来看她。父女俩说话时，一旁的曹慕荣一如既往地冷嘲热讽、骂骂咧咧，让逸鸿甚是恼怒，但想到好不容易才与女儿见上一面，内心一直忍耐着。逗留了一个多小时，逸鸿站起来告辞，女儿抱住他，不愿松手。逸鸿就又多停留了一会儿，与女儿再次拥抱后，这才心中凄然地走出去。刚走出二十米，忽听身后传来一声尖锐的哭声，逸鸿回头看到女儿光着双脚大哭着朝他追来，又一次扑到他怀里。父女俩就这样拥抱着站在小区的路边，直到女儿平静下来，曹慕荣又过来劝慰半天，才把她连劝带拉地带回家。逸鸿心如刀绞，丧魂失魄般呆立许久，才慢慢转身，步履沉重地往前走去。

回到宾馆，见梦荷已经回来。两人吃了中饭，便乘上开往竹海的客车。梦荷在离家还有二十里的明溪镇给家里打了个电话，报告已到明溪，临了又试探地问母亲："有地方住吗？"得到母亲肯定的答复，才略略放心。一路上两人心事重重，几经辗转终于快到镇上了，一种近乡情怯的滋味涌上心头，一时竟都有掉头跑掉的念头。最终还是硬着头皮到了家门口。

"回来了！梦荷他们回来了！"随着坐在门口的梦荷的小姨一声喊，大姨夫、大姨、小姨夫、大舅、大舅妈、二舅、二舅妈、小舅、小舅妈，还有外婆和梦荷的表姐小英，都从屋里出来了，逸鸿感到热闹的气氛冲淡了本来可能会有的尴尬。梦荷把外婆和众亲戚，一一向逸鸿介绍了一遍，每介绍一个，逸鸿也跟着叫"外婆""大姨夫"……介绍完了，独不见父母，梦荷问："我爸妈呢？"大舅妈说："你爸在公司里，你妈正忙着做饭呢。"梦荷便先去厨房见了母亲，又去附近的保险公司见了父亲。

此时宽敞的客厅里早已摆好了桌椅和餐具,亲戚们都招呼逸鸿入席。他们一再让逸鸿坐上席,逸鸿再三辞谢,坚持坐在末席。梦荷去公司见了爸爸回来,到餐厅陪亲友去了。一会儿梦荷爸爸也回来了,坐在上座,与逸鸿隔着一个座位。做交警的小姨夫坐在梦荷爸爸和逸鸿中间,他是酒宴上最活跃的,也是这次家宴的"酒司令"。酒宴开始,亲戚们轮番向逸鸿敬酒,逸鸿本来也有二三两的酒量,但在这样的场合,他始终表示不能喝酒,每次都浅尝辄止。亲友们也不勉强。待众亲友都劝了一遍酒,逸鸿从大姨夫开始,一一回敬他们,最后轮到向岳父敬酒,他调动身上的每一个细胞的勇气,叫了一声"爸爸",岳父也并不轻松,轻应了一声喝干了酒。最艰难的时刻终于熬过去了,逸鸿暗暗吐了一口气。想到人家把女儿养了二十年,你才只叫了这两个字,有什么不情愿的?这样想了,心里就释然了。有了刚才的经历,随后去女宾桌上敬酒就轻松多了。饭后,逸鸿又忙着帮岳母收拾餐桌、洗碗。亲戚们说了会儿话就要回家了,逸鸿到大门口一一送别。待众人离去,逸鸿不禁在心中长叹:"人生中最艰难的一顿饭终于吃完了!"

吃了晚饭,岳父叫逸鸿到二楼与他一起将放在衣帽间的一张大床抬到一楼的电视间,岳母与梦荷抱来被褥枕头等用品。逸鸿注意到这些都是全新的,内心对岳父岳母更添了一份感激。"可怜天下父母心!我们深深地伤害了他们,他们却还能如此无微不至地关怀我们,不是至亲的父母谁能做到!"想到这些逸鸿甚至有一丝悔恨,觉得当初也许不该只想到自己的幸福,而把这么好的父母置于痛苦无助的境地!

第二天,亲友们轮番请客,差不多过了一个星期,才算拜访完毕,逸鸿也慢慢地与众亲友熟悉起来,与他们谈点学校里和竹海本地的事情。

平时逸鸿除了抢着帮岳母刷碗、扫地、洗衣服之外,趁岳母择菜时也帮些忙,与她叙叙家常,逸鸿的主要意思还是想找机会表达一下歉意。

"这半年让你们伤心难过地过日子,我和梦荷心里都很不安,很愧疚,甚至不敢回来见你们。"逸鸿终于说出许久以来一直想说的话。

"感情上的事我们终归能够理解,只要你们好就好。"岳母宽慰他说。

"想到曾给你们带来那么大的麻烦,我有时想当初要是一直留在鹭岛,不到晞州来的话就好了。"逸鸿又说。

"都是缘分。"岳母很平静的一句话给了逸鸿很大的震动,心想:"缘分!说得太好了!一切都是命中注定的缘分,无须指责埋怨,无须惭愧道歉。"逸鸿真切地感到现在他遇到了这世上最善良最宽厚最慈祥的岳母,也是他第一个和最后一个岳母,唯一的岳母。虽然她是一位仅比他大了五岁的岳母,但是在他心里,却已是与自己的母亲一样,受到他的尊敬和热爱。

暑假期间逸鸿带梦荷回了趟淮北老家,去看望了父母。又选了个吉日去民政部门领了结婚证。离开竹海前的晚上,吃饭时,岳父叮嘱逸鸿独自在外要多与同事交往,与领导搞好关系。岳母又给了梦荷一万元钱,梦荷推辞。岳母说你们现在正处在创业阶段,在大城市里花钱的地方又多,梦荷只好接受了。

第二天,岳父开车与岳母一道把他们送到了晞州火车站,列车开动时,看到父母在站台挥手,梦荷再也忍不住了,又一次泪流满面。

第
四
十
七
章
　
代
课
教
师

　　奋斗改变命运，梦想能够成真。
　　路，总是从无路的地方走出来的！

　　新学年开始，由于全区学校合并重组，有些老师要分流到碧湖中学，这样碧湖中学的职位就不够了。学校想把逸鸿推荐到椰林外语学校去，逸鸿考虑到上学期调干考试得罪了那位姓周的招办主任，继续留在椰林区对调动不利，遂决定谢绝碧湖中学的推荐，转而到沙湾区去。这次他换了个聪明的办法，径直到沙湾区教育局人事科去打听消息。听他说明来意，科长说："你来得真巧！你看这是棕榈中学的政工赵主任，这是红树中学的政工刁主任"，又对站在他桌前的两位政工说："正好你们两个学校都缺语文代课教师，你们一起协商吧！"逸鸿先向二位女士问好，并记下了她们的电话，以方便联系，棕榈中学的赵主任与他告别后又去别的部门办事去了。逸鸿便陪红树中学的刁主任一同走出教育局。刁主任三十四五岁，身材修长，给人一种认真干练的感觉。逸鸿边走边向她请教调动究竟是怎样的程序，得到的答复是每年七月份有一次调干考试，考第一名才可以调动。逸鸿嘀咕："这么苛刻！谁能保证一定能考到第一名！"把刁主任送上红树中学的校车，逸鸿决定先到棕榈中学去看看。

　　棕榈中学位于市中心区不远处的一个安静社区,面积不大,却很精致。逸鸿到政工办公室去找赵主任,她也刚从教育局回来。赵主任颇面善,她热情地接待了逸鸿,看了他的应聘材料,随后叫来语文科组长,两人商量安排他第二天下午三点来校试讲。逸鸿带着组长给他的教材回到碧湖中学。梦荷已做好饭菜正在等他。

　　第二天下午,逸鸿提前到棕榈中学。试教在装修雅致的会议室进行。除政工赵主任、语文组长张老师,还有吕校长,共二十多人。逸鸿还是第一次面对如此阵容强大的考官队伍。试教的课文是茅盾的《白杨礼赞》,逸鸿设计用两课时教完。模拟教学完第一课时,吕校长说"第二课时就不用讲了,你读一段课文听听吧"。逸鸿便读了开头的几个自然段,直到校长喊停才停下。这次试教的氛围远没有到碧湖中学的那次试教严肃,所以逸鸿试讲时也格外轻松舒展。讲毕,见各位考官表情都很轻松,并愉快而赞赏地传阅着他的应聘材料,中间还听到有人说:"好啊,我们这儿来了个年轻的高级讲师呐!"

　　试教完刚回到碧湖中学,逸鸿的传呼机就响了起来,一看是棕榈中学的吕校长打来的,赶忙到楼下回复。吕校长说:"今天下午你讲得很好,明天上午就到学校来找我。"第二天逸鸿和梦荷一道去棕榈中学。逸鸿让梦荷在校园里随处转转,他独自到吕校长办公室去,吕校长向他简要介绍了棕榈中学的情况,说学校发展很好,在全区中考成绩名列前茅,很需要他这样年轻有为的人才来校贡献才智。又说鹏城这地方竞争很激烈,没有学校的帮助,调干考试很难调进来。他说你来,学校会帮你的。逸鸿表示感谢,随后找语文组长张老师拿了初二的教材和办公室的钥匙。又带梦荷去住宿的地方看了看。那是一个单间,中间用布帘隔出里外间,靠墙各有一张单人床,门外走廊处有个小卫生间。一想到要与别的教师合住,逸鸿便烦恼起来,毕竟自己不是单身一人,这样住不仅自己不方便,也连累别人不方便。这肯定不行。他问陪同看房的后勤主任，有没有别的住处。主任打开走廊对面的房门，说那里的单间是出租的，每月一千二百元。逸鸿想我代课一个月工资才一千五百元，租房一千二，还活不活！再三问也是没有别的办法可想。因此逸鸿决定去红树中学看看情况。

乘车沿着鹏城大道西行二十分钟，便到达红树中学。一进大门，逸鸿和梦荷都一齐叫出来，原来这地方他们半年前来过。那是刚到鹏城的时候，那次他们到创新中学去求职，从创新中学出来走了两条街，想上厕所，就找到了这里。当时感觉学校陈旧黯淡，逸鸿还对梦荷说："怎么鹏城还有这么破旧的学校，感觉像是老家的乡镇中学。"是不是太有缘了，走了一圈竟又绕回到这里！

逸鸿找到政工刁主任，刁主任便带他去见校长。校长五十来岁，中等个头，偏瘦，显得精明而慈祥。刁主任介绍说："这是程校长，复旦核物理系的高材生，在皖南生活过十几年，可算是半个老乡了。"听刁主任说是老乡，程校长便问逸鸿是哪里人，逸鸿说是梦蝶县的。程校长说那地方二十多年前他曾经路过。听程校长说他大学毕业被分到皖南，在那生活十几年，对那里怀有很深的感情。逸鸿颇有他乡遇故知的感觉。一会儿刁主任过来告诉他，学校明天上午统一安排几位求职的老师试讲，请他去找组长拿教材作准备。告别校长，拿了材料，又去看了住宿的情况，是三室一厅的套房，后勤的人说要两家合住，调进来后可以单独住一套。逸鸿想这地方地理位置偏是偏了点，学校条件也差了点，可住宿条件比棕榈中学强多了。当前首先要解决的是生存问题，而红树中学可能正是因为地理位置比较偏僻，所以过来求职的人也比较少，住房条件也就比别的学校宽裕。从住宿需要考虑，此时逸鸿已有到红树中学的想法。

几位试教的都被录用了，随后给他们分配了新学期开学后的工作，逸鸿被分配教初一的两个新生班，并兼任其中一个班的班主任。后勤处的人也给他们安排了住处,逸鸿与一位来自皖南的姓马的英语教师合住在三楼的一套教工宿舍。下午逸鸿先去棕桐中学找到后勤主任和语文组长,说明了另去他校的原因,交还了办公室钥匙和课本。又去碧湖中学住处收拾了一下,叫了一辆的士,把衣物炊具搬到红树中学宿舍内。

新学期开学后,逸鸿全身心投入到教学和班主任工作中,对他来说,教学工作没有什么挑战,让他头疼的是班主任工作。全班五十六名学生,百分之八十来自建筑工人家庭。他们的父辈便是当年开创鹏城基业的退伍工程兵。当年,这些在一片废墟上建设鹏城的功臣们,只身在这里奋斗,无暇过问留在老家的孩子。如今条件好些了,才把他们接到身边,接受现代化的教育。可是贪玩、厌学、打架、抽烟等不良习惯已经形成,要改变绝非一日之功。同时也有不少家长溺爱孩子,常常因为孩子违纪受到处罚就到校无理取闹,给班主任造成不小的压力。尽管这样,为了每一个孩子的健康成长,做教师的该管还是得管,并且要严格地去管。逸鸿继续实行他始终崇尚的自我教育理念,提出"班级的人,人人有事做,人人做主人;班级的事,事事有人管,事事成好事"。并给每位同学分配了一项工作,让他们有正事可干,以减少他们做闲事的时间,逐步把他们引导到正路上来。同时,为响应程校长倡导推行的"自主合作创新"的教育教学理念,他对学生座位进行了很有创意的重新组合,由过去传统的"稻田式"改为更合理的"鹰飞式",这是他给这种新组合取的名字。按照这个组合,每小组由四位同学组成,选一名品学兼优的同学做组长,单桌坐在前面,让一位表现稍欠佳的同学坐在他后面,再选两位表现较好的同学分坐在这位需要帮助的同学两边。这样,那位好学生既可以不受干扰地专心学习,又可以给其他三位同学做示范。将表现欠佳的同学夹在中间,既可监督他,将他与平日里"臭味相投"的同学隔开,免得扰乱课堂,又可以帮助他学习。同时也有利于"自主合作创新"三维教学活动的开展。逸鸿的班级管理工作很快见到成效,期中考试时,平均成绩在同年级名列前茅。程校长在全面了解了他的管理情况后,要求各班学习借鉴,尽快形成适合于本班实际的教学和管理模式。

在做好教学和班主任工作的同时,逸鸿对学校教育的宏观思考和探索也付出了不少心血。在程校长这位科研型校长所提出的"科研兴校素质立人"和"创建沙湾区西部名校"的办学思想启发下,调动他做教科室主任时的理论积累和科研特长,写出长篇学习心得《运用教育科学创建现代名校——关于"科研兴校"若干理论与实践问题的思考》。提出学习运用素质教育理论、创新教育理论、生活教育理论和系统科学理论,指导教育教学实践。在科研工作上,建议建立科研机构,拟定科研课题,创办科研会刊,以推动科研工作;在德育工作上,建议加强班级建设,进行理想教育,强化纪律观念,组织干部培训,弘扬校园文化,以促进德育工作;在教学工作上,建议明确学习规程,突出学法指导,开展互助活动,提倡教学观摩,创造教学特色,探索教学模式,开展课外活动,繁荣社团活动,以提高教学质量;在体育工作上,建议倡导健美体育,尝试意志体育,开展智力体育,引导怡情体育,以促进体育工作;在美育工作上,建议开设美育课程,重视行为美育,鼓励美的创造,开展美育研究,以完善学生个性;在劳动教育上,建议带学生去农村、山区、工厂参观体验,以培养热爱劳动的品德。在文章的结尾,他写道:"一座学校犹如一个小社会,其生生不息的变化发展盛衰进退需要用科研的眼光去看待,才能居高临下,看个明白。创办现代名校是一项宏伟的系统工程,必须用系统的观点去研究它的方方面面和前前后后,调动一切可以调动的积极因素,团结一心,积极进取,才能逐步把学校办成名副其实、引以为傲的现代名校。这样,当回首往事的时候,我们才能够对自己说:我也曾为那个光荣的目标用心地努力过"。文章写好后,他打印了一份,请刁主任转交程校长参考。隔了几天,他听刁主任说,他的那篇文章程校长看后很重视,已指示她印发中层干部和年级组长人手一份,并说:"我们学校缺的就是这样的人才。"

虽然自己的才能得到校领导的肯定,可是毕竟到鹏城已经快一年了,工作调动还没有一点眉目。因为他离开了晞州学院,他的工作关系也因此被转到了晞州市人才交流中心,这极可能为将来的调动增加难度。还有不久前前妻打电话给他,说女儿的成绩下降很多,经常闹着要去鹏城找爸爸。想到这些事,逸鸿的心情怎么也轻松不起来,竟把自己的生日都给忘了。晚饭后逸鸿坐在沙发上看电视的时候,梦荷忽然拿着包装精美的礼物和一个精美的信封跑到他面前祝他生日快乐,他才记起来生日这件事。打开包装,是一块闪耀着蓝莹莹光彩的蓝宝石表面的飞亚达手表,逸鸿知道这可是鹏城的名牌产品。接着他怀着喜悦的心情拆开信:

我的夫君:

生日快乐!

这一年是我们物质上最贫乏的一年,也是我们精神上最富足的一年。你肩负家庭、工作的两副重担,为未来拼搏而身心疲惫,但总算健康平安地度过了。亲爱的,辛苦你了!

我是多么欣喜地感觉到生活上诸多的不如意并未使彼此深爱之心减少半分,什么是患难与共、生死相依,什么是荣辱与共、息息相关,小猪和小羊会用一生来诠释。经过这些磨难,我们的爱情玫瑰园更加鲜花怒放、芳香四溢。

多谢你在千难万苦时仍体贴着我,你有时会问一些傻问题"你会爱上别人吗?""要是重新选择,我和谁谁谁比,你会选择谁?"看着你那股子傻劲,真是可气又可笑。鸿,你是我的唯一,我会生生世世陪伴你,即使从头再来,我仍然会选择你,我从不后悔。你就像个永远长不大的孩子,我的好宝贝,我会永远爱你!

　　亲爱的,相信困难是暂时的,我们一定要相互鼓励,走过去,前面的路一定会更美! 若干年后,你坐在书房写书,身旁一定会有深爱着你的妻子为你驱蚊倒茶、揉肩捶背……

你的小妻子

　　因为朝朝暮暮相依相伴,逸鸿和梦荷好久都没有给对方写信了。感谢生日,让逸鸿再次体验阅读情书的那份感动,这些真挚温馨的话语,又把他带回到在晞州的那些甜美而烦恼的岁月。美好的回忆和生日的气氛,激发了他们的激情,让他们忘情陶醉在难以言喻的幸福之巅。

　　年底,全国中学语文教学研究会在鹏城举办"中学语文单元教学研讨会",逸鸿向大会提交了名为《构建语文整体教学的结构体系——单元整体教学的理论与实践》的长篇论文。该论文成为本次大会评选的五篇一等奖之一。作为评委之一的鹏城语文教学研究会会长陈正扬事后对该文跻身一等奖行列颇感诧异,因为另外四位一等奖的获得者都是中学语文教学研究会那些评委们的弟子,唯有这位舒逸鸿是个局外人。

　　到红树中学代课的第一学期很快要结束了,逸鸿回望了这半年的代课经历,他认为自己在工作上是全力以赴的,也取得了让他满意的成绩;期中和期末他所教的两个班级的平均成绩均处在平行班前列,班主任工作干得也有声有色;给程校长的那篇文章受到了重视,论文评选获得了一等奖。有了这些成绩,他理当感到欣慰,可是年终放假前的一些事情却深深刺痛了他的心:不只工资待遇只拿到应该拿到的四分之一,评优评先也没有他的份,就是单位里发的米啊、油啊、海产品啊等过年慰问品,也只能领到半份。回到家里,他愤慨不已,对梦荷唠叨此事:"这就是那些小说和电视剧里的主人公都爱投奔的鹏城吗?! 不只同工不同酬,而且剥夺选举权和被选举权! 每到要选什么,办公室主任就会说'在编的留下,不在编的散会',就这样我们几个代课的老师只得在众目睽睽之下灰溜溜地走出会议室,你说凭什么?! 这是哪家的法律?! 鹏城很了不起吗?! 为什么可以这样放肆地违反宪法和劳动法?!"

梦荷递过一杯茶,轻言细语地说:"亲爱的,别生气了,再忍耐一下,等咱调进来就不用受这份气了。"牢骚归牢骚,日子还得过,工作还得干好。能不能调进来还是问题。逸鸿听谁说过鹏城在招调教师上专横而苛刻,对于辞了职关系放在人才中心的和来自师范院校的,一向怀有偏见。而自己这两条全占了,怎么办? 只希望偏见可以消除,政策能够进步,生活出现奇迹。在艰难的岁月里,他总是靠梦想获得力量,用坚韧赢得胜利。当年刚恢复高考时,都说能够考得上大学的都是千里挑一的人,他去争取了,不是也挑到他了吗? 与梦荷的爱情,没人说能有结果,他去争取了,不也圆满了吗? 奋斗改变命运,梦想能够成真。路,总是从无路的地方走出来的! 在心意迷茫的时候,逸鸿总是用这样的话语来激励自己,获得力量。这是他从托尔斯泰心灵翅膀的故事中学来的,也是从小时候背诵的毛主席语录中学来的。毛主席说我们的同志在困难的时候,要看到成绩,要看到光明,要提高我们的勇气。他由衷地感谢托尔斯泰,感谢毛主席! 他想如今没有什么人再读毛主席的书了,可是我却源源不断地从毛主席的著作中获得信念、智慧和力量。他鄙视很多国人的无知浅薄和庸俗,他们抛弃了毛主席关于做一个高尚的人、纯粹的人、有益于人民的人的教诲,陶醉于动物式的生存方式,如爱因斯坦所说的抱着猪栏的理想,忘记了做一个人的本分。这些人即使弄到了钱,即使穿金戴银、浑身名牌,仍不过是一个低等动物,一只有钱的猪。如果说逸鸿与别人有什么不同,就在于他的精神大多时候能超越庸俗,骄傲地活在诗意的心境里。

春节期间逸鸿收到不少学生和同事的新年祝福。教务主任董世杰还发给他一首打油诗。他受了感染,也应和道:万水千山何所惧,征途并辔有知音!

　　春节后,师生似都还带着过年的喜气,各项工作都比上学期有起色。学生似乎长了一岁也懂事多了。逸鸿也感到比上学期的心情轻松许多。可是发生在与他搭班的数学老师牛吉玲身上的事却让他烦不胜烦。这位来自东北的代课教师可能危机感太强,又加上东北人特有的强悍与狡黠,屡屡做出惊人之举,学校刚刚传达过上级文件:不许以任何方式体罚学生,她却不管不顾地照罚不误,并且在她的课上被罚在教室后面的角落站了一节课的学生,到逸鸿去上课时还像木桩一样站在那里。逸鸿让他坐到自己的位子上去,他竟然纹丝不动,仿佛对罚站上瘾似的。逸鸿问怎么回事? 语文科代表说:“是我们班主任让他罚站的,没有班主任的允许不得回到座位上去。”逸鸿想学校三令五申不准体罚学生,现在却有这么一个大活人就大眼瞪小眼地站在那里,让巡视的领导看到了,这罪责算谁的? 本来代课教师的地位就岌岌可危,这情景若让上级领导看到,一句话就可以让你滚蛋,并且还会成为反面典型,让你到哪里求职都没人理会你。牛吉玲啊牛吉玲,你可不带这么玩的! 下课后逸鸿悄悄去找牛吉玲说这事,没想到她竟说:“你别包庇学生,收买人心!”逸鸿知道这回是秀才遇到兵了,多说无益,只说:“如果下次还有这种情况,让领导发现了,卷铺盖走人的是谁谁自找的。”她这才有点担心的样子。

　　为了减轻学生的课业负担,对于布置作业的时间也是有明文规定的,语数英等主科不超过半小时,可是逸鸿听同学反映牛吉玲每次布置数学作业的时间都在一个半小时以上,她一科的作业时间把其他三科的时间都霸占了。为了对学生施加压力,她自定班规,其中第一条是“必须完成数学作业!”她还公然让班长将包含有“必须完成数学作业”的班规写在黑板上,并让学生抄下来,严格遵守。逸鸿看到黑板上的那条班规,第一个念头是“怎么会有这样的人? 林子再大也不该有这样的鸟啊!”他悄悄让教英语的郑秀珠老师去看八班黑板上的那句话,郑老师看后痛斥:“这太不像话！哪有这么干的！跟这种人怎么合作得下去！——我要找领导说去，不能让她这么蛮干下去！"逸鸿找到坐在他旁边的年级组长李莉薇，说了关于牛吉玲体罚学生和立班规的事情，因为她是年级组长，与牛吉玲又是老乡，希望她劝劝牛吉玲。逸鸿又说他们都是代课教师，都属弱势群体，更应该加强合作才对。李莉薇表示赞同，答应会去找牛吉玲谈谈。接下来的两个星期逸鸿觉得牛吉玲对他的态度和气多了，心想"看来，李莉薇找她谈过了，还挺见效的"。好男不跟女斗，何况逸鸿从来便是那种你进一步，我退一步；你再进一步，我还退一步；只有你把我逼到悬崖边上，我才会与你拼命的人。在个人恩怨和利益上，他从来不愿去争。既然牛吉玲改了，就更没必要与她计较。因此逸鸿有时甚至会与她开点玩笑。那天课间，逸鸿正好批改完八班的作业，将缺交作业的同学名单写在一张白纸上，本来打算等课代表来取作业时，交给她去催一下。恰好牛吉玲走过来，看来是要到教室去，逸鸿便顺手拿起那张名单递给牛吉玲，说："牛老师，劳驾帮我催一下这几个同学。"牛吉玲拿过名单看都没看，就往他的桌上用力一拍，"要催自己催去，我不是给你要作业的，连作业都没本事收上来，还嘚瑟得不轻！"逸鸿一愣，对牛吉玲的这一举动大感意外，深知此人不可理喻，与之争执只会让人说三道四，于是忙息事宁人："好！好！我嘚瑟！我没本事！多有得罪了！"

看架势，那牛吉玲像是处心积虑逮到机会想大闹一场，可是逸鸿退避三舍不肯接招，让她一时无招，过一会才讪讪离去。

下午，逸鸿正在办公室备课，董世杰来电话找他。在董世杰的办公室里，董世杰问逸鸿与牛吉玲吵架是怎么回事？逸鸿想还算不上吵架，照他的理解吵架定要两个人你来我往、互不相让才是。于是就把事情经过说了一遍，顺便干脆将之前牛吉玲体罚学生和八班班规的事说了一遍。"你这人太书生气！你知道牛吉玲为什么敢这么嚣张吗？还不都是李莉薇给惯的！上次郑秀珠跟我讲了牛吉玲的那条班规的事，我找到牛吉玲把她训了一顿，叫她不要太本位主义。作为班主任既要搞好本学科的教学，也要帮助其他学科的老师搞好各科教学。"

"看来那两个星期她有所收敛，是因为受了你的教训。而这次挑衅可能是误认为我打了她的小报告，也可能有什么人在背后挑拨。"逸鸿开始有所警惕，"我也没得罪谁啊？觉得自己是代课教师，是二等公民，如履薄冰，战战兢兢，是挑着鸡蛋过闹市，只怕人碰，哪敢碰人，谁非要跟我过不去干什么？我想不明白。"

"想不明白？要不怎么说你是书呆子呢？你以为只有你惹了人家，人家才会惹你吗？很多时候，你的存在对某些人就是威胁！比如有时候，你的学识比别人高一点，某些场合你的才能比别人强一点，这对别人都是威胁，别人看到你就不舒服，就想把你赶走。这不是你的错，这是人性的错。嫉贤妒能之辈，你到哪里都能碰到。"董世杰无疑对社会学有独到的研究和心得。逸鸿感到他有正义感，敢于仗义执言，他的身上有猴气也有虎气，是可以说说心里话的人。所以平时逸鸿也很真诚地帮他编辑校刊、起草教学工作计划和总结，常常晚饭后邀他去散步，谈自己的过去，谈目前学校里的事，特别是向他请教调干考试的事。董世杰说他曾两次在区招办主任面前推荐过逸鸿。不久，董世杰又出面请招办主任吃饭，介绍逸鸿与主任认识。

第四十八章 榜上有名

在梦荷的指点下，逸鸿在密密麻麻的名字中终于找到自己的名字。那一刻，他想到了范进，他觉得从没有什么时候他离范进是这么近，此时此刻，他甚至觉得自己就是范进。

放暑假前两周的周末，在沙湾区委附近的沙湾中学内举行年度教师调干考试，周六笔试，周日面试。令逸鸿始料不及的是，面试时之前认识的招办主任蒋厚德不在，有人说另有公干去了，改由教育局胡副局长主持。更令逸鸿沮丧的是，在评委席上，他竟然看到了李莉薇，这让他心里很是不爽："她是不大可能给我高分的，别看她常常夸我学识如何渊博，关键时候是何居心才最重要"。

考试结果几天后就公布了，如同在椰林区一样，逸鸿再次名落孙山。稍后，他从《鹏城晚报》上看到滨海区面向全国招调高中语文教师的启事，便去报名参加了。笔试过后的第二个周末，他去看成绩，急切地在名单中找寻自己的名字，找了几遍也没找到，他有些心慌，连最后一名看了也没有。这一次他从第一名开始看起，赫然发现自己以八十三分的成绩位列榜首，第二名比他整整少了八分。他有些不敢相信，又看了几遍才确认。事后他想那张试卷包含了教育学、心理学和语文教学三大方面的内容，综合性很强，其中考到了一篇很冷僻的古文，难度很大，能考到八十多分实属不易。随后他又参加了抽签面试,模拟上课。他是第二个出场,课文是《谏太宗十思疏》,从抽到课题到上台,只有一个小时的准备时间,他自觉发挥正常。按照滨海区公布的招考办法,笔试和面试成绩各占百分之五十,两项成绩相加,按总分从高到低择优录取。公布总分那天,逸鸿和梦荷一早就赶到考场所在学校,到达时榜前已是人头攒动。逸鸿挤进去,这一次他迅速找到了自己的名字,在七十五名应考者中,他总分位居第六,而录取的名额是前五名。走在回去的路上,逸鸿的心情沉重而悲凉。已是第三次落第,"舒逸鸿啊舒逸鸿,特区内的三个区你已考了个遍,每次的结果都让人失望,是不是你真的水平太臭了?!"他想了一下,"也不是啊,论上课试教,在鹭岛、在碧湖、在棕榈都是超强的、出彩的;论笔试,这次在全国七十五名同行里考到第一。可是为什么屡试屡败呢? 当年考研缺的是英语,现在调考又缺了什么?"

晚上去散步,他把三次调干考试的情况都一一向董世杰介绍,请教他问题出在何处。董世杰一语中的"缺什么? 缺人! 凭你的水平,如果有人拉你一把,你早进来了。就这次在滨海区的考试,评委中哪怕有两个熟人拉你一下,什么问题都解决了。"逸鸿深服其论。

自从踏上鹏城的土地,就像唐僧走上西天取经之路,考验一个个接踵而至。仅调干考试就经历了三回,在椰林区一回、沙湾区一回、滨海区一回。逸鸿不禁想起当初去棕榈中学求职时校长对他说过的话:"在这儿每年的调干考试竞争非常激烈,没有学校的帮助,是很难考进来的。"

经历几次调干考试后,逸鸿切身体会了这句话的分量。在椰林区、沙湾区和滨海区参加过三次调干考试之后,逸鸿又迎来在沙湾区中学举行的第二次考试。与以往一样,考试分笔试和面试两个阶段。笔试内容包括学科知识、教育学知识和教学设计几部分。考试三天后在沙湾区中学办公楼大厅张榜公示考试成绩及面试名单。逸鸿和梦荷都在名单上。第二天同样在沙湾区中学举行面试。根据以往的经验,逸鸿最担心的就是面试。如果说笔试由自己做主,那么面试则由评委做主,摸不到门道的人绝对过不了这一关。

除此之外,面试本身也很有挑战性。应试者面对只有数位评委的空荡荡的教室,要假装是在正常情况下上课,要展示目标、重点、过程,要自己提问,再自己回答,这就是所谓模拟上课。说是每人给十五分钟时间,可是因为参加面试的人实在太多,实际上极少有人能讲到十分钟,有的人只讲了几分钟就被喊下台了。听说内地不少在当地相当牛气的特级教师见到这里面试的阵势也禁不住腿打哆嗦,口齿结巴,溃不成军。往往不是你行或不行的问题,而是他们想不想要你的问题。所以整个面试的气氛很吓人。轮到逸鸿上场了,他走上讲台,定一定神,先向台下的评委问好,接着按要求介绍姓名、课题,然后再开始模拟试教。看到台下不仅坐着董世杰,更有招办主任蒋厚德。这让逸鸿心里踏实不少。他按精心设计的教学方案讲了不到十分钟,蒋厚德说可以了。逸鸿致谢后走出教室,到外面找到梦荷,问她觉得怎样,她说还行,发挥正常。

一个星期后,一大早沙湾区中学办公楼前就人头攒动,不大一块地方,聚集着好几百人。八点钟刚过,见几位招办工作人员拿着即将公示的大红榜过来,大家都一齐拥上来。工作人员要大家全都退到警戒线之外,这才走上前张贴那些决定许多人命运的大红榜。逸鸿和梦荷好不容易挤进人群中去,逸鸿找了半天没找到,正在着急,忽然梦荷兴奋地对逸鸿说:"通过了,通过了!"然后指给他看,在梦荷的指点下,逸鸿在密密麻麻的名字中终于找到了自己的名字。那一刻,他想到了范进,他觉得没有什么时候他离范进是这么近,此时此刻,他甚至觉得自己就是范进。"中举了!中举了!我舒逸鸿中举了!此后可以放松心情睡觉了!"想到这里,又忙着找梦荷的名字,这一次他们几乎同时找到了梦荷的名字。好不容易从人群中钻出来,逸鸿拉着梦荷的手说:"走,我们去美食城好好吃一顿!"

在鹏城代课两年,经历四次调干考试,终于得偿所愿,拿到了调令。他深深感激程立仁校长,他深知这次如果不是程校长专门向区里写推荐信,找有关领导称赞他如何才能出众,如何是学校急需的人才,他可能很难闯过面试这个鬼门关。无论如何,他这个当代的范进终于也中举了,工资增长三倍不说,关键是从苦海爬到岸上,从此可以踏踏实实睡上安稳觉了!

与此同时,梦荷也拿到香梅小学的调令。当逸鸿和梦荷乘飞机回晞州和怡城转关系的时候,比当年拿到大学录取通知书还要开心。但是想到临走时再三咨询学校政工刁凌云,鉴于他的工作关系已转到人才交流中心这种情况,调动程序应该是怎样的,她用不容置疑的口吻说:"必须经过学校和教育局人事部门。"逸鸿知道又要经历一次鬼门关、受一次煎熬、脱一层皮了。

第四十九章 命运之门

"我得救了！得救了！"

他内心发出一阵痛快淋漓的欢呼！似乎看到那扇他百叩不开的命运之门此时已为他打开了一条透出耀眼光芒的缝隙，等待他最后的轻轻一推。

　　飞机在万米高空平稳飞行，万道霞光照耀在绚烂无比的云海上。逸鸿紧握着梦荷柔美的小手，透过飞机舷窗欣赏着外面的奇景。梦荷枕在逸鸿的肩膀上，正做着甜美的梦。逸鸿怀着无限感激和欣悦的心情，在心里默念："亲爱的，我们这两只比翼鸟终于穿过风雨，渡过苦海，迎来这如梦似幻的霞光和云海！"

　　到达晞州后，逸鸿先送梦荷回竹海老家，第二天便早早返回晞州，先找到姜利民家，转达岳父的问候，送他两条中华烟，请他在调动问题上在晞州学院新院长赵达之那里说说好话。姜利民爽快地答应了。随后他们一道去晞州商厦买了一件一千多元的鳄鱼牌T恤，托姜利民当天转送给赵达之。

　　第二天，逸鸿拿着调令去晞州学院院长办公室，找到赵达之院长。赵达之原是晞州学院附属小学的校长，同时兼着晞州学院的副院长，张振兴退休后，作为副院长的他顺利坐上了院长宝座。逸鸿首先祝贺他荣升院长，接着说明来意，并呈上了调令。赵院长看着调令，对站在一旁的院长办公室主任杨平英说："我们都该向舒老师的这份闯劲学习啊！能拿到鹏城的调令,那可不是一件容易的事!"又转向逸鸿说:"舒老师,我祝贺你啊!"逸鸿说:"哪里有什么闯劲,还不是逼上梁山。这次还得请赵院长多多关照!"逸鸿恨不能马上办妥调动手续。虽然拿到了调令,可是毕竟还没有调成,这令他心里很不踏实,所以就赶紧把话转到请赵达之关照调动的事情上来。但赵达之似乎言犹未尽,并不急于与他谈调动的事,"舒老师才华横溢、成绩突出,就是感情太丰富了些"。逸鸿想这"感情太丰富"的评价可只有学文的院长才说得出来,真是简练委婉、意味深长啊!逸鸿苦笑了一下,并没有去反驳他,现在可是有求于人的关键时刻,就是他说得再尖刻也得忍着。似乎在为赵达之评功买好,杨平英插话说:"当初你一走了之,把学校害得好惨,好多老师帮你上课,连赵院长都亲自给你代了一个班哪!"逸鸿心想我不走你们倒没人发现我一个人竟干了那么多人的活,但嘴上还是说:"真是很抱歉,给你们添麻烦了!"

　　也许觉得题外话说完了,赵达之才开始询问逸鸿需要学校出具哪些材料。逸鸿告诉他需要一份在原单位各方面表现的鉴定材料,还要一份没参加过不法活动的证明材料。赵达之让他在旁等一会,他便提笔在逸鸿递上的表格上写下了一段证明文字。写毕,赵达之冲对门喊负责人事的殷正云过来,吩咐她盖上学院公章。见她进来,逸鸿忙向她问好,她只淡淡地点了点头。逸鸿心想:当年他的行为一定让他成了中老年妇女们的公敌,如今她的这种态度也不该感到意外,因此也不去计较,只望她别把那久积的不满拿来用在他的调动大计上。可越是担心的事越是会发生!就见她看了一眼院长写下的那两份鉴定,冷淡而坚决地说:"这公章不能盖。"逸鸿忙问:"为什么?"那女人语带嘲讽又有些幸灾乐祸地说:"你的档案早已转到市人才交流中心去了,你与学院已经没有任何关系了,怎么还能盖这个公章?!"逸鸿着急起来:"那我要到哪里去开这些证明? 总该有地方给办吧?""那我们就管不了了。"殷正云抛下这一句话便拿着公章转回自己办公室里去了。望着她矮胖臃肿的背影，逸鸿一时竟呆了有半分钟，想到刁凌云所说一定要经学校和教育局人事部门对口调动的话，他觉得糟透了！他们根本就不承认跟你有什么关系！见此情景，赵达之也表示既然这样，他也无能为力，让他去教委人事处问问。

逸鸿到教委人事处询问，回答与殷正云一样，似乎他们事先已串通好的一样。

逸鸿怀揣调令，彷徨古运河边，心情也如那浑浊的河水一般忧郁。想了一下，找到一个电话亭，拨通刁凌云的电话，介绍了遇到的困难，问她怎么办？电话那头沉默了一会，对方似在帮他想办法："现在你只能去找一个接收单位，把你的工作关系转到他们学校，然后再按正常调动手续办理。"逸鸿想，也只有这样了。可是到哪里去找这样一个单位？他想到了几位可能帮得上忙的大学同学，先给方仁华打电话说明情况，请他帮助。没想到方仁华一口回绝，说这个他可办不了。逸鸿又给在某市做教育局长的徐树勋打电话，他说："这事很难办，有规定的，不好破坏，你要是真的调到这里来，我倒可以帮你办到。"逸鸿苦笑，心想："揣着到特区的调令，结果却去了内地一个不发达的小城市，这些年的煎熬岂不是白受了！"

奔走了一天，打了十几个电话，一无所获。逸鸿疲惫而恼恨地到运河边找了家小旅馆住下，躺在旅馆的床上，愁肠百结，一筹莫展。"拿着调令，却无处去调！荒唐！可恨！按理说有地方需要这个人，这个人也愿意去，就应该没问题了。一切人事制度难道不应该都按照这样的最简单的道理去设计？为什么要设下这么多的障碍，把人搞到精疲力竭、山穷水尽？！"在床上躺了半天，感到肚子饿了，才想起奔波了一天还粒米未进，便到旅馆门外的一家饭店去吃饭。饭后往岳父家打了一个电话，大略说了一下调动的情况。岳父让他还去找姜利民帮忙，并嘱咐逸鸿到姜利民家里去，留六千元钱给他，请他帮助活动，事成之后再酬谢他。

逸鸿并不了解这位昔日的同事究竟有多大能量,只是见他平日里交际广泛,颇多应酬,似乎是江湖上挺会办事的能人,又有岳父明确指示,所以第二天一早就出了旅馆与姜利民联系,生怕去晚了不知他会跑到什么地方去。幸好这家伙说还在家里,晚一会要到红梅市场去。逸鸿早知道他在红梅市场有生意要照料,只是不知是什么生意。马无夜草不肥,人无外财不发,这位姜先生亦教亦商,故能过得那么滋润。在教师群体里,这样的能人可是不多见的。逸鸿的心里既对姜不能专心从教颇有看法,又对其行走江湖的能耐充满好奇。到了姜家,坐下寒暄了几句,逸鸿把去找赵达之和随后到教委询问的情况扼要地向他介绍了一遍,并转述岳父的话,请他多操心,说着把装着六千元钱的信封放在他面前的桌上,说:"这六千元你先拿去用着,事成后还要重重地谢你的!"姜虚意推辞了一下,就老练地收下了。姜利民答应会尽力而为,并马上拿出手机拨通一个电话,约好在红梅市场内的一家饭店见面。打完电话,姜利民告诉逸鸿,刚才他约了市教委的一个处长一起吃饭,给他引荐一下,要他趁吃饭时介绍一下情况。逸鸿叫了辆的士陪姜利民一起来到熙熙攘攘的红梅市场,到那家饭店里坐下,点了七八个炒菜,要了三四瓶啤酒。不一会,处长来了,中等身材、四十来岁、一脸胖肉、满眼精明,腋下携一黑皮包。姜利民作了介绍,逸鸿站起来握手问好。吃饭时逸鸿特意问处长在教委哪个处,姜利民代答说赵处是最有实权的计财处的处长。尽管姜利民言语间颇有讨好抬举的意思,但赵处长的态度却并不如预期的那么热心,只答应回去找人问下情况,看看可有什么通融的途径。

此后两三天,逸鸿焦躁不安,每天都给姜利民打电话,询问有无消息。姜每次都说他正在托更多的人想办法。听到这话,逸鸿便觉得这个姜利民可能也没多大指望,不能就一根筋地吊死在他这一棵树上。只可恨在他那里花的钱,看来要打水漂了。他也因此为岳父资助调动的这份

283

钱心疼。想到离调动规定的最后期限越来越近了,逸鸿的心情异常烦躁!姜利民这边就死马权当活马医吧,还要不停地催他,同时还要想别的办法。忽然他想到了好友萧思远,决定把他从皖南老家叫过来,有他在身边出谋划策,内心会踏实很多。他总觉得姜利民啊、赵处长啊,这些江湖上、官场上进出的人,你很难看得懂,往往也靠不住。

接到逸鸿的电话,思远乘当天的火车于晚上七点多钟到了晞州。逸鸿早早到车站迎接这位老朋友,一见面两位挚友不约而同地张开双臂,来了个热烈的拥抱。

为了给好友一个更舒适些的住所,去接思远前逸鸿换了一家比较优雅的宾馆。到宾馆后,略事休息,逸鸿带思远到宾馆楼下为他接风洗尘。将近三年没见了,两人都有不少话要叙。

思远说:"当年你离开对我是个不小的打击,那段时间感到特别孤独。"

逸鸿说:"我能体会你一下子没了恋人和朋友的滋味。再说这里又很排外,一个外地人很难融入到他们的圈子里,无论怎样努力、多么出色,也很难真正得到他们的信任。"

思远深有同感地说:"他们提拔重用的全是本地人,多平庸的都提上去了,不是校长就是主任。当初你在这里比他们不知要优秀多少倍,也没能得到信任。他们去年搞中层干部竞聘,我在五位竞聘办公室主任的人中,总分第一,也没能得到聘任,结果聘了个第二名的,把我聘为科研处副主任。我心里明白,这个副主任他们也是不愿聘的,只不过不好对社会作出交代才不得已给你个虚名。我说我竞聘的是办公室主任,竞聘结果表明我最符合条件,为什么把我搞到不相干的位置上去。他们就打哈哈,说我科研业务强,搞科研更能发挥特长和潜力。其实还不是因为办公室是要害部门,他们得用本地信得过的人。现在科研处被古跃良那个老家伙把持着，你什么事也干不成，能发挥什么特长和潜力，全是嫉贤妒能的屁话！——你走得对！走得有气魄！很多人都很佩服你的勇气！"

逸鸿苦笑说："不走肯定也没有什么好处，但愿这次调动能成功，也才不枉了走这一趟。"

思远说："肯定调得成，吃过饭我就打电话，明天把能找到的老乡全召集起来，大家一起想办法。你别太着急，调令已经在手，这可是个重大胜利！"

听了思远的话，逸鸿心里稍感宽慰。逸鸿又说到朱云霞，问他们现在还有没有联系。思远说还是刚毕业的时候她来过一次电话，以后就没再联系。逸鸿为他们没能结合深表惋惜。但转念又想，朱云霞并不像表面那样单纯，其实满脑子想找有钱有势的金龟婿，即使与思远结合了，彼此也不会幸福的。不过这话他没有对思远说，因为他知道在思远心中朱云霞这个"倾校之恋"永远占据着美好的位置。

第二天中午，在江南大酒店一个优雅的包间里，逸鸿和思远见到了十来位应约而来的老乡。他们中间有税务局的科长、园林局的副处长，可惜没有教育界的，也没有人事部门的。大家对逸鸿的遭遇深表同情，都想出一份力，只是这力不知该往何处出。吃饭时园林局的林明杰倒是提供了一条有用的信息，他有位周姓老乡去年调到晞州市人事局做局长，他建议可去找他想办法。大家都说这是个得力的人。于是说好下午就由林明杰带着去拜访周局长。

吃罢午饭，边喝茶聊天，边等上班时间。怕周局长有事外出，林明杰特地给周局长打了个电话，约好下午去见他。去人事局之前，逸鸿要去商场买点见面礼，林明杰说都是老乡，不用那么客气，等事情办好了，再去谢他不迟。又说周局长是个很儒雅的人，与大多数官场中人不一样，带东西去反而不好。逸鸿就听了林明杰的劝告。上班不久，他们顺利地见到了周局长。他果如林明杰所说儒雅而随和,一望便知是位实在人。逸鸿向他说明了调动的困难,请他帮忙联系一所可以挂靠的学校。他爽快地说可以,说着便拨通了一个电话,打完电话,周局长说他熟悉的那位校长外出旅游还没回来,恐怕还要等一个星期。一听要等那么长的时间,逸鸿又心急起来,但也没办法。此后的几天,逸鸿又去找了一次姜利民,他说他找了几个人,都说那样调动难度太大,即使能找到愿意帮你挂靠的单位,中间的程序也是很复杂的,不是短时间能办好的。姜利民又说那六千块钱,请人吃饭应酬,七七八八也花得差不多了。逸鸿表示知道了,也没再说什么。眼看着暑期快结束了,逸鸿更加心急如焚、度日如年。他很抱歉让思远每日陪着他一起受煎熬。为了缓解他的压力,思远提议陪他去晞山公园散心,那里,是两年前他和梦荷周末时常去流连的地方,如今故地重游,多少往事如在眼前。

晚上回到宾馆,逸鸿想眼见得开学不能如期返校上课,只好先跟程校长请假了。他来到宾馆楼下的电话亭,拨通了程校长的手机,向他汇报了调动的情况。

听了汇报,程校长说:"瞎搞!你那么调怎么调得动!可以从人才交流中心直接调档。"又说他现在在上海探亲,过两天就回鹏城,叫他抓紧时间去人才交流中心办理调动手续。

逸鸿一时如一块石雕一样僵立在那里,许久才缓过劲来,刁凌云!你害惨我了!你给我指的分明是一条死胡同!你可是在学校做了多年人事干部的人,是确实糊涂,还是存心害我?!联想到从刁凌云到杨平英到殷正云几位女人对自己不约而同的敌视态度,逸鸿深知自己这次是跌入到她们出于本性、心照不宣的同盟陷阱里去了!这也是一个隐藏在社会生活中的潜规则,这几位掌权的女人早就想借手中的权力好好惩罚你这花心的家伙,现在机会终于来了,她们岂会白白放弃,眼看着你如愿以偿?

要知道她们这个年纪的女人最最痛恨的就是那些她们眼中"抛弃原配，另觅新欢"的当代陈世美！我真是愚蠢之极！为什么不早点给程校长打电话！懊恨过后又甚感惊喜！真是山重水复疑无路，柳暗花明又一村！"我得救了！得救了！"他内心发出一阵痛快淋漓的欢呼！似乎看到那扇他百叩不开的命运之门此时已为他打开了一条透出耀眼光芒的缝隙，等待他最后的轻轻一推。

逸鸿健步如飞地冲进房间，对正仰靠在床上看电视的思远嚷道："快起来，陪我去喝几杯！"看他兴高采烈的样子，思远露出许久不见的招牌式的嘻嘻一笑："快说，有什么好消息？"

"我刚才给我们校长打电话，他说可以从人才交流中心直接调档！"逸鸿满眼放光，仿佛刚刚中了个大奖。

"太好了！我们明天一早就过去！祝贺！祝贺！是该去喝几杯！"思远由衷地为老朋友开心。

两位好友一扫往日的沉闷气氛，一路谈笑风生，去饭店开怀畅饮，到深夜方归。

第二天，逸鸿和思远到晞州市人才交流中心，顺利办妥了调档手续，下午下班前，人才交流中心的工作人员将密封好的档案袋交到了逸鸿手里。

当晚逸鸿去商业大厦给思远买了一双名牌凉皮鞋，又给自己和梦荷买了两张经上海转鹏城的火车票，同时给思远买了一张回皖南老家的火车票，开学前他还可以回去休息一个星期。回到宾馆，逸鸿将皮鞋送给思远，说："这个暑假你为我把鞋子都跑坏了，把这双换上吧。"思远接过看了说："从来还没穿过这么高档的鞋子呢！"两位好友当晚说了半宿的话，第二天一早两人在火车站再次深情拥抱、依依惜别。

相对于逸鸿调动的曲折艰难，梦荷的调动很是顺利，到家一个星期就办好了。要不是逸鸿耽搁这么久，他们早就回鹏城递交调动材料了。

　　回到鹏城把调动的材料一交,仿佛唐僧在如来处听封一般,肉身凡胎顿时成了光芒四射的金身。从此后再不用那样提心吊胆、谨小慎微地为人处世;再不用每学期跟学校签订一份不平等的代课协议;再不用遇到表决时被请出会场;再不用每到节日只能领取半份福利;再不用每月只能领到工资的三分之一;再不用为未来忧思迷惘夜不能寐! 当逸鸿领到调动后四千五百元的在职教师工资时,他的心中发出一声无比欢畅的欢呼:"中国人民从此站起来了!"

　　尽管早在八年前他就评上了高级职称,可是刁凌云说因为学校高级职称已经聘完,新调入的教师一律暂时先聘为初级,待上级给了新的指标,再进行调整。况且逸鸿原来的职称是师范系列的高级讲师,调进鹏城之后还要转成中学系列的高级教师。因为已经顺利调入了鹏城,逸鸿对刁凌云之前的有意或无意的刁难,不再那么计较,对她所说的职称聘任理由,也都没去多想。令他万万没想到的是,事实并不像刁凌云所说的那样全区新调入的教师一律都先聘为初级,绝大多数都是按调入前的职称聘任的。从初级到一级到高级,相差两级,工资差了几千元不说,没想到数年后分配经济适用房竟然是按调入时聘任的职称来匹配住房面积的。如果当初按高级职称聘任,逸鸿应该能分到一百一十平方米的住房,还可以选择地理位置更优越的,结果却只能分到九十平方米、地理位置也不那么理想的房子。知道真相后,逸鸿内心深感震惊! 他百思不得其解的是,一同共事的那些年里,他并没有得罪过刁凌云,为什么她竟然连着那么多年怀着歹毒之心,不放过任何坑害他的机会?! 从见到她的第一面,她就开始使坏,欺骗他要考到第一名才能调进来,到后来在调动上使坏,再到聘任上使坏,真是持之以恒啊!"最毒妇人心啊! 假如不得不得罪人,只能得罪君子,不可得罪小人!"付出沉重的代价之后,逸鸿终于认清了一个人,也由此更深刻地看到了人性的阴暗面。这些都是后话了。

第五十章 创造之神

孤独的跋涉者舒逸鸿终于走出了群山,渡过了苦海。现在他站在海滩上,看到江山如画、碧空如洗,大海一片蔚蓝。压抑许久的创造之神似已觉醒,他的胸中有一股可怕的力量似波涛汹涌。

　　正式调入鹏城之后,逸鸿的身心舒畅了很多。回顾毕业从教二十年来的经历,他感到有点沉重:纯真的初恋,留下刻骨铭心的伤痛;三年考研,以失败告终;蒙冤受屈,几乎轻生;婚姻不幸,家庭战火频频;离乡背井,没有找到心灵的安宁;所幸苍天赐予了一份珍奇的爱情,可为了拥有她却又不得不天涯飘零;即使有激情有才能,想调进鹏城,还得先体验一番酸甜苦辣的心情! 如今这一切艰难都已过去,孤独的跋涉者舒逸鸿终于走出了群山,渡过了苦海。现在他站在海滩上,看到江山如画、碧空如洗,大海一片蔚蓝。压抑许久的创造之神似已觉醒,他的胸中有一股可怕的力量似波涛汹涌。适逢红树中学为庆祝建校十五周年,在刚刚竣工的运动场上正在排练五百人的大型团体操,程立仁校长命逸鸿作解说词。南国十月,天高气爽,云淡风轻。逸鸿登上高高的主席台,俯瞰碧草如茵的运动场,但见演员队伍阵容齐整、声势浩大、服装帅气、变化有序,在激越铿锵的旋律中,他忽然找到了灵感,豪迈奔放的诗句如喷泉迸发而出:

> 萧瑟的秋风　澄清南国无垠的苍穹
>
> 壮美的旋律　点燃心中澎湃的激情
>
> 热情奔放　异彩纷呈
>
> 我们装点南国缤纷的秋景
>
> 与时俱进　携手同行
>
> 我们驰骋时代辉煌的时空
>
> 像群芳竞艳　绽放五彩的生命
>
> 似百鸟和鸣　吟咏愉悦的心声
>
> 长天万里　任我们上下翱翔
>
> 大地无边　让我们任意纵横

与其说他是在写眼前景,不如说他是在抒心中情。与其说他是在写众人,不如说他是在写自己,写自己几经周折终于调进鹏城后的欣喜和憧憬。

不久前刚办完调动手续时他在电话中对萧思远谈感受时感慨地说,他的许多同学利用大学毕业后的二十年或当了官,或挣了钱,而他的这二十年恐怕比谁都努力,到头来争取到的除了一份迟到的爱,就只有坎坷多艰的体验。思远对他说:"那就是你的优势所在,那是别人没有的财富。"他说得对! 自古雄才多磨难,从来纨绔少伟男。我要用二十年磨难的体验和感悟作几篇大文章! 被压抑冰封许久的雄心壮志终于复活了,他已经触摸到创造之神的援助之手。岁月蹉跎得太久太久了,生活的磨难该结束了,该是让他有所作为有所建树的时候了,是的,是让生命之花尽情绽放的时候了!

不用再陷入混乱不堪的差班,每天为上完一节课,只收上几本作业而发火了;不用为每一次月考、期中考、期末考、区会考、市联考的平均分而担心了;不用为每学期一次的代课资格审查而忧虑了;也不用为工资待遇只有别人的几分之一而愤愤不平了——正式调入鹏城后，他的工资已由代课时的一千五百元涨到四千五百元；更不用以二等公民的心态每天夹着尾巴做人，而可以畅快地呼吸这南国的空气了。似乎就在昨天，看到鹏城大道两侧那四季如春的鲜花点缀的大片草坪，看到这座如摩天大楼的森林一样的城市，还觉得那么陌生那么遥远，似乎它的一切都与自己无关，而今，突然之间，心中充满了亲切感和自豪感——终于敲开了那冰冷的命运之门，成了一个鹏城人，一个正常人！因此也可以像一个正常的人那样生活和工作了。

　　早在调进鹏城之前，程立仁校长就给他在校长办公室隔壁安排了一间独立的办公室，工作上也由原来的教两个班，减为教一个班，以便他能够有时间发挥他的才干。他当然不会辜负这位对他有知遇之恩的领导的信任。在暑假里，《鹏城教育报》向程校长约稿，要他写一篇总结办学经验的文章。程校长想让逸鸿来写，那时逸鸿正在晞州为调动而奔走，因此校长没有对他说。等他办完人事调动手续，才找他谈到这件事。逸鸿欣然受命。不到半个月，便拿出了题为《崛起于群峰之间——红树中学锻造现代教育品牌的理念与实践》的长文，洋洋八千余字，立意高远，观点新颖，结构严谨，文笔精练而又抒情。程立仁校长读了，拍案赞叹，连说："太好了，太好了。很多论述非常新颖精辟，很有启发性。"反复审阅，并无不妥，两周后文章见报，占据了整整一个版面。发表时却仅署了约稿记者的名字，逸鸿心中略感不快，但念及程校长所说的"只署记者名文章影响力会更大"的话，就未作计较。文章发表后，该名蒋姓记者来到红树中学与程校长谈及该文时说，碧湖中学的校长对他直言："这篇文章不是你写的，你写不出这样的文章。没有长期从教的经历，没有深厚的理论功底，写不出这样的大手笔。"

　　自从有了一间属于自己的独立办公室，又减少了一个班的教学压力之后，逸鸿有了一些自由的时间。他除了利用这些时间去图书馆阅读书报外，就是埋头写作。他有一个雄心勃勃的写作计划，第一步他打算在一年内出版《梦想乐园》一书。这本书的提纲早在鹭岛的时候就已拟好了，这些年总没有机会坐下来完成。现在终于可以将这个心愿付诸实施了。他兴奋不已，干劲十足，白天搜集材料，晚上挑灯夜战，节假日也不出门，只用了半年多时间就写出了初稿。这部二十余万字的教育论著，借《圣经》中失乐园和复乐园的故事立意，纵论当代中国教育得失，提出真知灼见，勾画出作者心目中理想校园的蓝图。程立仁校长自然成为梦荷之外的第一位读者。花了一周的时间，程校长仔细读完了全书，给了它十六个字的评语："有破有立，切中时弊，论述精深，非常难得。"校长写了一封热情的推荐信，托朋友联系南方教育出版社，期望他们能出版此书。得到的答复是："该书在内容上确有不同凡响之处，但恐太过严肃和尖锐，很难畅销。"程校长叹气说："出版社眼光浅薄得很！跟他们谈理想谈教育是对牛弹琴。"逸鸿说："这种情况既在意料之外，也在意料之中。看来除非遇见伯乐或有大款赞助，否则这本书就可能被埋没了。"程校长说："是真金埋没不了的，早晚会发光的。先放一放，等待时机。"随后逸鸿又先后联系过几家出版社，结局都是一样：承认很有价值，但是担心销路。这是一个平庸的时代，一个拒绝思考的时代，人们都热衷于追求那些可以让感官满足的轻松的东西，没心思考虑严肃的问题。即使是当代最伟大的思想家、科学家和艺术家，假如与二流的流行歌手一同出场，也只会成为陪衬。黄钟毁弃，瓦釜雷鸣！

　　愤慨归愤慨，感叹归感叹，愤慨感叹之后也有反思：书写出来了，是要给人看的。出版社的立场也不是完全没有道理。它们也要生存，当然只愿出畅销书，时代使然，如之奈何！严峻的现实促使逸鸿调整认识，在第二部著作动笔之前，明确两点：第一，该严谨的还是得保证严谨，实事求是，忠于真理，决不能为了出名谋利而存媚俗之心，宁可不写，不可丧失个性与灵魂。第二，在这个前提下，努力提高实用性和生动性。确立这两条原则之后，逸鸿马不停蹄地开始筹划第二部著作《心灵回声》。在这部著作里，他真诚地告诫那些在应试教育中挣扎的同行和学生，不要出于在考试中混高分的考虑，再写那些假、大、空、俗的作文，不要再追求花言巧语，写作是心灵的回声，要静心倾听心灵的呼唤，写出内心深处的感动，因为先要感动自己，才能感动读者。

用了一年半时间，逸鸿写出了初稿，又用了半年时间，增删润饰，终于完成了这部十二章七十二节，三十万字的专著。有赖在省城做出版社社长的大学同学的热诚帮助，逸鸿终于圆了出书梦。据社长同学说该书出版后评价不错，销路也比预想的好。这让逸鸿甚感欣慰。

与此同时，适逢沙湾区开始启动教育著述资助出版计划，逸鸿的《梦想乐园》成功通过复审，获得出版专项经费资助，由润物出版社正式出版。一年内两本专著问世，让逸鸿倍觉振奋，编写一本更加实用的写作教科书的计划也由此催生出来。新中国成立以来，全国的中学竟没有一本写作教材，语文教师和学生都在一片模糊和混乱中应付作文，这真是匪夷所思！更让他愤然的是他看到散布在全国各地的他的不少同行，为了追求应试中的高分，往往不顾写作教学的自身规律，不是指导学生循序渐进地进行写作基本能力训练，而是盲目采用急功近利的手段，要求学生去套写、死记若干篇中考高分作文，以便考试时套用。这明显是把学生引上了写作教学的邪路，最终只会引导学生产生蒙混过关和投机取巧的赌徒心理，很难具备生活、学习和工作中应有的写作能力。他雄心勃勃，要竭尽全力编写出一部能够切实指导中学生作文的教材来，他要填补这个空白！为了批判当前写作教学中的歪风和邪路，他决定将书名定为《写作正道》。为此他再次投入到夜以继日的奋战中。

如同多年前所承诺的那样，梦荷极好地扮演着贤内助的角色。在逸鸿挥汗如雨、奋笔疾书的时候，她总是会及时递上一杯香茶，会用纤纤玉手擦去他额上的汗珠。

或许是想重温当年在晞州学院时写情书的那种感觉，尽管如今已朝夕相守，他们有时仍会借情书表达爱意。

鸿：

生活终于安定下来，但愿这是我们这一生中最后的一次长途奔波。想你这四十年中辗转数地，历尽波折，受够了苦。真希望这次能在鹏城生根发芽，享受生活的温馨与宁静。

也许只有这时才能肯定地说：我们终于告别了从前那种两地相思的痛苦，终于再也不用去忍受车站送别悲悲凄凄的一幕。爱情太有魔力了，它让我们越过了重重阻碍，修成了正果。

老天也总是悲悯世人，我们这一对情痴也总算没有流落街头，对此我心怀感激。以后即使生活再不如意，也不必抱怨，它毕竟成就了我最大的心愿。

从此，我们便要柴米油盐了，可能也会像其他夫妻那样吵架拌嘴，即使是这样，我也会觉得甜蜜，这就是夫妻，这就是生活，我愿和你过一辈子这样的日子，日复一日，年复一年，直到永远……

妻小羊

第五十一章 天使降临

孩子作为上天恩赐的天使，
降临到你的怀抱，给你原本
平淡寂寞的生活带来多少希望和
欢乐！每一个做父母的都要怀着自
然的感恩之心，感恩上苍，感恩孩子！

来鹏城四五年了，逸鸿和梦荷都一直在为生存打拼，把一项十分重大的人生大事给耽搁了，就是生小孩的事。逸鸿的母亲多次在电话中提及此事，逸鸿只说再等等。母亲不满地说："你都多大了，还等等。"逸鸿深知母亲的担心，除了他的年龄之外，还担心梦荷会变心，相信女人如果有了孩子拴着，就安稳多了。春节回家，梦荷的母亲也问到生小孩的计划，梦荷也说再等等，母亲说："你能等，他不能等了，再说你也不小了，太晚生也不好。"

晚上躺在床上，两人说到这事，决定告别二人世界，尽快生个小崽子。考虑各方的意愿，他们想要个儿子。一是因为逸鸿已经有了一个女儿，再有个儿子就更好了；逸鸿的父母也想再添个孙子；梦荷说儿子能干大事，女儿比较贴心，各有千秋，她都喜欢。但她深知她爸爸虽视她为掌上明珠，可也常因没有儿子而遗憾，要是有个小外孙，他一定很开心，于是也盼望着最好能是个儿子。

逸鸿的母亲从老家给他们寄来了可以决定生男生女的偏方，说许多人用了都说很准的。他们按照偏方的说明,确定了最佳的受孕时间。估计该怀上了,梦荷用试纸检验,一无所获。梦荷有些失落,为了让她放轻松,周末逸鸿拉着她去大南山散心。他们从山北登山口拾级而上,一路林木葱茏、山花烂漫,登山者络绎不绝。逸鸿拉着梦荷的手,不由地想起他们在晞州湖心岛初次牵手的情景,见她娇喘微微、香汗淋淋,情不自禁地把她揽入怀中。梦荷忙笑着把他推开:"有人看着呢。"一路走走停停,终于到达山顶,凭栏俯瞰山下,好一座雄伟之城!北面是鳞次栉比的大厦的森林,东面是秀丽壮观的龙口港海景,南边是繁忙的集装箱码头,西面是大片待开发的前海湾。海风拂面,花枝摇曳,令人心旷神怡。在山顶待了半小时,他们沿山南登山道从龙口港方向下山,到龙口港吃了饭,逛了逛,梦荷在免税商场买了几件衣物,不觉已是黄昏时分,他们便乘车返回住处。

晚上,逸鸿正在备课,忽听梦荷叫他,跑进洗手间,见她一脸兴奋地拿着试纸,连说:"有了,有了。"逸鸿忙接过来看,果见试纸上显示着已受孕,逸鸿一把拥过梦荷,给了她开心的一吻。

"怎么样,我说不要担心嘛!你看上帝对我们多好!谢谢你这肥沃的土地,没浪费我们爱情的种子!"

梦荷却责怪道:"就这样你还拉着我去爬山!幸亏他吸得紧,没出什么问题。从现在起我可是孕妇了,你要小心伺候啊!"

"是,是,是,孩子他妈,你的崭新时代就要开始了!我做第三者的时代也来临了!从此后,这个小东西将成为你的主宰了!"逸鸿预言式地笑着说。

晚上躺在床上,梦荷把逸鸿推开一些,指着腹部警告道:"不许碰我,会压着他的。"

逸鸿笑她:"这才什么时候,看把你紧张的。"

梦荷坚定地说："为了儿子,你要坚强、忍耐! 拜托了,孩子他爸,要听话,做个乖爸爸。"

逸鸿说："只有一瞬间,我就从一等公民变到二等公民了。我的梦荷从此要移情别恋了! 臭小子,等你出来,看我怎么收拾你!"

第二天,梦荷不放心,又抽空到学校附近的社区医院作了化验,证实已怀孕,这才放下心来。

从第二个月开始,梦荷的妊娠反应非常强烈,几乎吃什么吐什么。逸鸿很担心这样下去胎儿会营养不良,却也找不到良方,只能少吃多餐。好在医生说孩子发育正常,两人才不那么紧张。放暑假时,梦荷说要回老家去,逸鸿担心她已有四个多月的身孕,经不起路途颠簸,梦荷却说:"回去至少有两个意义:一个是让镇上那些爱嚼舌头的人看看,不然将来孩子出世还会说是领养来的呢! 另一个是想吃妈妈做的饭菜,也好给宝宝补充些营养。"逸鸿对梦荷的第一条想法不以为然,管那些无聊的家伙怎么说呢。对第二条意见很是赞同,毕竟回去梦荷会得到更好的照顾。为稳妥起见,又特意请教了医生,医生说即使再过几个月乘飞机也没问题。于是他们乘飞机先到上海,梦荷父母专程开车到浦东机场将他们接回家中。

在家一个多月,梦荷在母亲的精心照料下,比回来前丰润多了,肚子也明显大多了。但对于胎儿的性别,亲戚们意见不一,外婆说像男孩,舅妈说像女孩。母亲对梦荷说:"你爸说看样子像女孩,还把你的独生子女证找出来,听说独生子女第一胎是女孩的话可以再生一胎。"梦荷对逸鸿说:"看到了吧,我爸果然希望是个外孙,看来要让他失望了!"

逸鸿说:"那就再生一个!"

梦荷说:"政策可不允许,即使可以生两个也不行,你已经有过一个女儿了。"

逸鸿沉默良久,搂着梦荷的肩膀安慰道:"真是对不起! 不过现在究竟是男是女都只是猜测,万一是男孩不就皆大欢喜了吗?"

梦荷说:"无论男孩女孩,都是上天的恩赐,我都一样疼爱。爸爸也会疼爱的。我刚出生时爸爸也因为我是女孩子有些失望,可后来还不是疼得不得了。"

逸鸿说:"那我们就做两手准备,取一个男孩名,一个女孩名,如果要是龙凤胎就两个名字都不浪费。"

梦荷笑说:"美的你! 真要是生了龙凤胎,你可养得起? 不过要那样我爸妈会乐得帮我们带的。"停了一下,梦荷又问:"取什么名字,你想好吗?"

逸鸿说:"为了略表对你的敬意,还有想讨岳父欢心,我想让孩子随你姓,恳请你千万不要反对。"

梦荷笑说:"难得你有这份爱心,我高兴还来不及呢! 只怕你爸爸会不会有意见?"

逸鸿肯定地说:"不会! 他可开明着呢。我小时候他就叫我随母亲姓,可能跟我现在的想法是一样的。"

"还真是有其父必有其子。——快说取的什么名字!"梦荷催促道。

"记得王羲之《兰亭集序》里有"茂林修竹"的句子,就借这两句的意思,要是儿子就叫林茂林,希望他苗壮成长,像枝繁叶茂的大树,长大后成为有出息的人才。要是女儿就叫林修竹,希望她像山间修长挺拔的翠竹,亭亭玉立,情根深种,心在蓝天。你觉得怎样?"

"好听,意思也好。通过!"

过完暑假回到鹏城,梦荷又工作了一段时间便在家待产。逸鸿父母主动提出过来照料。预产期前两周逸鸿便托同事联系好一家口碑不错的妇产科医院。在决定是顺产还是剖腹产时,逸鸿和梦荷拿不定主意。逸鸿妈妈说:"不要顺产,太痛苦了! 现在有了这样的条件,就不要再受那份罪了。"听了妈妈的话,梦荷想起暑假里爸爸也曾说过"挑个日子剖出来"的话。此时离预产期还有一周时间,产前检查时医生说胎儿脐带绕颈。于是逸鸿说:"那就后天吧,12月26日,和毛主席同一天生日。"梦荷也赞同。

定下日子后,逸鸿赶去妇产科医院,到办公室找到主任,说明是谁谁介绍来的。主任四十来岁,显得精明强干,听了逸鸿的介绍,便笑着说想起来了。逸鸿急着想把准备好的红包递给她,碍于办公室还有其他医生,便面露为难之色。所幸主任精明,起身走出办公室,走到走廊尽头门后面的一个僻静的角落,那里恰好有一张小桌,一把椅子,主任径直坐下来,逸鸿忙把用报纸包着的红包放到桌子上,"让你操心了,一点心意"。主任一边把纸包推向逸鸿,一边笑着说:"别这么客气。"逸鸿边说着"拜托你了!"边把纸包放进主任白大褂的口袋里。逸鸿这才把产前检查的情况作了介绍,并希望12月26日这一天给安排手术。主任满口答应,让明天就带产妇来住院,做准备。

随后逸鸿又分别找到主刀医生、助产护士和护士长,各孝敬了一个红包。办完这些事,出了医院大门,逸鸿长出了一口气,终于做完了这件艰巨的大事,他觉得让他送礼比写一篇8000字的论文还有难度。此时他的内心充满了对同事的感激之情,要不是她的指点,红包要送给哪些人,送多少,怎么包装,在什么场合送,要说什么话,对方可能做什么动作,该如何正确判断,果断出手,全都一头雾水,听了同事的指点逸鸿真是大长见识。"这就是传说中的潜规则。无论你多么痛恨,你也得主动被潜,并且还生怕人家不潜你!什么世道!可是骂归骂,骂过了你还得该怎么做就怎么做。为了老婆孩子的性命安全,就是被潜十次、百次,也在所不惜。不错,这就是行贿,可是假如我们如今的社会像毛主席活着时那样道德高尚、风气纯正,谁会白白送钱给别人,送钱给人还怕人家不收,还得说好话装孙子！还不都是逼出来的！"逸鸿一向自认清高正直,此时却深感自己也不过是个俗人。"俗人就俗人吧,为了保护老婆孩子,别说做俗人,就是做恶人也心甘情愿。"

逸鸿在车上给家里打电话,要父母准备住院物品,等他到家时,父母已收拾好,准备出发。梦荷坐在床头,神情出奇地安详。逸鸿恍惚觉得那是圣母驾临,光芒四射,崇高无比。忙取出相机拍下这历史性的镜头。拍照完便搀扶着梦荷,小心翼翼地下了楼,坐出租车去了医院。逸鸿找到妇产科主任,在主任热情的安排下,很快办好住院手续,将梦荷安排进病房。不一会儿主任亲自过来给梦荷做了检查说:"一切正常,明天可以手术。"又叫逸鸿随她去办公室签手术协议书。逸鸿紧张地阅读协议书上罗列的几十项条款,当读到有输血内容那一项时,忙告诉医生:"我是O型血……"医生说:"如果需要,O型血也还要看检验后的情况才能决定可用不可用。"逸鸿只想着万一出现意外,他可以马上去输血给梦荷,怎么医生还说要检验,O型血不是万能输血者吗？过后才想到即使血型对号,还要看血液质量,有无疾病,不能随便把没经检验的血输给病人。逸鸿又对其他几项内容不放心,医生说上面所列的只是可能会出现的情况,并不代表一定会,几率很小。逸鸿心里还是忐忑不安,用颤抖的手歪歪扭扭地签上了自己的名字。

第二天本来下午两点就可以手术了,因为中间有其他产妇发生了紧急情况,主刀医生去参加抢救了,便拖延了下来。这更加重了逸鸿内心的紧张情绪。梦荷已做好了手术前的一切准备工作,躺在走廊推车上等候着。逸鸿蹲在梦荷身边,紧握着她的小手,希望能给她一点安慰和支持。尽管她看上去依然那么平静安详,但逸鸿知道等待手术会是多么焦虑和紧张。逸鸿心里着急,想着怎么这么长时间还没好,这每分每秒的等待都是一种煎熬和折磨！逸鸿见梦荷面色苍白,忙问她感觉怎么样,梦荷努力笑笑，轻轻说了句："我很好，亲爱的别担心。"

终于助产护士过来推梦荷进手术室，走到手术室第一道门时，助产护士让逸鸿留在门外等候，逸鸿不得不松开梦荷的手，看着她被推进第二道门，一时竟有种生离死别之感。

逸鸿在手术室门外走廊里焦躁不安，时而坐下，时而站起，时而走来走去，如同热锅上的蚂蚁，意念中总似有一个声音："出事了，出事了……"，短短半个小时犹如半个世纪，觉得自己快崩溃了，几欲冲进手术室。正在这时见第一道门打开了，助产护士过来问："谁是林梦荷的家属？"

逸鸿慌张地答："我，我。"

助产护士说："你在这儿等着接，马上就出来了。"在即将转身进第二道门时，小护士又加了一句："你儿子很漂亮。"

"怎么？儿子？原来是儿子！儿子，儿子，我有儿子了！我有儿子了！"逸鸿激动不已，口中念念有词，像个精神病人。

这时一位陌生的护士推着梦荷出来，逸鸿见梦荷安详中带着疲惫的神情，在她的脚头，一条小棉被包裹着那个初次见面俊秀可爱的小家伙！逸鸿刚想跟梦荷讲话，护士制止说："她麻药还在起作用，暂时不要讲话。"逸鸿边帮护士推车，边扭头去看那小家伙，果然是少有的漂亮，头发乌黑，高鼻宽额，大眼秀眉，面如满月，让人惊喜！

这时在产房走廊里等候的爸爸妈妈也过来迎接，逸鸿对爸爸说："你又添了一个孙子！"

爸爸听后连说三个"好！好！好！"妈妈也忙过来凑近小家伙，欣喜地盯着他看。

到了产妇病房，护士吩咐逸鸿把小孩从床上抱起来，动作粗鲁地给梦荷做产后护理。看到这，逸鸿忽然想到因为事前同事没有交代，所以也没有给她送红包。他不禁愤然想到："看来阎王和小鬼一个都不能怠慢啊。"很想马上就去投诉，又想到住院期间还得属人家管，只好忍耐下来。

安顿好之后，逸鸿走到外面拨通了岳父岳母家的电话，听到岳母的声音，逸鸿说："刚刚你升任外婆了！母子平安！"岳母很高兴，说等一会再打过来。逸鸿想一定是忙着去向岳父报喜去了。

下午六点钟，整个产房大楼忽然明显地晃动了一下，房间里的人一阵惊慌，大家马上想到是不是地震了。梦荷忙嘱咐逸鸿："如果地震了，不要管我，赶快抱宝宝跑。"

逸鸿用力握了握梦荷的小手："此后我们三人已是三位一体，要活一起活，要死一起死！"

当晚鹏城晚间新闻果然报道说下午六点距离鹏城一百多里的蕙城发生了三级地震，鹏城有明显震感。

见天色已晚，逸鸿让忙碌了一天的父母回家休息去了。他寸步不离地守护着母子俩。逸鸿无限爱怜地端详着睡在婴儿床上的小东西，乌黑浓密的头发，像锦缎一样柔软光滑，额头饱满宽阔，虎头虎脑地格外惹人喜爱，眼睛漂亮有神，好奇地打量着盯着他出神的爸爸，睫毛优雅地向上翘起，浓密黑亮，出奇地长，比许多女孩子的还迷人，鼻梁比一般婴儿要高，小脸胖乎乎的，白嫩红润，好像被桃花粉饰过的蛋白。忽然，小东西握着的拳头高高举起，豪迈地伸了个懒腰，又舒服地打了个哈欠。逸鸿忙拿起相机记录下这妙趣横生的瞬间。

此时梦荷的精力有所恢复，愉快地向逸鸿说起下午在手术室里的趣事："宝宝刚生出来，主任医生就叫其他医生快来看，都说从没见过有这么漂亮可爱的婴儿，她们还互相打趣说有女儿的还不赶紧来认这个超级漂亮的小女婿。"

宝宝出生三天后，出院回家。小东西穿着奶奶做的红色小棉衣，兴许是不喜欢一个人睡在婴儿床上,总是不停地踢被子,还不时把小胳膊从被子里拿出来。怕他冻着,只睡了几天的婴儿床就提早退休了,逸鸿和梦荷决定让小东西跟他们一起睡在大床上。又担心会压着他,逸鸿把婴儿床的床板拿来,放到他和梦荷之间,让小东西睡在上面。这下好了,小东西高高在上,可以高枕无忧了。

宝宝吃奶的样子简直要笑死人!仿佛怕妈妈的奶被别的小朋友抢去,每次吃奶总是贪婪地吃着一个,还用小手紧紧地捂着另一个。

自从小东西出生后,全家人都围着他转。妈妈负责喂奶,爸爸负责买菜,奶奶负责做饭,爷爷负责洗尿片。

一天,怀抱儿子的逸鸿,一边轻拍着儿子,一边哼着自编的儿歌,哼着哼着,忽然心情激动,忙拿过笔来,把刚刚涌上心头的歌词记下来:

宝贝之歌

我的小宝贝,你是我安慰。

我的所有爱,全都献给你。

无论甜与苦,牵着你的手。

穿过风和雨,走进阳光里。

惠风多和畅,霞光照天朗。

看你舒翼舞,万里自翱翔!

看你舒翼舞,万里自翱翔!

梦荷听到逸鸿哼唱的这首宝贝之歌也很喜欢,此后夫妻俩就经常哼唱着它,内心期盼着心爱的宝贝一天天茁壮成长,穿过人生的风雨,练出矫健的翅膀,飞上灿烂的天空。

儿子满七个月了,放暑假时,逸鸿和梦荷带着他第一次来到外公外婆家。小家伙虎头虎脑,胖乎乎的,可爱极了!特别是他笑的时候,小脸蛋上洋溢着稚气、淘气和童趣,简直就是个人见人爱的小仙童!外公外婆整天爱不释手地抱着,常常当他睡着时,外婆还要过来痴迷地看他,说宝宝睡着的样子好看得不得了。小家伙的到来,让外公外婆偌大的家中整天充满着欢声笑语,每次和亲戚们在一起时,外婆总是眉飞色舞地说不完小外孙的趣事。

晚上躺在床上,逸鸿对梦荷说:"这次回来感到岳父对我格外地好,不仅多次下厨给我做我爱吃的红烧鱼头,吃饭时还常常给我夹菜,我一定是沾了儿子的光,他外公这是爱屋及乌啊。儿子是爱的天使,我要感谢儿子!"说完在儿子娇嫩的小脸上印上深情的一吻。

梦荷说:"不只是这样,还因为爸爸说你人好。"

逸鸿有些感动地说:"真的吗?这说明岳父大人已经接受了我,那以后我们就每个寒暑假都带儿子回来,一可减轻一点我把他女儿拐走的罪过,二可让他们多多享受天伦之乐,三可在这风景秀丽的地方专心写点东西。"

梦荷说:"谢谢你,你真好!你爸爸妈妈那里,我们也要常去看看,别让他们觉得我们太偏心。"

逸鸿说:"宝妈真懂事!这样懂事孝顺的儿媳现在是不好找了。"

梦荷娇嗔道:"你知道就好。"

幼儿期的小孩子简直就像田里的庄稼,一天一个样。逸鸿和梦荷全身心地养育呵护着儿子,怀着惊喜和感恩的心情,看着儿子会笑、会翻身、会坐起、会爬、会站立、会走路、会说话、会喊爸爸妈妈,每一个成长的足迹,每一个新的小小的变化,都让他们心中溢满幸福的滋味。很多人都爱说养育孩子如何劳累、如何烦恼,似乎孩子欠下他无尽的债,却忽略了孩子作为上天恩赐的天使,降临到你的怀抱,给你原本平淡寂寥的生活带来多少希望和欢乐！在这一点上，每一个做父母的都要怀着自然的感恩之心，感恩上苍，感恩孩子。

逸鸿和梦荷正是怀有这样感恩之心的父母。他们每天都是以感恩和喜悦的心情，陪伴着孩子，与他一起欢笑，一起成长。并且，从孩子一出生起就开始写儿子的成长日记。特别是记下了儿子的许多充满孩童意味的趣事。暑假里，在外公外婆家，梦荷把她从日记里摘录的儿子三岁时的趣事，一一读给宝宝的太太、外公、外婆、舅舅、阿姨等亲人们听：

"换肚子"：宝宝有"洁癖"，衣服上刚沾一滴水就要换掉。中午外婆喂宝宝喝水，宝宝没穿衣服，水流到肚子上了，宝宝大叫："换肚子！换肚子！"

"放不出来"：午睡时爸爸故意搂住宝宝的腿不让他乱动，宝宝忙喊："妈妈救我！"妈妈出主意说："我正忙着，你放个屁爸爸就松手了。"过了一会，宝宝为难地说："放不出来。"

大富翁的谦虚：昨天开始，宝宝对一本介绍世界名车的书产生了兴趣，翻来覆去地看。今天看着看着，忽然语出惊人地说："我们家只能买十三辆汽车和一架飞机。"

宝宝与反义词：宝宝对反义词似乎无师自通。唱"冒着敌人的炮火前进"，宝宝改成"冒着敌人的炮火后退"，外公笑宝宝是逃兵。宝宝打扰爸爸看电脑，爸爸让他"退后"，宝宝接口说："近前"。

"古时候的照片"：宝宝已经会上网找喜欢的歌听，也会打开电脑欣赏自己的照片，看到自己的百天照，宝宝说："这是宝宝古时候的照片"。

"想心事呢"：爸爸进门见宝宝坐在床上发呆，就问："在干什么呢？"宝宝回答："想心事呢。"

"大山的楼梯"：中午吃饭时，宝宝把脚翘在凳子上，问他这样做对吗，宝宝说："不对，脚不能放在桌子上、椅子上，只能放在地上和大山的楼梯上。"把爸爸带他爬山时走过的台阶比喻成大山的楼梯,很会联想和比喻。

"亲人的位置":夜里宝宝说梦话:"找不到位置了。"爸爸问:"找不到什么位置了?"宝宝说:"亲人的位置。"原来是因为宝宝没摸到身边的妈妈才这样说的。

"鞋子快淹死了":傍晚爸爸带宝宝在小区的金鱼池边看金鱼,宝宝的拖鞋不小心掉到水里去了。宝宝大叫:"快捡起来,宝宝的鞋子快淹死了!"

梦荷每读一个,都惹得大家笑不拢口。孩子的天真和稚气,是如此可爱迷人,像一面明亮的镜子让见到他的每一个人照见自己孩童时的模样。

第五十二章 故地重游

终于走到鹿鸣山下那片风景秀丽的小树林了，十年前，就是在这里，小猪小羊第一次紧紧相拥，相互表白。在他们心里，这里是他们永远的圣地。

　　从离开怡城开始，为了爱，逸鸿和梦荷同舟共济比翼双飞，一个接一个地圆着他们心中的美梦：首先是冲破晞州和怡城那蜘蛛网似的束缚，展翅高飞，筑梦鹏城，实现了自由自在、朝朝暮暮、相依相恋的童话般的美梦！接着，虽然几经周折，最终还是成功调入鹏城这个魅力之城和梦幻之城！调入鹏城后，经过几年努力，逸鸿高兴地圆了他童年便萌生的出书梦：作为一个读书人，有一天要在书店的书架上看到自己写的书！《心灵回声》和《梦想乐园》的出版，帮他圆了出书梦！更让他们万分喜悦的是天使般的儿子降临到他们的怀抱，犹如霞光万道的朝阳温暖着他们的内心、照亮了他们的未来！之后，他们又如愿成为有车一族，周末假日，一家三口乘着他们心爱的靓车，在公园、海边、儿童乐园、海洋世界，洒下无数开心的笑声。

　　这些美梦之外，逸鸿和梦荷也都盼着早日能圆购房之梦、云游世界之梦、儿子成才之梦，等等。眼前逸鸿最惦记的还是圆他的故地重游之梦。现在离他们情定湖心岛鹿鸣山，已经十年了。在怡城和鹏城之间的来来往往中,一转眼儿子都快长到五岁了。这些年逸鸿一直盼着有朝一日能与梦荷一起重回湖心岛,当年他们曾约定在这里重逢。这被他们视为对彼此忠贞不渝的象征。相爱十年后,他们利用暑假带儿子到外公外婆家探亲的机会,终于实现了重回湖心岛的夙愿。与当初的约定有点不同的是,此行不只他们二人,还有一个小家伙蹦蹦跳跳地走在他们中间。

他们牵着儿子的小手,沿着当年走过的路线心情激动地走着,当年的情景历历在目。乘船行走在烟波浩渺的太湖碧浪间,站在船头甲板上凭栏远望,碧波蓝天,水天一色,一只只水鸟在水云间飞舞。儿子挥舞着小手,跳跃着欢呼。梦荷用满含欣喜的美目看着儿子惹人爱怜的小模样,并用眼神向逸鸿示意,夫妻二人骄傲地欣赏着他们爱情的杰作,对上天的恩赐充满了感激。

上了湖心岛,他们带儿子到猴山上看小猴,儿子把香蕉分给小猴吃,小猴吃完又来讨要,儿子对它说:"都给你了我吃什么,你真是个馋嘴的小家伙!"看到满山满树调皮玩耍的小猴,儿子高兴得哈哈大笑。

离开猴山,沿着天街的阶梯,一步步到达山顶,来到足有二十米高的玉皇大帝塑像前,逸鸿和梦荷一起虔诚祈祷,愿玉皇大帝保佑他们一家三口永永远远幸福美满地活在爱中。

又走到竹林下那段陡坡了,逸鸿伸手拉着梦荷的小手,梦荷更用力地紧握着逸鸿的大手,当年他们就是在这地方从这一刻起牵手相依,从此踏上既浪漫又艰辛的爱与梦之旅。

终于走到鹿鸣山下那片风景秀丽的小树林了,十年前,就是在这里,小猪小羊第一次紧紧相拥,相互表白。在他们心里,这里是他们永远的圣地。想到这里,他们禁不住再次紧紧地拥抱在一起,情不自禁地缠绵热吻。儿子一向不允许爸爸跟妈妈抱在一起,每见到爸爸抱妈妈,小家伙马上会跑过来伸出小脑袋钻进爸爸妈妈中间,并把爸爸推开。逸鸿就把母子一起拥抱在怀里。每见到儿子这样,梦荷就会笑着说:"我们家的小穿山甲来喽。"儿子睡觉的时候也是这样,一定要睡在爸爸妈妈中间,一定要抱着妈妈才能睡得香。见儿子这样,逸鸿常常故意把他从妈妈身边抱开,然后拥抱梦荷。儿子总会马上跑过来,把爸爸赶走。如果赶不走,小东西马上就会去挠爸爸的脚掌,那是爸爸全身唯一怕痒的地方,只要一挠,爸爸准会把妈妈还给他。逸鸿假装吃醋地对梦荷说:"男孩天生有恋母情结,你儿子可是个典型。自从有了他,我就实实在在成了第三者啦!"梦荷不无同情地笑说:"可怜的小猪,从来也不是儿子的对手。大情种老是败给小情种。"逸鸿自嘲说:"大情种败给小情种,虽败犹荣。"

　　这些年来,逸鸿多少次梦到这片小树林,多少次回味当时的情景,如今终于故地重游,让他梦想成真。

第五十三章 彼岸梦圆

经过多年艰辛的跋涉，他们终于登上了彼岸！那里繁花似锦、彩蝶飞舞，美不胜收。今后，他们将一如既往地在属于自己的小路上，怀抱着理想和爱，幸福地走下去，去领略那一路上悄然绽放的新的繁花！

周末，逸鸿悠然坐在海滨长廊的长椅上，不远处的草地上，梦荷正与儿子玩吹泡泡游戏，大大小小、五彩缤纷的泡泡在海边的微风中飘舞、摇曳、降落。儿子兴奋地追逐着，撮起小嘴把正在飘落的泡泡吹起。看到儿子可爱的模样，逸鸿不禁笑起来。

前海湾清新浩荡的海风一阵阵吹来，让人心旷神怡。逸鸿目光追逐着三三两两往来飞舞的海鸟，他的内心有着说不出的充实和宁静。只是他的思绪一刻也没有消停。他喜欢回忆自己过往的人生，咀嚼其中的酸甜苦辣，从中汲取人生的经验。最近的一段时间，他有意放慢了一向行色匆匆的脚步。因为奔波奋斗很多年之后，他对于人生有了更深切的感悟。一方面人生苦短，时不我待，想到的事要立即去做，不要迟疑，不要拖延，不要怠慢。不然一场突如其来的疾病或变故，就可能造成不可弥补的遗憾。保尔·柯察金因此说："要赶紧生活。"这句意味极深的话被大多数《钢铁是怎样炼成的》读者给忽略了，大家往往只记得那段关于生命意义的话。实际上这句话更质朴、更精练、更深刻，因此也更值得记住。要

310

记住它,尽快将想做的事情做完。另一方面,文武之道,一张一弛,张弛有度,方可持久。弦绷得太紧,就易于绷断。车开得太快,则易于倾覆。譬如机器,常要维修,人的身体,也应休整。养精蓄锐,勤奋精进,告一段落,放松休息。张张弛弛,弛弛张张,犹如潮水,潮涨潮落,周而复始,合于规律。更何况除了工作事业奋斗,还有生活,有妻子、儿子和亲人,有蓝天、白云、大海和鲜花。

当他独自一人时,他很喜欢回首往事,尽管这常常让他既心存感激,又怅然若失。他自幼不甘平庸,对梦想孜孜以求,却没有在事业的舞台上找到应该属于自己的位置,英雄无用武之地。他在艰难而平凡的生活中挣扎了半生,上苍除了给予他考上大学的机会并赐予他心爱的妻儿之外,就没有再给予他别的机遇,不要说高官厚禄和荣华富贵,就是一个适合他奉献才华的位置也舍不得给他。犹如于连,自幼野心勃勃,梦想远大,可是却因为生错了时代,既不能穿上红色的将军服飞黄腾达,也不能身披黑色的主教服赢得世俗仰慕。对于他,时代所愿给予他的只是一堆粉笔头。一个失意的教员,每天满怀忧愤地对着学生叹气。这情景常常让他郁郁寡欢,不自觉地迷失了自己,逼迫他去拷问生命的意义。每当此时,便是心灵沉入谷底的时刻。是他内心还残存的一点英雄主义,让他的心灵生出双翼,让他得以俯瞰一生奋斗的道路,看到他为了爱而付出的永不休止的努力。这让他孤寂的心得到安慰。那心灵的双翼将他的目光引向深邃的天空,那里,有点点星光闪耀,遥远、静谧而又神秘,一如他此时的心绪。这心绪让他从暗淡的情绪中突围,让他感悟命运也曾经慷慨地给了他丰厚的补偿,让他拥有了让人们羡慕的幸福家庭。

他知道有些幸福无论多么努力也争取不到;有些原本能够争取到的幸福不去争取永远也得不到;有些虽然能够争取到的幸福却不能去争取——因为那会玷污他心目中幸福的滋味。现在,承蒙上苍厚爱,他已经得到了原本他不敢奢望的幸福,他不该再有更大的奢求。

一起度过十年相依相伴的岁月后,他们不必再像当年那样要用长长的情书倾诉思念了。随手发送的温馨短信如今成了他们表达柔情蜜意的使者。

常常在上班途中,在办公桌前,逸鸿会欣喜地读到梦荷那清新美妙的短信:

> 遇见你需要运气,爱上你需要勇气,拥有你需要福气!因为你为人不俗气,做人有骨气,读书有静气,相爱有灵气,还有一点孩子气!
>
> 谢谢你让我品尝了刻骨铭心的爱情,让我享受着甜蜜美满的婚姻,让我拥有了可爱贴心的孩子,让我体会着无憾无悔的人生!
>
> 有钱只能保证物质生活,有爱才能享受精神生活。有钱有时也能买到爱,但必不能长久,因为这样的爱缺乏宝贵的灵魂和坚实的基础。今生有幸能和你拥有一份纯粹的爱情,并且开花结果,我是幸运的更是幸福的。昨晚和宝说希望宝宝永远活在爱中,会爱也被爱,这样才幸福!
>
> 我们三人有缘成为一家人,说啥也要永远在一起,无论贫穷、富裕、健康、疾病。我们不能改变年龄,但能让心灵年轻!爱家人、爱生活、爱生命,心中有爱才幸福!

读着梦荷这些温馨动人的短信,逸鸿心里充满着深深的感激。有爱如此,夫复何求!

周末逸鸿常到大南山健身,登上山顶观景台,凭栏俯瞰苍翠起伏的群山。他的目光越过山下的荔枝林,亲切地凝视着前海玫瑰花园那诗意烂漫的建筑群,那里是他漂泊多年后终于停靠的宁静的港湾,是他温馨雅致

的可爱家园。他心潮起伏，多少诗情涌上心来，几分钟后，在小区带儿子
玩耍的梦荷便从手机上读到逸鸿写给她的小诗：

在山巅的凉亭边

独自凭栏

俯瞰美丽的海湾

沧海桑田

曾经的角落

如今是崛起的前沿

心驰神往

东方的曼哈顿

似在眼前

苍翠的青山下

迷人的前海湾

有我们的所爱

前海玫瑰园

三位一体的有缘人

在这里苦乐相伴

岁岁年年

直到永远

　　他深深地感激命运，不仅让他得到了一位温柔美丽的妻子，得到了一
位讨人疼爱的儿子，也让他得到了慈爱宽厚的岳父和岳母。他曾经为了
自己的幸福，打碎了他们的梦想，破坏了他们平静的生活，将他们置于伤
心、绝望和屈辱的位置。而今却得到他们无微不至的关怀和厚爱。这是
唯有博大仁慈之心才会散发的爱的光辉，这光辉照彻和净化了他的灵
魂。他感受到至高无上的人间真爱像无边的春潮洋溢在他的心间，亦如

缤纷的花朵绽开在他眼前。

在洋溢着浪漫缤纷气息的鹏城拥有自己的房子，一直是逸鸿和梦荷的一个动人的梦想。自从调入鹏城以来，他们就开始密切关注购房信息。利用周末和节假日看了几十个楼盘，遇到住房展销会更是不会错过。可是看归看，总是难以出手。一是因为房价太高，二是因为还贷能力有限，所以一直处于观望状态。他们属意的前海片区依山面海，风景秀美，受未来前海开发前景鼓舞，增值潜力自不待言。关键时刻岳父岳母慷慨资助，逸鸿和梦荷的工资水平也有了较大提升，于是他们决定买下位于前海湾玫瑰花园的一个一百多平方米的房子，并很快办好了首付和贷款，拿到了钥匙。

接下来的三个月里，夫妻两人找装修队、跑建材市场、监督施工、逛家具市场，忙得不亦乐乎。尤其是梦荷，既是设计师，又是采购员，还是监督员。最终把房子装修得既华美气派，又优雅别致。样式独特的水晶吊灯，46寸平板电视，紫红色牛皮沙发和贵妃椅，让客厅显得温馨而大气。宽敞的阳台上，摆放着生机勃勃的簕杜鹃、红心木、桂花树和凤尾竹，还有一个水晶玻璃面的小圆桌和两把休闲椅，在这里既可以俯瞰小区独特的人工湖美景，又可以悠然望见大南山、前海湾和香港。每天下班回到家里，坐在阳台上浇浇花、喝喝茶、聊聊天、看看书、逗逗儿子，这是逸鸿和梦荷最惬意的时刻，这里自然也就成了他们最喜欢待着的地方。从客厅通向书房、儿童房、主卧房和次卧房过道口的拱门是梦荷的得意之作，充满艺术氛围的设计使房间的欧式风格彰显无疑。走进拱门，走廊左侧是儿童房，抬高十五厘米的木板地台，有利于孩子玩耍，儿童房西侧摆放着小书架和玩具柜，墙上是专门请人创作的充满童趣的儿童壁画，东侧墙上安装了一块长三米、宽一米专门用来给儿子写字画画用的墨绿色钢化玻璃板。走廊右侧是梦荷用心设计作为礼物送给逸鸿的书房，两扇颇具艺术感的镂空屏风和漂亮的双层布帘,与儿童房的推拉门相对,可以保证采光和南北通风。书房东西两侧矗立着专门定制的直达房顶的大书柜,靠南墙窗下摆放着特意选购的两米长的楠木书桌,桌前是一把高靠背牛皮休闲椅。桌上放着兰花盆景、笔墨纸砚和一个精致的相框,相框里放着一张梦荷十九岁生日拍的写真照,梦荷那一低头的温柔和含娇带羞的俏丽模样,让逸鸿十分着迷。走廊尽头是带浴缸的洗手间,其南北两侧分别是主卧室和次卧室。两个卧室的墙壁上分别画上了逸鸿和梦荷都喜欢的荷花和玫瑰。各个房间海水般的淡蓝色调,和天花板上装修的蓝天白云的效果,让家中洋溢着浪漫而温馨的韵味。

看到梦荷把家装修布置得这么精致而诗意,处处洋溢着浓浓的爱意,逸鸿心中感慨不已。

晚上哄儿子入睡后,逸鸿和梦荷坐在阳台上喝茶赏月的时候,逸鸿对梦荷说:"还记得十年前刚来鹏城,在碧湖中学的情景吗?每天晚上冲凉之后我们坐在楼顶的木椅上,你指着万家灯火,充满憧憬地说,什么时候有一家灯火是属于我们的,那该多好!亲爱的,现在梦想成真了!这都要归功于你啊,如果不是你带我去远方,现在我还不知道在哪里漂泊呢!我们有今天,最要感谢的是你,当初如果没有你的坚贞、勇敢和果断,我们就不可能挣脱各种顾虑的羁绊,毅然决然地投奔到这座城市;如果没有你,我这一生就尝不到如痴如醉刻骨铭心的爱的滋味;如果没有你,我的心中也就没有爱的滋润,会荒草萋萋,堆满垃圾,到处是残垣断壁,是你的爱让我心灵的田野开满五彩缤纷的花朵,四季流淌着清澈的溪水,还在这繁花环绕的溪水边筑起温馨浪漫的爱巢;如果没有你,我必定会自暴自弃,空虚无聊,苟活于世,是你的爱把我从颓废的泥潭里救起,像贝亚德引导但丁那样,你引导我走出迷惘的森林,你也是我的贝亚德,而爱是我的灵魂!没有爱我会迷失自己,不知道自己为什么活着,要到哪里去。所以,遇见你是我一生最大的幸运,是上苍赐予我的最珍贵的机遇,我常想与你相识相爱相伴是我的宿命,是前世就注定了的——可能是你前世欠了我的情,上帝让你这辈子来还给我,或者是我前世前前世就苦苦寻觅你,上帝看我心诚,又怜悯我历尽艰辛,饱受不幸婚姻的折磨,才让我这辈子与你相遇!

"我们还要感谢我们的奋斗,还要感谢你爸爸妈妈的原谅、厚爱和支持,还要感谢这座伟大的城市!感谢这座城市的包容、接纳和恩赐,使我们两个逃离故土的人有了落脚之处,并获得发展机会。这座城市犹如一艘命运的诺亚方舟,从无边的苦海中将多少失意沉沦的人救起。这里也是一座太上老君的八卦炉,将多少几成废铜烂铁的人炼成了真金。这里又是一块希望的热土,将飘零四海的种子揽入怀抱,让它们在浓郁的阳光下绽开一片充满生机的绿荫。所以,在许多小说的结尾所有失意者最后都来到了这里。正是那些文学作品的感召,把我们也吸引到了这里。"

梦荷赞许说:"亲爱的,你总结得太好了!既精练又富有诗意。我常常不无后怕地想当初如果没有来这座城市,我们该漂泊到哪里去?"停了一下,梦荷又说:"特别要感谢的一个大恩人你还没有说到呢!"

"谁?"

"你猜。他可是一直陪伴着我们、安慰着我们、鼓舞着我们、引导着我们、带我们来到这儿的大恩人!"

逸鸿说:"你说的一定是爱和梦想!"

梦荷赞赏地点头。

逸鸿说:"对,我们首先要感谢爱和梦想,假如没有爱,我们的人生就没有灵魂和动力,如果没有梦想,爱就不能展翅飞翔。要是当初我们没有梦想,就不会在晞州相爱,就不会反抗家庭,就不会千里私奔,就不会相濡以沫,就不会感动父母,就不会事业有成,就不会喜得贵子,就不会梦圆鹏城!"

梦荷赞同地说:"对! 要是没有梦想,没有在艰难时刻内心深处对未来始终怀抱的那份美好的憧憬,我们连晞州学院都走不完。更不用说走出怡城、走到鹭岛、走过鹏城的大街小巷、走过碧湖、走到今天!"

逸鸿对梦荷说:"这就是圆满,这就是美满啊。谢谢你! 谢谢你不久前兑现了你的诺言! 没有让我只身一人重游湖心岛鹿鸣山! 让我相信小羊当初对我是真心的! 谢谢你! 因为有你,我才真正懂得生活的意义! 因为有你,我才能从婚姻和事业的废墟上重新站起! 因为有你,我才能继续相信这世界上还有爱情! 因为有你,我才能下定决心,闯荡鹏城,在这大浪淘沙的特区站住脚跟! 因为有你,我才能实现出书梦! 因为有你,我才能有这样可爱的值得骄傲的爱情结晶! 因为有你,我们才能在鹏城的万家灯火中守护一盏最最温馨浪漫的灯! 因为有你,因为有爱,我的人生从此不再孤单,我的生命才会如此丰富多彩!"

梦荷柔情地说:"如果没有遇见你,如今的我注定在平平淡淡、没有爱情的婚姻里像行尸走肉般混日子。"

逸鸿说:"感谢缘分,让我今生今世遇见你! 让孤独的灵魂不再漂泊。感谢爱情,让冰冷的心重新燃烧,绽放生命的光彩! 感谢梦想,把一个苦孩子从贫穷的农村一路引导到大学校园、浪漫鹭岛、锦绣江南和壮美的鹏城!"

梦荷说:"对,最应该感谢的还是爱和梦想! 因为梦是爱的翅膀! 有了爱才有梦想,有了梦想爱才能张开翅膀!"

逸鸿说:"借助于梦想的翅膀,我们的爱越过险峻的高山和浩瀚的大海,终于到达我们梦寐以求的彼岸。这里是爱情的王国,玫瑰绽放,白鹤徜徉,令人陶醉!"

梦荷说:"正是因为知道它比梦境还要美,当年我们才能激情满怀,奋不顾身,无怨无悔!"

逸鸿拉过梦荷的小手,拥她入怀,望着她梦幻般迷人的眼睛,柔情地说:"此时此刻此地,就是我们的彼岸! 就是我们多年来苦苦寻觅殷殷渴盼的梦想的彼岸! 感谢命运,终于让我们到达了彼岸!"

说完这句话,舒逸鸿不禁陷入深深的回忆和沉思中:"不错,经过那么多年艰辛的跋涉,我终于登上了彼岸,这在多年前是可望而不可即的彼岸。现在,从前的彼岸已经变成了此岸! 此时此刻,拥着心爱的人,伫立在繁花似锦的此岸,回顾自己的情感历程,在婚恋生活中,我原本想走的路,不过是像大多数人所走的那样一条平坦的大道,顺顺利利地恋爱结婚,可是展现在我面前的那条大道上分明冷若冰霜地写着:此路不通! 命运赐予我的那条小路布满了荆棘,崎岖泥泞,坎坷难行,但是因为心中有我视为信仰的爱,那些荆棘、泥泞似乎都幻化成怒放的繁花,娇艳妩媚,摇曳多姿,彩蝶飞舞,让我一路上领略到了别样的风景,由此铸就了我寂寞却充实的人生!"

"我深知自己是个骨子里清高孤傲的理想主义者,因此与理想迷失的时代格格不入。我不愿违心地屈从于世俗,而世俗则加倍地向我报复,并全力把我推向那坎坷泥泞的荆棘路。我理解并坦然地接受命运的安排,深信这就是我一生要走的路。靠着我内心从未熄灭的那支火炬,我没有迷失自己! 回首走过的路,我能够欣慰地对自己说:这一生你过得还不错,你真诚而热烈地爱过,矢志不渝地奋斗过。尽管奋斗的果实并不是很丰硕很光鲜、每一个个头不大也不够红火、有些香甜又带着些酸涩,却都是靠着自己老老实实的汗水浇灌出来的,我为此感到欣慰。今后,我们仍将一如既往地在属于自己的小路上,怀抱着理想和爱,幸福地走下去,去领略那一路上悄然绽放的新的繁花!"

后记

写作《歧路繁花》这部作品是我对文学创作的一次尝试。也是我对自己心路历程与个性命运的回顾与反思,可算是我心灵的自传。"歧路"一词有多重语义,此处取其"从大路上分出来的小路"之义,有坎坷曲折与不寻常之义。"繁花"寓义精神心灵上的丰盈美丽。

这部作品自2008年2月动笔,至今已过去了9个年头。加上构思孕育的时间,也算得上十年磨一剑了。自知这把剑既没有干将莫邪的霸气,也没有龙泉宝剑的名气,却有些文人书生的意气。想到这部陪伴我度过许多岁月的作品即将降生,对自己多年的夙愿有个交代,不觉如释重负,内心顿生欣慰之情。

这部作品的写作虽然经年累月达9年之久,但实际上用于写作的时间却并不是很多,因为毕竟不是专业作家能有充足的创作时间可以支配,只能在寒暑假里断断续续地进行。至2015年8月完成初稿,其后的一年间做了一些局部的修改调整,2016年8月又做了一次全面的增删润色。

作品完成后,曾将部分文稿寄给几家出版社征询出版意见,得到的答复是写得不错,语言精练,文笔流畅,故事情节引人入胜,构思独特,感情丰富,人物性格鲜明,符合出版要求。权衡比较之后,决定将书稿交由母校出版社出版,做出这一决定让我很高兴,它寄寓了我对母校深深的感激和怀念之情。

在拙作即将出版之际,谨向给予我热情支持和可贵帮助的学长汪鹏生先生表达深深的感激之情!

向本书的责任编辑彭敏女士表达由衷的谢意!她是第一位给予这部作品全面、独到和热情评价之人。她以女性的细腻敏锐和高度的职业素养所提供的意见和建议让我深受鼓舞和启迪。感谢美编董丹阳、丁奕奕为本书设计出如此浪漫而诗意的封面!感谢所有为本书出版付出辛勤劳动和智慧的朋友们!

作　者

2017年5月20日于深圳